我为谁守身如玉

宋潇凌 著

山东文艺出版社

"异乡者小说书系"总序

郝庆军

作家都是漂泊者。即便本人始终未离开过自己的故土和家乡，但作家们的心也是始终"在远方"。生活在别处，不只是一种哲学之思，也是一种切实的现代感。"故乡"是一个镜像，你通过这个镜像，反观自己，确证自身。某种程度上，我们都是异乡者，但随着迁徙的频繁，流动的常在化，却没有多少"独在异乡为异客"的感觉，倒是更多"住在哪里哪里便是家"的自在和潇洒。鲁迅先生有过"走异路，逃异地，去寻找别样的人们"的生活经历，于是有了《呐喊》中的精彩小说；王蒙先生如果没有强烈感受"故国八千里，风云三十年"的时空变换，也许不会有《蝴蝶》和《杂色》。

20世纪中国文学起伏跌宕，曲折回环，虽历尽坎坷，却始终伴随着中国现代化进程和中国历史变革。作家虽然到处流浪，到处漂泊，却感时忧国，给他们的创作带来无穷无尽的动力和素材。每个作家都有一个异乡，他们的笔下都有一群异乡者的人物形象。从郁达夫的零余者、寄寓者形象，到巴金笔下反抗封建婚姻的觉民、觉慧们，再到路遥小说中的高加林、孙少平们，这些异乡者的典型形象，反映了20世纪中国人精神层面中的某些重要特征。

到了21世纪，中国正经历着前所未有的大迁徙、大流动、大变革，尤其是牵动几亿人口的中国城市化运动的兴起，为作家的创作带来一个巨大的课题：那就是如何描绘中国城市化运动中的新群体、新社区、新生活和新精神状态。前不久，湖北女诗人余秀华一首《穿过大半个中国去睡你》，引发轰动，感动了大半个中国的国人，就是因为这首简短的诗高度概括了亿万中国人的生活状态和人生境遇，说出了亿万异乡者的内心独白和感情深处最柔软、最真实、最基本的诉求。文学的伟大力量在这里突然显现，就是因为它具有直抵人心的特殊功能。

事实上，我们的小说家也并没有失职。21世纪以来的许多优秀小说家一直在观察和思考新世纪城市化进程中千千万万中国人的生活状态和精神变化。2005年以来，以《那儿》为代表的底层文学的兴起，为新世纪小说增加了新的亮点和新的审美取向。底层文学实际就是另一种乡土文学，是另一种异乡者小说，它继承了鲁迅、沈从文开创的写实主义文学传统，不隐恶，不阿世，直面惨淡人生，忠实描写底层人民的喜怒哀乐。底层文学的描写对象多是底层打工者和混迹城市边缘的城乡建设者，因此有人把底层文学又称作"打工文学"。当然，当底层文学呈现出其意识形态倾向的时候，往往又接续了20世纪30年代的左翼文学的传统，表现出同情穷人、厌恶权贵的价值取向。发展到极端，这一取向往往表现出简单化与脸谱化的问题，立场为先和概念先行的创作模式往往使得某些底层文学变得艺术粗糙，表现力弱化，走向现实主义的反面，变成另一种空疏与虚假的文学。

人性是复杂的，社会是多元的，底层人民中也有丑类，上层社会也不乏善良本性。由于中国社会变化太快，阶层也不太固定，城乡之间开始打破壁垒，上下阶层开始互动转换。许多底层人士也会摇身变为富豪，一些精英人士因贪婪与放纵也会变成为人不齿的贪官污吏；知识分子固然受人尊敬，但在利益面前若无约束，也会变成"叫兽"。位卑者未必下贱，位高权重者未必高贵，同样，身居下僚也不见得情操高尚，上流社会不一定都是下流痞子。中国百年来的历史变化太快，而且这种变化还在加剧，所以，许多在城市的异乡人都有可能上升为富贵者，也有可能沦为底层人士，一切都有可能。

我们欣喜地发现，小说家在描写这些现象的时候，已经打破了过去的老旧眼光，他们不会戴着有色眼镜看待这些现象。不会太"左"，痛恨富人，把富人们描写成洪水猛兽；也不会太"右"，把底层人士看得一文不值，把一切美好的价值都归功于成功人士或少数精英。他们深受五四精神的洗礼，也警惕精英文化的傲慢与偏见，身上有了强大的免疫力，所以，他们笔下的人物，都是活的中国人，充满了中国精神，镌刻着时代印痕。

主编这套"异乡者小说书系"，并不刻意表现什么，也没有野心标举什么，而是因为一些志同道合的小说家自然相遇，同声相应，同气相求而已。第一辑收录了包括我在内的五位小说家的小说集，既是一种尝试，又是一种期许。尝试着建立一种模式，一种新的工作方式，把一些优秀作品推出去，集中向读者展示一种风度，一种魅力，一种人生态度。

至于期许，自然是期许更多的同道小说家加入到我们的行列，向着前面的光亮，举起手中的火把，共同出发。

宋潇凌小说的常与变

刘　涛

　　宋潇凌是山东籍女作家，一度呈现出旺盛的创作力，时有佳作，其"柳翘翘系列"小说就引人瞩目。之后，她逐渐转向了影视创作，小说创作近年逐渐减少了。

　　这部《我为谁守身如玉》共收入七篇小说。由此小说集可见，宋潇凌的小说有两个关键词：男女和都市。都市是故事的背景，男女活动的场所；张爱玲以小说的形式赋予传奇新的内涵：男女之间遮掩、进退、计算已可为传奇矣，小说不必再承担新民救亡等大责任。宋潇凌或宗此。

　　或可一言以蔽之，宋潇凌写的是都市男女的情感纠葛。尽管她有些小说——譬如《我曾与谁相依为命》——看似写儿童经验，其中不乏纯真友谊与真挚感情，也还有很多先锋小说的迹象（譬如，宁馨去世后生出种种怪相，皆是先锋小说常见写法），然而小说隐藏跳动着其母柳惠心的情感经历，而且作者卒章显志："柳翘翘同各式男人做斗争的年代，正式开始……"。在小说的写法上，宋潇凌鲜采用神神道道的先锋小说叙事手法，她追求通俗易懂，以故事之跌宕起伏、出人意料见长。其写法与主题相得益彰，故事跌宕起伏，其传奇可"奇"，读者广泛，其传奇可"传"。若男女之"传奇"写得艰深晦涩，意识流流动不停，视角变动不居，何以可能成"奇"，何以可能"传"奇耶。

　　男女二人，一阴一阳，二者相遇，阴阳交也，变化生矣，古往今来多少文学作品写之，多少佳作出焉，但写之不尽，佳作时出，各领风骚。若一男一女尚觉不足，可再加入某女或某男，于是二变为三，三足鼎立，风波顿起，争端不息。若仍觉不足，可再加入某某女们或某某男们，四角五角，横七竖八，议论纷纷，好戏连连。宋潇凌的小说或写男女二人世界，或写三角，或写多角。男女情感之纠葛在她笔下，竟可风生水起，甚至波浪滔天。概言之，宋潇凌笔下女性一般是单亲家庭，父亲离弃而去，母亲多愁善感，曾遭创伤。其笔下女性往往有一段不堪道出的恋爱经历，一度饱受煎熬，现在平复则平复矣，然已成大龄剩女，待嫁闺中，挣扎于三角之中。

《一场2000年的隐秘约会》中，男女二人书信往还，情深意浓，渐入佳境。一旦相逢，彼此试探，退却，再试探，欲拒还迎，迎而又拒，蠢蠢欲动。小说所写即此，作者亦津津乐道，好似张爱玲某些小说。小说采用全能视角，精彩之处在于男女之间互相揣测的心理与最终误会的结果。这个故事其实还有两个三角：苏钰有男友，余向阳有身在美国的太太，但这两位几乎没有参与故事，故可忽略不计。

《萦绕或随风而至》则是典型的三角，"我"、格蓝、李悦。这篇小说的特殊之处是以先锋小说的手法写三角情感，内心独白较多，时空转换较快，故整篇略显晦涩。《笑相逢》则更为复杂。荣灯、林森、明珠陷入感情三角，然而荣灯又是明珠的老板，她们尚有千丝万缕的关系，她们有商业上的纠缠、工作中的欺骗与被欺骗的纠葛。《燃烧的是什么鸟》写了柳翘翘与小痞子陈世雷的情感纠葛。柳翘翘遇人不淑，陈世雷打她、骗她，让她挪用公款为其买摩托车，柳翘翘竟甘之如饴，顺从驯服。之后，陈世雷喜欢他人，抛弃柳翘翘，她竟然觉得大舒一口气。小说中还写了书店的刘秃子经理和修丽丽等人，刘秃子借故强奸了柳翘翘，修丽丽则周旋于几个男人之间，皆非常不堪。《我为谁守身如玉》有三个三角，彼此交叉，疏影横斜。柳翘翘与已婚男徐毅偶遇于电梯，春心荡漾；樱桃与武晋是恋人，樱桃朝秦暮楚，在几个男人之间游刃有余，二人终于分手；柳翘翘的妈妈柳惠心和老唐几乎就要领证了，然而飞来横祸，柳女士婚检查出肝炎，鸳鸯顿散。故事的结局颇出人意料，柳翘翘竟与武晋走在一起。柳惠心风言风语，不禁让人想起张爱玲笔下老年的七巧。

就今人而论，写男女感情纠葛的高手即有戴来、付秀莹、计文君等。这些作家各有不同的思想资源、生活资源、文学资源，故虽写男女纠葛一也，但风貌不同。宋潇凌亦写出了自己的风貌，有独特的标识。在同类题材创作中，宋潇凌的过人之处有三。一，她写了边缘人的恋爱经历，譬如柳翘翘与陈世雷。陈世雷不仁不义、飞扬跋扈，柳翘翘隐忍受虐、单纯厚道，二人竟可长时间在一起，外人看来不可思议。《燃烧的是什么鸟》以小说的形式，通过大量细节之铺陈，展现了施虐和受虐的恋人类型。柳翘翘在宋潇凌的小说中屡屡现身，陈世雷亦如影随形，幽灵一般出现于其他小说之中，譬如《我为谁守身如玉》。二，语言风格。宋潇凌的语言轻松、幽默，亦不乏机智，小说中时有佳句，让人击节，譬如"陈世雷是只吃了一半的苹果，虽然一口咬出了一只大青虫，我也得坚持吃下去"等。小说中的叙述者喜欢跳将出来，说三道四，评头论足，叙述者之言大都机智，亦较为克制。三，她讲述了潜规则之下的男女心态。此类小说可有多种写法，女生或主动投怀送抱，只为牟取利益，或迫于权势，但事后抑郁哭闹上吊。宋潇凌写法不同，譬如《生活艺术》中写丛林迫于生活压力，不得不转变对潜规则的态度。起初，丛林洁身自好，拒绝吴老板，但因此失业。她在家庭中遭受冷眼与嘲讽，这些情节亦让人想起张爱玲的《倾城之恋》。之后，丛林另找工作，开始卖保险，迫于家庭、经济压力等，为获大单，不得已委身于人。

宋潇凌的小说故事背景往往在城市，或为望岛，或为青岛。城市多端，故以城市为背景的小说亦有多种写法，宋潇凌的小说则写了都市中的情感。2011年，社科院《社会蓝皮书》公布的数据显示，中国城镇人口第一次超过了乡村人口，城镇化超过50%。但文学作品尚未与此匹配，当前中国小说佳作大多围绕着乡土中国展开。或许，中国久处乡土，习惯于乡村日常生活、风俗人情，忽进入城镇中国，难免一时不适，故以城市为主题的文学作品佳构不多。郝庆军先生主编"异乡者小说书系"，集体推出都市题材小说，宋潇凌创作都市情感类小说，都正在为都市文学添砖加瓦。假以时日，一旦国人熟悉了城市生活状态，未必就写不出关于城市的佳作。

宋潇凌的小说，就目前格局而言，依然以写男女情感纠葛见长。男女之间固然天宽地阔，大有可为，以男女情感为主题固可写出佳作，引人折腰，但写作久之，题材会趋于狭窄，风格会日渐固定，千变万化难出一宗，故亦容易重复。好的作家应有常有变，由常可识其面目，由变可扩其体量。这些话，我愿与宋潇凌共勉。

目　录

笑相逢

一

1　如果有一天，你熟悉的一个人突然以另外一种面目出现在你面前——伪造的名字、年龄、学历甚至家庭出身等等，你一定不只惊讶，还有好奇。

荣灯此刻就面对这样一个让她既惊讶又好奇的问题。

没错，是她！纤瘦的身材，象牙色皮肤，神情安静、淡定，左眉间藏着一颗黑痣，绿豆大小，麻衣神相称之为"草里藏珠"。据说这样的女子即使出身贫寒，也会有富贵人生。此刻她就坐在走廊的椅子上等待荣灯的面试。

现在，她叫丁之恩，生于山东烟台，父母为中学教师，毕业于中国海洋大学中文系，在就业感言里她这样说：上帝给了我两只耳朵、一张嘴，就是为了让我多听少说，但是他却给了我十个手指、十个脚趾，十个脚趾能够走遍世界上每一寸土地，十个手指能够为这个世界描绘无数斑斓的图画，猜猜看，你能想到我会用什么样的颜色吗……

喊！22 岁，身家清白，父母良善，刚刚大学毕业，尚未染指社会，明明一张白纸嘛，干净简单得令人羡慕。够了，别再装腔作势了！荣灯弯起手指弹了弹简历上那张照片，照片中的丁之恩小姐正冲她微笑，必须承认，人家孩子笑得宁静、镇定，理所当然。

真是一个做戏的天才！

但是！请问丁之恩小姐，流连于"风之尚"的那个叫明珠的女人是谁？那个总是轻声走路，小声说话，一双手在无数女人脸上身上抚摸来揉搓去的女人是谁？那个为了知心爱人而重生的女人又是谁？还有，那个小嘴巴巴令荣灯乖乖奉上一笔现金就逃之夭夭的女人又是谁呢？

荣灯悄悄躲在窗户后边向走廊上偷看，她在心里一连用了四个排比的疑问句砸向正等待召见的丁之恩，似乎这个可怜的骗子马上就要被这排山倒海的疑问砸得抱头鼠窜。可是，那骗子，她就像一颗钉在椅子上的铁钉一样纹丝不动、理直气壮，并且还装模作样地抱着一个蓝色的文件夹。她没有不安地啃噬指甲，也没有下意识地咬着嘴唇，甚至她冲旁边的几个人点头微笑时，她那两扇心灵的窗户既不斜向左，也不斜向右，她直视对方的脸，坦荡、明亮，就好像那几个应聘的人是假的，而她才是真的一样。

怎么能够这样？怎么能够这样呢？

一个骗子，她不应该紧张吗？她不应该羞愧吗？她不应该无地自容吗？

如果普天下的骗子都这样堂而皇之、甚嚣尘上，那么好人怎么办？好人都灰溜溜地夹起尾巴做人吗？简直太不像话了！

荣灯气鼓鼓地坐回椅子上，双手绞在一起使劲啃着指关节。这是她一贯紧张思考的模样，用林森的话说是"进入探索人生真相状态"。他说这话的神情总是有些调侃，有些不以为然，甚至还总是冲她顽皮地眨眨眼，虽然那小眼睛既不明亮，也不好看，三角形，甚至有鼠目之嫌，可因为那是林森的眼睛，她就喜欢，觉得相得益彰。多么深藏不露的小眼睛啊，像宝剑藏在鞘里，出鞘的那一刻，光芒四射，天地黯然……

林森，这个名字中有五个木的人，随时随地都能将荣灯轻易点燃。荣灯的嘴角划过一丝微笑，林森也总是淡定的，从容的，因为他有明亮的生活、明确的目标、明快的生活态度，以及明晰严肃的道德观。"明亮"、"明确"、"明快"，还有"明晰"，真好啊，多么令人欣慰又令人振奋的一些字眼……可是一个骗子，她怎么也能那么从容，那么淡定，那么理所当然呢？

不！荣灯感觉到些许的愤愤，那骗子的从容冒犯了她，她的淡定也激怒了她。哼哼，她心里冷笑一声：我让你装无辜，我让你装从容，我非撕下你伪装的画皮不可，看你还装不装？

2 荣灯和明珠——不，暂且还是称她为丁之恩小姐吧，她们既非亲朋，也非故友，她们是去年冬天认识的。

去年冬天，荣灯命犯桃花，她遇到了自己梦寐以求的白马王子——林森。

林森生于60年代末，就职于某高校，属学者型教授，著书立说，善于在媒体前抛头露面，有过一次婚姻，也常游学四方，像一小块积雨的云彩，不定期地飘到某个城市上空，淅淅沥沥播洒一阵知识的雨露，滋养他的拥趸，然后满载赞誉与爱慕飞抵他的老巢——望岛。那是个被联合国教科文组织命名为"最适合人类居住的"海滨城市，有哥特式的尖顶建筑，满街都是挺拔葱郁的梧桐树，整个城市弥漫着浪漫的童话气息。

荣灯，34岁，某市报社小有名气的才女记者，为人清醒冷静，常年在报纸开专栏针砭时弊，探讨人生百态。世俗中人的贪嗔痴慢、爱恨情仇，于她信手拈来，都摇曳出芳华无限，又因文风泼辣有趣，行文清爽洒脱，拥有大批读者。

当林森这块积雨的云彩飘到荣灯所在的城市上空时，她奉命前去采写一篇新闻稿，虽然此前极为喜欢他的作品，也熟知他作品中众多人物与故事，但那又怎么样呢？就像她喜欢喝牛奶，却没有养一头奶牛的冲动。

那天的晚宴，气氛热烈，微醺的荣灯在众目睽睽之下大声说："林森，我能拥抱你一下吗？"在众人一片喝彩声中，荣灯纯洁无瑕地拥抱了林森，等于是拥抱了智慧，拥抱了博大精深，也拥抱了这个社会的良知。是的，荣灯始终认为优秀的知识分子是这个社会最后的良知，而林森是他们中为数不多的一个。

凭什么呢？女人的一种直觉。不，女人往往被长头发所害。那么就凭他那些源源不断挤出来的新鲜牛奶好了，那些牛奶既然滋养了荣灯，所以她感谢一下奶牛无可厚非。

但是……也许林森不这样想。事后，他邀请荣灯出去坐坐，理由是他欠她一个拥抱。荣灯拒绝了，她是个已婚妇女，虽不是贞女烈妇，却有为无爱婚姻抱残守缺的道德感，她要的是一场严肃的爱情，而不是一场即兴的肉体欢娱。

事情并没有结束，林森返回的航班飞机穿越大片积雨云时，遭遇雷电，飞机在空中激烈颠簸，座位上空的氧气面罩齐刷刷地全部弹出，每个乘客都以为领到了赶赴西天的生死牌。终于……还好，飞机最后到底挣脱厄运，顺利降落。

飞机尚未停稳，所有的人悲喜交加又惊魂未定，林森的第一个电话就打给了荣灯，他说："午夜飞行，我已经飞到了地狱门口，可是看门人对我说，'你尘缘未了，欠债未还，还了债再来吧'。"

舱门还没有打开，林森还没有离开座位，他被冷汗湿透的衣服凉飕飕地贴在后背上，他紧紧抓住手机扣住耳朵，热烈地说："荣荣，让我们结婚吧！先结婚后恋爱！"

于是，就这样，一场严肃的爱情鸣锣开演。

这一个冬天，总是在落雪，白皑皑的雪封锁了万物的激情，却封锁不住一场来势凶猛的爱情。

每个周末，在济南开往望岛的特快列车上都有荣灯的身影。这个世界，除了林森，已经万物不存，她不是在林森的身边，就是在赶往林森身边的路上，其他的时间都用来想念。

想念渗透在每一个毛孔。想念在一起的每一刻；想念他们从进到屋子的瞬间，就扔掉手里的东西，紧紧抱在一起，再也不肯分开；想念林森带她一起探索身体的奥妙，一点点，一寸寸，浅浅淡淡，长长远远。荣灯在战栗中尖叫，泪流满面地哀求："请不要假装爱我，我很傻，会当真的。"林森就用无数的吻将她席卷，淹没，直到窒息……

她恐惧地看着被关在身体里的那头欲望猛兽咆哮着，挣断了所有捆绑的绳索，冲破笼子，疯狂地四处冲撞，她再也不能把它关进去。

荣灯是恐惧的，也是欣喜的，充满好奇。当她有生以来第一次放出这只困兽，她感觉如释重负，似乎她早就巴不得把它放出来了，只是不好意思而已。

林森好意思，他脸皮厚，他稀松平常就打开了她肉欲的铁门……等等，他是不是也打开过其他无数女人的笼子呢？难道他是把万能钥匙？

不，不！林森是一个知识分子，不是一个女人标本收集者。看看他敞阔的客厅，两面墙全是整排整排的书柜，全世界有思想的伟人都欢聚在这里，就在这里，庄严肃穆，充满道德感，和林森本人一起，焕发出璀璨的光芒。

这种光芒照进荣灯的生命，掠起她生命中沉积的灰尘，甚至重新雕塑了她的面容，像剖开包裹的石层，露出沉睡的美玉，整个人焕发出熠熠夺目的光彩。

她盘腿坐在林森家的木地板上，感觉到体内万物花开，宛若新生。屋外万物肃立，静静飘雪，而屋内温暖舒适。她裙裾宽大，长发如云，手里拿一本书，背后倚着书柜，痴迷地看着林森在电脑键盘上敲敲打打，制造思想，她甚至不敢大声呼吸，怕惊扰了这场美梦。

真好啊！看一本书，爱一个人，过一生！她真的愿意，生命就这样删繁就简，摒弃芜杂，开出孤绝美艳的花朵。

可她必定是要回到原来的生活。她总是赖到最后一班车，总是拖到最后一秒钟，她恨不得把时光像猴皮筋一样抻长再抻长，抻到啪的一声断裂，她宁愿如千年琥珀，在这声断裂里静止成永恒的姿势。

最后的那班车总是在午夜，林森开车送她去火车站，送她回到原来的生活，就像把一个越狱逃跑的犯人重新投回监狱，逃犯焦躁不安，而那个曾经的同谋——狱警则总是一副公事公办的样子，笃定、冷静、双手闲闲地揽着方向盘，好像所有的热情都在床上干苦力活时用光了。

在告别的最后一刻，荣灯尤其渴望他突然说"别走了，留下吧"，就像言情电影中的男女主角，总是腻腻歪歪着难舍难分，可是林森从不，甚至连吻别都忽略不计，车子也不熄火，他跟那个独钓寒江雪的老头一样有定力，稳坐在驾驶座位上，待她刚从后备厢取出行李，他即唰地掉头离去，连声喇叭都不按。他的理由是：警察不允许在此停车！

警察还不允许乱搞男女关系呢！荣灯提出抗议时，林森也总是轻抿嘴角，一副鱼在钩上的从容笃定。

每当荣灯独自站在寒冷的街头，悲怆地看着火车站硕大的钟表，耳边就回荡起午夜当当的钟声。魔法消失了，马车变回南瓜，灰姑娘光着脚，并没有一双漂亮的水晶鞋。

他爱她吗？爱她的人，还是爱她的肉体？林森的固定答案是：都爱，越做越爱，越爱越做。这方面他堪称言行一致的君子，绝不纸上谈兵，而是积极主动加以实施。她总是被他的"两越"战术攻击得大声尖叫，叫得越大声，她就越欢愉，叫得越放浪，她就越厌恶自己。这是爱吗？或者是邪恶的肉欲狂欢？

荣灯感觉自己就像猪肉市场的质量监督员，而他们的情事就像摊在面前白花花的剥光猪，她既怀有对肉腥的深刻厌恶又肩负些微道德的压力，所以她查毛鉴色、去伪存真，喏，没有病毒，没有细菌，没有臭味，于是她给剥光猪的肉身打上蓝色印戳，在放行的那一刻，她甚至透过浓烈的腥膻捕捉到空气中弥漫着的肉香。就是这样嘛，他们进行的是一场严肃活泼的爱情，无涉金钱，无涉肉欲，更无涉利益，这是纯洁的，也是道德的。所以，她叫得再大声，都不必羞耻。

荣灯千方百计说服了自己，也就原谅了自己，她搬掉压在心口上的那块石头，重新燃起对林森的满腔热情。为了爱，她什么都愿意做，只是她再也不能忍受被重新投回监狱，跟那个苦刑犯（丈夫）关在一起。

3 女人一旦下了决心，就变得比圣女贞德还铁面无情。荣灯跟丈夫提出离婚，丈夫当然是不同意的，就算两只猫狗关在一起，时间长了，还舍不得呢！

同不同意，那是男人的事，荣灯只是通知他而已，她干脆从家里搬出去了。在一个男人不在家的日子，她雇了一辆车，找了几个人，把自己的东西席卷一空，哪怕她曾用过的一只化妆品的空瓶子，一个遗弃的旧盒子，也都清理得干干净净，似乎要擦掉所有她曾在这里停留过的痕迹，甚至连双破拖鞋也不肯留下。她可不想让那男人对着她的遗物回忆往事，缠绵悱恻，搞得像一场人鬼恋。

接下来的一天，荣灯的办公室突然出现了几个喜气洋洋的花童，他们送来了九百九十九朵红玫瑰，加上一封长达二十多页的情书。

没有人不知道红玫瑰代表什么，九百九十九朵红玫瑰热烈芬芳，声势浩大，把整间办公室的空气都开疯了，滋养了每一颗干渴的心灵。

荣灯是有夫之妇啊！是谁？不鬼鬼祟祟地偷鸡摸狗，却大鸣大放地搞外遇？

激动的不止荣灯，她的那些同事毫不掩饰兴奋，人人挤眉弄眼，妄加猜测，并严密注视荣灯的一举一动。

林森到底不是普通男人啊，他当然是浪漫的。荣灯羞涩地捏着信，像捏着一个定时炸弹，林森会对她发射一些什么样的甜言蜜语呢？可是，荣灯的表情从开始的惊喜——醒悟——愤怒到最后脸色苍白，她把看了一半的信塞进抽屉，神情恍惚地冲出办公室。

大家面面相觑，然后，不约而同把目光投向抽屉——放情书的那只抽屉。

于是抽屉被打开了，大家激动万分地共同受益。可是这封情书有点不同凡响啊，一个男人鼻涕一把泪一把，酸溜溜苦唧唧又深明大义地说："亲爱的老婆，你回来吧，我知道你爱上了别人，可是，只要你回来，我就不计较你的背叛……"

什么？这哪里是情书？这分明是一个头上绿帽子熠熠生辉的丈夫声声控诉的血泪史呀。看这情书，涕泪横流，字迹都被模糊了，这被泪水模糊的一片到底是什么内容呢？会不会提到奸夫的名字？奸夫会是谁？是否就隐藏在大家的身边？甚至就隐藏在看信的这些人中间？

这个想法让大家激动得目瞪口呆，似乎这一团模糊的泪水下面隐藏着天机，只要破译了，就能揪出那个隐藏在人民群众中的败类。可是，时间紧迫，荣灯——那个不要脸的红杏出墙者随时可能回来，而且情书实在太长，比他们平时搞一个专版的字数还要多，这里面有多少秘密需要认真研究啊？

怎么办？背叛者是可耻的，被背叛者是值得同情的，也是需要道义支持的。大家再一次迅速取得一致，他们分工明确，有人望风，有人熟练地启动了复印机。不久，有份名为"致背叛妻子的一封情书"的复印件就在江湖上广为流传了。

荣灯怕吗？不！她有伟大的爱情呢，那只被囚禁的野兽喜获新生，洋溢无穷力量，逢山开路，遇河架桥，没有任何力量可以阻挡，她喜悦地看着它，如此勇敢！如此骄傲！如此恣睢！

她听到冲锋的号角吹响，血液在血管里哗哗奔流，潜伏的斗志从每一个汗毛孔滋滋向外冒。她拒绝妥协，反抗游说，消灭一切威逼利诱，她大义凛然得就像个勇士，正为全人类的利益赴汤蹈火，不仅迅速离了婚，还迅速辞掉了工作，义无反顾斩断一切后路，以高贵的姿态期待着她的置之死地而后生。

其实……心里也不是不忐忑的，当战争迅速结束，她这一小粒来势汹汹的子弹，爆出所有的炸药，只剩一个空弹壳，被寂寞地扔在荒地上。

竟然没有人对她的勇敢报以热烈的掌声！竟然没有人对她的无畏献身加以褒奖！林森呢？荣灯的爱情大旗可是为他在猎猎生风啊！

当然，在战争打响前，荣灯没有对他透露任何只言片语，她讨厌前思后虑，讨厌战略战术，讨厌庸俗世故消解掉一场严肃的爱情。或者说，她害怕枪声一响，同伙的男人就抱着脑袋逃跑了。

荣灯有勇气独立赢得这场战争，却不敢贸然把胜利的消息报告给林森。也许对于狼藉的战场，男人也是心有余悸的。那么，还是从思念开始吧，风花雪月的事，每个男人都消受得起。

她开始对林森倾诉自己的思念与眷恋，以证明这份感情的真实可信。林森马上回应，表示自己思念更甚，他不想吃苹果，不想吃橘子，只想吃新鲜多汁的她。于是她迅速被点燃，他们飞快舞动手指，短信像密集的炮弹一样嗖嗖飞向对方的阵地，将彼此轰炸得血肉横飞，恨不得插上雪亮的刺刀，展开贴身肉搏，马上将对方俘虏擒获……在最后，在激情倾诉的末尾，荣灯到底没忘记试探地问一句："我再也不能和你分开，我辞职去你那儿好吗？"

林森在那边沉默，这是枚新型炮弹，他还从未见识过，所以不好轻易下结论。

荣灯却再也沉不住气，直接拨通了他的电话，极力表明，她早就想辞职了，早就想离婚了，而且因为林森态度的暧昧，她赌着气说："我不会打扰你的生活，我在外面住，我也不需要你养我，我能找到工作。"言外之意：我是社会独立新女性，我有独立谋生能力，你不必担心我会拖累你。

总之，千言万语一句话：我什么都不要，只要你爱我。

林森还能说什么呢？林森是个知识分子，知识分子都是含蓄的，明明浴火的是只肉鸡，可他总不能等人家全身的毛都烧光了，再告诉她跳进去的是只大烤炉吧？

所以林森很温柔，很温柔地说："你自己做决定。"

嗯……"自己做决定"，这算一句什么话呢？往好处理解，这是尊重你，你是社会新女性嘛，有独立判断能力。往坏处理解，爱死爱活都随便，反正你自己做的决定，跟我没关系！

把自己当凤凰的那只肉鸡当然要往好处理解了，谁会把自己想象成一只香喷喷的烤鸡，挂在架子上，被食客滴溜溜转动着挑来挑去！

4 这一次，荣灯与林森在望岛的团聚非同往常。对她来说，有着非凡的意义。

林森笑眯眯地打量这个不辞辛苦、送货上门的姑娘，问她也是问自己："这就真的来了？"

荣灯已没有退路，索性摆出一副咬定青山不放松的姿态，斜眼看他："怎么，后悔了？"坏笑着再补一句，"后悔也来不及了，谁让你勾引我的。"

林森不以为然地说："干吗后悔？大不了退货呗！"他抱起她，要搬到卧室去，"让我先检验一下产品是否合格。"

荣灯虽铁嘴钢牙地和林森打情骂俏，表情也是轻松愉快，心里却对他的不严肃生出恨意，又不好表现出来，只得硬撑着继续调侃。

林森轻描淡写，话里话外似乎都透露着进可攻、退可守的从容，却不知道荣灯内心已隐隐作痛。她心里翻腾起"聘则为妻，奔则为妾"的阴影，想自己放弃一切，真能像人家小女子红拂那般，眼光又准又毒，夜奔则奔出个卫国公夫人的锦绣前程来吗？

俩人抱到一起，又开始一场抵死缠绵，可是荣灯有诸多不悦，她谴责林森做爱态度不严肃,他扑闪着舌头,小眼睛滴溜乱转,馋涎欲滴的样子根本不像个教授,和一条馋嘴的狗倒十分相像。她说:"我当自己是盘献上圣宴的圣饼,刚刚经过烈焰的烘烤,你却拿我当根喷香的肉骨头,缺乏必要的虔诚与恭敬。"

这样的论调十分有趣,林森笑得浑身发软,他争辩说:"男人都是食肉动物。"

荣灯果断地告诉他:"没错,但狼和狗还是有区别的。"

林森仍然不服:"我做的是爱,是享受,是娱乐,像闭着眼睛,舔舔奶油冰激凌。"

荣灯不反对娱乐,但坚决反对低级娱乐!她要求他:"端正态度,严肃认真地做爱。嗯,怎么说呢,就像做一场'恨',拒绝娱乐精神。"

于是林森及时改正错误,配合荣灯郑重地把"恨"又做了一次,恨着恨着,就真的恨起来了,荣灯把这个男人紧紧抱在怀里,却感觉像抱着一块木板在汪洋中漂浮。

她紧紧咬住林森的肩头,恨不能把他一口吞下去。她恨他,恨得咬牙切齿,恨得摩拳擦掌,恨他如此优秀如此引人注目并为此沾沾自喜。他如果不是这样得意就好了,他如果吸引的都是男人就好了,他如果虽然优秀却只死心塌地爱一个女人就好了。可是他是那样不安分,哪怕走到大街上,眼神都像暗藏的飞镖一样啪啪甩向那些漂亮的小妖精,哪怕看看电视,也和那些女演员含情脉脉,当人家是前世的情人穿越时空回来认领他了……唉!恨哪!万叶千声皆是恨哪!可是……荣灯愿意为这个恨之入骨的男人死去。

5 像捕捉一条泥鳅,努力辨明水流,看清它逃遁的方向,悄悄跟踪而至,突然下手,飞速合拢,猛地将它围剿在掌心,嘿嘿,这次逃不了了吧!

小心翼翼地张开双手,可是手心里空空如也!怎么会呢?明明捉到了,明明它滑溜溜的身体还在手掌间扭动,怎么就逃走了呢?

这就是荣灯和林森的关系。

荣灯真的不明白,她明明已经来到了林森的身边,明明和他亲密无间,可是！为什么却总是感觉越来越远呢？

他不让她接家里的座机，理由是：反正也不是找你的。

他不给她家里的钥匙，理由是：反正我都在家里等你。

他不主动给她打电话，理由是：反正你会打过来。

他不主动说爱，却总是埋头做爱，理由是：不爱怎么会做呢？越做越爱！

他说得头头是道、句句在理，他做得沉着笃定、若即若离。没道理的反而是荣灯，每时每刻都在水深火热中煎熬，像两个花样击剑对手，她尚未站稳，已频频中招，震惊之余，又暗暗钦佩对手剑法的绝妙，疼痛并为之着迷。他感觉到她的迷恋，更加有恃无恐，并愉悦地欣赏她的痛苦。

怎么会这样？她的痛苦竟然是他快乐的根源！

荣灯抱着手指啃啊啃，怎么都想不明白，她想不明白自己为什么对他如此迷恋，恨不得两人变成连体人，每时每刻都在一起，可是林森却不愿意和她住在一起。

他说了，一个优秀的作家需要独立的思考空间和创作空间。他甚至把托尔斯泰也搬出来了，那个驴瘦毛长的老头扬言世界上最可怕的地方是妻子的卧室，临死还偷偷跑到一个小镇上藏了起来。

荣灯肯定是败了，她怎么拼得过那个资深老头呢！

当然，林森也是关心她的，在她租房子期间，林森很随意地问她："需要钱吗？"

钱？多么庸俗的东西，真让人不好意思！她摇头，浅笑，心里央求道：你再问一次吧，再问一次，我就说需要。

可是，林森再也不问了。

其次是找工作。

荣灯早就说了，自己是社会独立新女性，她当然要自食其力，她怎么可能像个古代的小脚妇女，手心向上等着男人赏两个铜板！

当然，这方面，林森也是关心过她的，他曾经问过："挺好的吧？"

荣灯笑呵呵地说："挺好，挺好。"然后煞有其事地报告去了几家报社几家杂志社，人家怎样热情相待。生怕说出遭到拒绝的实情，自己在他眼里就变成一无是处的废物。

再其次，两人过起"周末喜相逢"的日子。

平常的时光，桥归桥，路归路，各忙各的，只有周末大家一起来欢乐。

林森说："你是自由的，我尊重你，你也应该有自己的独立空间与生活。"

可是荣灯不要自由啊，她也不要独立空间，她宁愿他霸占自己所有的一切，她的身体，她的呼吸，她的生命，所有的一切，都拿去好了，做她的主人吧，她的神，她的主宰，拿皮鞭抽打她，让她光脚走在碎玻璃上……尽情地惩罚她、虐待她吧，让她淋漓尽致地感受彻骨的苦痛。

可是，林森恪守协议，每个周五傍晚来接走她，激情狂欢，每个周日下午再送回来。似乎她是一道甜点，只在周末用来改善生活。

荣灯已经快被那个"周末喜相逢"弄崩溃了，每个被送走的那一刻，她就在等待下一个周五的来临。

从分开的那一秒开始，眼睛还看得见林森，她的心灵已开始饥渴。

林森是她的盐水，不喝会渴，喝了更渴。

林森也是她的光明，他使黑夜更黑，长夜更长。

因为无从把握，因为深陷爱中无法言说的孤独，荣灯寝食俱废，整夜整夜无法安睡。深夜里，她总是心神恍惚一个人在阳台上徘徊，似乎随时都可能一头栽下去。她是病了。当她在这致命的黑暗中载沉载浮时，那个叫明珠的女孩子出现了。

那是个寒冷的日子，天空阴暗，乌云垂絮，光秃秃的树枝在凛冽的风中嘎嘎作响，地上到处堆着一摊摊的残雪。

荣灯无事可做，也无处可去，一个人游荡在寒冷的大街上，她患了重感冒，不停地咳嗽，对温暖的怀抱有着异乎寻常的渴望，她突然决定去找林森，也许在这样一个寒病交加的日子，两个相爱的人抱在一起，就不再冷了。她柔肠百转着弃妇般的爱恨情仇，决定把自己这个幽怨的惊喜送上门去。

荣灯兴冲冲地坐上出租车，向林森家奔去，她也曾掏出手机，打算先给他打个电话，可是都提前预告了，那还叫惊喜吗？

再说了，凭什么他来接，她就去，他不来接，她就得乖乖等待？不！她就是要主动出击，看看他此刻到底在家里干什么，看书？写作？与朋友通电话？或者……有另外一个女人，在这样的时刻与他边做边爱？

一定有些什么是他隐匿，令她不知的。

比如：他从不喝咖啡，桌上却摆着一套漂亮的咖啡杯，一盒开启的速溶咖啡。

比如：他不是勤快人，却总在荣灯度完周末后，将她的鞋子收进盒子，衣服收进柜子，洗漱用具放进袋子。

再比如：放药品的抽屉里有各种避孕工具，荣灯却从未使用。

再再比如……一定是了，荣灯不在的时候，有另一个女人欣然光顾，香浓的咖啡漫过她灵巧的舌尖，甚至涂满她的全身，而他会一点点将她舔舐，像舔舐一支点缀果仁的冰激凌……

荣灯快要被自己丰富的想象逼疯了，她浑身颤抖，大口喘息，忽然有一种强烈的直觉，似乎她马上就要与某种隐匿的事实劈面相逢，她恐惧，却又莫名的亢奋，抑制不住这股立即揭秘的冲动。

她下了出租车，向林森家冲去，像被拴在一匹狂飙的马后，滚滚狼烟中，脖子套着绳索，身不由己，狂奔不止。

不，不！还是等等，咖啡杯也许是前妻用过的，或者是招待客人用的；把她的用品收藏起来也许是出于体贴和爱护；那些避孕用品呢？也许是古时候他与前生前世的女人用过的，既然这样，有什么道理打上门去呢？

如此的不信任，林森是会很不高兴的，接下来会怎样？会爆发一场恶战？会老死不相往来？她站在林森家的楼下徘徊，仰脸看着紧闭的窗帘，不，不！她怎能让他不高兴呢？她的使命就是让他高兴，让他快乐，让他比以前更优秀。她怎么可以忘掉这些？

她使劲掐自己，企图让自己清醒，浑身哆嗦着赶紧跑开了。可是那匹马还在狂奔不止，拖她回头冲向危险的深渊，她不得不抱住路边一棵梧桐树，紧紧抱住。狂暴的野马扬起四蹄咆哮不止，梧桐树被拉得倒倒歪歪，似乎随时都会被连根拔起。

就是在这时，她一抬头看见了一家美容院——风之尚，她脚步踉跄投奔而去，怕稍一松懈又奔林森家——奔向一场灭顶之灾。

咳！一定是佛祖看我可怜，现身来救我了。她心里叹息！

荣灯一脚迈进屋子，有些虚脱地跌坐在椅子上。前台小姐送来桂圆暖身茶，几本时尚杂志，两杯暖茶下肚，复魂归原位。荣灯有些后怕，手心冒出汗来，感觉刚刚犹如被邪灵附体一般不可理喻。

店里的环境宁静温馨，仿红木家具渲染淡淡奢华，暗灰印花地毯松软，白色云纱窗帘悬垂，背景音乐静静流淌，有大棵绿色观叶植物停立角落，是一个安静的所在。

前台小姐在与另一女孩说话："明珠怎么还不来？"

"今天周三呀，明珠休假。"

"原来不是休周末吗？"

门一响，匆匆进来另一位女孩子，挟一股寒风。

前台小姐白她一眼："真是，干吗周三休假？客人这么多。"

荣灯看那女孩，想必这就是明珠了，五官平常，双眼却黑亮，左眉间有一颗黑痣，绿豆大小，宛如草里藏珠，那珠子在草影摇曳间闪烁光华，瞬间便化腐朽为神奇，点活了她稍显凝滞的表情，让人不禁怦然心动。

明珠开口了，轻言细语，浅笑如兰，她说："我老公周末有事，所以调在周三。"

明珠带荣灯去单独的包间做护理，眼神清澈、笑容温暖，知心知性的样子，却又保持着恰到好处的分寸感。

也许是女孩子的微笑明亮柔软，也许是她的手温软舒适，也许是舒缓的音乐让人放松，荣灯竟有一种莫名的亲近感，俩人闲闲地说起话来。

荣灯喜欢她的名字——明珠，与她倒是般配。她有些顽皮地皱起小鼻子，羞怯地说："是我老公给改的名字。"说到"老公"两个字的时候，她眼睛一亮，有幸福的波光在荡漾。

据荣灯所知，改名字是很麻烦的一件事，女孩说："是呀，我老公找了公安局的朋友，很是费了一番周折呢。"

一口一个老公，可见她的老公非常疼爱她，唉！幸福的小女子啊，怪不得如此淡定，如此满足。也许她的那个老公，不见得有多英俊洒脱，不见得有多权高位重，对世界而言，他只是一个普通的人，但对这个叫明珠的小女子来说，却是整个的世界。

这样的爱真好，简单、直白，没有盘根错节。

荣灯喜欢干净明朗的爱情，亦不吝惜赞赏，她真心祝福别人的幸福，并认为祝福别人也就接通了自己的幸福频道。可是……她真的接通了幸福的频道吗？她不禁叹息一声，激烈地咳嗽起来。

明珠扶她起来喝过水，帮她压住鼻翼两侧止咳，并告诉她如果心情抑郁愤怒，就按揉两乳之间的膻中穴，如果失眠就按揉脚底的涌泉穴，如果不快乐就按揉虎口处的合谷穴……唉！真是，这几个月来，荣灯何时不抑郁？何时不失眠？又何时快乐过？即使和林森在一起谈笑风生时，她也总是怀着深深的忧虑。

这是为什么？为什么越爱越怀疑，越爱越不能平静？对此，明珠有自己的观点："姐姐，何必探求原因？生活太复杂，我们的眼睛该势力一点，只看见美的，忽略丑的；我们的心灵该高贵一点，只记住快乐的，而忘记悲伤的。"这些话经由一个平凡的美容小姐说出来，还是让荣灯有些惊讶。

可是，明珠马上又恢复了孩子气，皱起小鼻子，小声嘀咕道："姐姐，我老公说了，'智慧的人都懂得，遗忘比记忆更重要'。"

又是老公说的，简直让人受不了。荣灯问："那你为什么改名字呢？你老公怎么说的？"

明珠淡淡地笑了："我老公说我是明珠蒙了灰尘，他就是替我擦去尘埃的那个人。"

嗨！这是怎样的一对小恋人啊？甜蜜、默契、依赖、互相珍惜……先等等，职业习惯让荣灯极为善于在言辞间发现潜藏的秘密，蒙了怎样的尘？又如何擦拭？擦掉了没有？

荣灯不好探询下去，明珠也不多说。她温暖柔滑的双手在荣灯脸上、脑后、脖颈处妙曼游走，轻重得当，舒缓有致，荣灯多日紧绷的神经渐渐放松，意念涣散，竟然睡过去了。

等再醒过来，四周悄无声息，她脸上蒙着面膜，深陷黑暗，喊了一声明珠，无人应答。正焦躁着，房门轻响，明珠脚步轻盈地进来了。

明珠给她卸掉脸上的滋养膜，收拾妥当后，递一面镜子过来，荣灯端详镜中的自己，不禁喜从心生，眉清目秀，肌肤柔嫩雪白，哪里像弃妇嘛！信心重又附体，一切尚好，值得珍惜！

正自我陶醉着，明珠递上一盒风寒感冒颗粒和一瓶止咳枇杷膏。原来她刚刚是跑出去为她买药了，这样寒冷的天气，只穿件薄毛衣就跑出去，鼻尖冻得通红。

这样的殷勤关顾，这样的细心呵护，林森不曾有过，他只让她感冒时多喝白开水，而她们不过萍水相逢。这一瞬，荣灯真的心生感激了。

荣灯就是这样遇到明珠，笃定、安静的女孩子，让她心里舒适而温暖。

明珠从未向她推销过产品，当荣灯询问，才如实相告是否适用，甚至还阻拦她购买精油套装产品，因为她的皮肤角质层太薄，不适合活血性太强的产品。明珠的坦诚、体贴、温柔，让荣灯信任。

于是，当荣灯懒得出门时，明珠就在下班后，赶到家里给她做面部护理和全身按摩，兼心理医生。一双绵软的小肉手在全身游走，按、揉、搓、推、捏、揪、压……面部护理、淋巴排毒、胸部护理、卵巢保养、足底按摩，一点点打通荣灯全身滞涩的血脉神经。

肌肤相亲总是让人容易解除戒备，况且又是不相干的人，无须防范。荣灯断断续续说起正深陷的这段感情，她的困惑，她的挣扎，她的怀疑，她的不甘心，却从未提到林森的名字……

明珠静静地听，并不多问，她似乎从不为爱操心，更不怀疑，总是高高兴兴把老公挂在嘴边，她甚至嗔怪荣灯庸人自扰，"姐姐，你真是的，管他是真的还是假的，那是他的事儿，只要咱自己是真的，就行了。反正人一辈子总要真正爱一次，否则，多对不住自己呀！"

明珠的安静认命，感恩乐生以及逆来顺受，像小量的安定剂让荣灯安静并产生依赖，她总能悄然睡去。当明珠做好全套护理，静静关上灯，悄悄离去，睡梦中的荣灯有时竟然都不曾醒来。

而第二天早上，当荣灯还在床上赖着时，明珠又煮了热腾腾的红豆八宝粥送上门来。

两人的关系是有些不一般了。荣灯叫她妹妹，明珠叫她姐姐，荣灯愿意给明珠一些补偿，送她小的礼物，自己不喜欢的新衣服打包送她，把护理费直接给她个人，带她出去喝咖啡，逛商场，有两次，她甚至很冲动地想带明珠和林森一起出去吃饭，甚至还想让那双温柔的小手也帮林森按摩一下酸疼的肩膀，可是……

在最后的关头，她盯着明珠的脸看了又看，以一个男人的欣赏角度，这一看，把自己吓了一跳，明眸善睐，巧笑如花，更重要的是她多善解人意啊，简直就是温香软玉嘛！引狼入室的故事听得太多了，荣灯马上就打消了自己天真的想法。

甚至当林森提到她最近皮肤状态不错时，她也含糊其辞，绝口不提明珠。明珠——一个让人浮想联翩的名字，哪个男人不想暗藏一颗明珠呢！

为了将美丽进行到底，也为了能长期得到明珠的呵护，荣灯在美容院办了一张3万块钱的白金卡，可是交完钱不久，她的明珠妹妹就人间蒸发了，再也不见人影，连手机都停了。荣灯从此被剥夺了做上帝的待遇，那些小姐天天猫念经一样嘟囔着千奇百怪的产品，恨不得把她兜里的钞票全掏出来。

更可气的是，她们也不知给荣灯抹了什么鬼东西，整个脸通红肿胀，甚至溃烂破皮，像只熟过头的西红柿。荣灯要求退款，店家说明珠已经拿了高额提成走了，何从退起呢？荣灯又气又恼，就算她不诟病提成，也迁怒于明珠的不辞而别。

可是，谁能想到呢？就在此刻，就在眼前，那颗踏破铁鞋都找不到的明珠，竟然又撞到眼皮底下来了。荣灯能轻易放过她吗？

二

1　荣灯抱着双臂，背对房门站着。

房门吱呀一声轻响，她——那个小骗子进来了。

高跟鞋嗒嗒敲着地面，轻快，跃动，富有弹性，合身剪裁的白色短袖套装勾勒出妙曼的身姿，她走到椅子前坐下，从容、淡定，静静地等着。

荣灯暗自冷笑一声，从窗前缓缓转过脸来，感觉自己像手持照妖镜的那个老和尚，果然，明珠脸上的笑容开了一半，僵住了。小妖精尚未来得及兴风作浪，已被打回原形。

可是那眉间的黑痣一跳，僵住的笑容紧接着噗的一下璀璨着，就盛放开了，明珠惊喜地叫道："姐姐？是你！"

没有意料中的惶恐、难堪，甚至连难为情都看不到。难道照妖镜这就失灵了？荣灯板起脸，沉默，她走向老板台后的椅子坐下，静静地开口："请问，我是称呼你明珠女士，还是丁之恩小姐？"

隔着一张宽大的老板台，两颗心便是咫尺天涯的距离。明珠抿了一下嘴唇，无辜地看着荣灯，她的双手仍紧紧抓住文件夹，因为用力，指节发白，那里面应该装着她全套伪造的证件吧，事关生存，所以要牢牢抓紧。

荣灯挑起嘴角，她不愿意纠缠，单刀直入地说："不管你现在是谁，我已不会录用你。原因你知道。"

明珠自然是知道的，她的睫毛飞速地眨动，似乎在试图抵挡雨季的到来，或者思索对策，她迅速镇定下来，慢慢挺直腰，靠在椅背上，平静地缓缓开口："姐姐，我需要这份工作，并且能够胜任。"

什……么？她仍然叫她姐姐，并不惭愧，也不心虚，而且，竟然有一丝执拗。

"你……凭什么？"轮到荣灯惊愕，惊愕于一个骗子的理直气壮，"凭你高中辍学却把自己伪造成大学生？凭你隐瞒父母农民身份而将他们粉饰成教育工作者？凭你一会儿叫明珠一会儿叫丁之恩？对了，你到底叫什么？还有，你 22 岁，还是 26 岁？老家东北黑龙江，还是山东烟台？你到底有没有一点是真的？"

明珠并不激动，也不混乱，她说："姐姐，撒谎是我不对，但并没有对社会和他人造成伤害。我希望出身清白，受过高等教育，父母明白事理，但是我没有，所以我要粉饰了给大家看，大家不是就这样要求的吗？社会不是就这样要求的吗？

轮到荣灯哑然。

明珠将文件夹放在桌子上，叹了一口气，她伸手挠了挠头，有些欲言又止。

荣灯等着，看她还有何高见。

明珠舔了一下嘴唇，缓缓地开口："我……有一个女儿，四岁了……"

荣灯没想到是这样的开始，她内心震惊，却逼迫自己保持平静与淡定。

明珠平静地说："她在老家，跟我妈妈过，每年春暖花开的时候，我妈就把她放在板车上，拉着她满世界走……"

"为什么？"荣灯小声叫出来。

"因为我爸总是打老婆，我妈受不了，天气一暖和，她就跑出去，冬天的时候，她再回家……"

荣灯再也不能假装平静，她生气了，愤怒地说："你妈妈为什么还要回家？既然跑了，就再也别回去。"

明珠抿抿嘴唇，她甚至笑了一下："可是，妈妈并没有地方可以安身呀，冬天的黑龙江是会冻死人的，所以，她只能回家等，边挨打，边等春天到来……"

荣灯不自觉地叹出一口气，那个女人——听从春天召唤的那个女人，她是怀着怎样的心情，满世界游走？还有那个四岁的孩子，该有明亮的眼眸，雪白的牙齿，可她童稚的笑容在花开的季节四处飘零。

"她们……吃什么？"

"总会有好心人。"

"……住呢……住哪里？"

"走哪儿就住哪儿，草垛、桥洞、野外、庄稼地……"

"怎么能这样呢？"荣灯变了脸色，叫起来，她受不了明珠的平静，更受不了这样的情景：一个筋疲力尽的女人，拉着板车在野外游荡，车上坐着一个满脸泪痕的孩子，脏黑的小手抓着车帮，她的小脸因为紧张而绷紧，头上一株开残的桃花随着小身体激烈地摇晃……

"所以，我想得到这份工作，我需要高报酬，我想把女儿送进幼儿园。"

荣灯的脸涨得通红，她已忍无可忍："她父亲呢？你那个亲爱的老公呢？他为什么不管孩子？"

明珠低下了头，片刻，她浅浅地笑了，慢慢开口："那……不是他的孩子。"

很容易生气，很容易脆弱，很容易感动，也很容易怀疑，这就是目前的荣灯，她心里设置的壁垒哗啦坍塌了一片，她差一点就要冲过去把这个可怜的明珠抱在怀里了，可是等等……谁敢肯定这一次她就是真的？谁敢肯定这不是她一贯行骗的伎俩？再说了，就算是真的，难道不幸能够成为招摇撞骗的理由吗？难道不幸能够成为为所欲为的通行证吗？

遭受苦难仍品行高贵才令人肃然起敬！

荣灯飞速将坍塌的残砖碎瓦立起一堵墙，挡在两人之间，她长长吸一口气，冷淡地说："你出去吧。"

明珠还是浅浅地笑，并不卑微，对荣灯的冷漠似乎也不放在心上，她站起身来，柔声道别："那我走了，姐姐，你脸色不好，多保重身体！"

明珠款款带上门走了，荣灯差点被那张风轻云淡的脸气死，看看人家孩子，命苦从不怨政府，点儿背从不骂社会，心胸开阔得撑着小舢板能乘风破浪十万八千里，倒是荣灯这艘豪华客轮搁浅在一个臭水湾里，连朵小浪花都消受不起。

真是，什么人啊？什么世道？一眼瞥见桌上蓝色的文件夹，她没好气地一把抓过来，丁之恩小姐全套的假证件历历在目：改名换姓的身份证复印件，身家清白的简历，鲜红的大学毕业证钢印加身，摇身一变的小妖在2寸照片上装神弄鬼……够了！荣灯啪一声合上简历，把文件夹扔向墙角。

2 荣灯要招聘一个人做助手。

虽说不是老谋子为新片全国选演员，但具体人选却很难定夺。太丑，会吓跑客户；太漂亮，会抢了主子的风头；太单纯，会成为客户的肉鸡；太厚黑，会挤掉老板取而代之。唉！整个就是一悖论！最好是很聪明但善于装傻，不漂亮但风度奇佳，足够优秀但绝对忠诚，只是到哪里找这么好的人，配得上荣灯遮遮掩掩的私心？

按理说明珠也许是个不错的人选，疲惫时还可以提供全身按摩呢，可是……她不忠诚啊，也许是情有可原，也许是迫于无奈，荣灯眼前又不断闪现一个老女人拉着板车在旷野里行走，车上蜷缩着一个小女孩的情景，她的心不断地收缩痉挛……打住！快算了吧，她自嘲：泥菩萨过河，眼下你可没工夫同情别人。

荣灯自己正有一大堆破烂事呢，她来到林森身边后，求职屡屡受挫，后来干脆就把外地的一份36版报纸《时尚生活》拿到望岛市来做市场，对于这份报纸的品牌定位、受众群体、广告营销、推广策略、优劣势态、未来走势等等，她一一进行过详尽的分析，最终义无反顾签订合同。

报社总部要求：半年内发行量达到4000份。所有广告收入算她的，所有费用也算她的。半年后，发行量达到6000份，一年后发行量达到10000份，广告收入双方三七分……荣灯马不停蹄地租房子，招广告业务员，到工商税务登记备案，到新闻出版局办手续，抽空在露天广场搞宣传活动，宴请各色人等吃喝玩乐等等，荣灯的小积蓄和父母的赞助迅速见底，她的帝国大厦尚在图纸上沉睡。

荣灯叹息，唉！赚钱就像鳖上树，花钱就像鳖跳湾，扑通一声就没影了。三个月的时间转眼即过，她吃奶的劲儿都使出来才征订了不到300份报纸，她满嘴起泡，满脑子想的都是发行量——广告额——费用支出，正当她抱着脑袋头疼的时候，报社总部刘副总编的电话又来了，催命似的，一天三遍。

荣灯都不好意思不向他报告点好消息了，她于是打起精神，态度热烈，笑声爽朗，假装斗志昂扬，一切进展顺利。

刘副主编则假借关心之名，实则了解发行量，并顺便敲打她："小荣啊，知道你很能干，否则好多人抢这块市场，凭什么给你呀！发行量该增了吧？"

荣灯只能顺杆向上爬了："当然增了呀，我正要通知发行总部呢，让他们明早发400份报纸过来。"

"不错，不错，继续努力！"临了刘副总编又告诉荣灯马上赶到总部去，要研究一下促销方案。

放下电话，荣灯把负责投递的王大柱叫了进来："从明天开始，我们的发行量是 400 份了，200 多份按原名单投递，其余的送到储藏室锁起来。记住！这件事情，只有你和我知道。"

王大柱起先皱着眉头懵懵懂懂，后来忽然冲着荣灯灿烂一笑，神秘地说："你放心吧，老总，我明白。"那笑容里有自作聪明的得意，还有狼狈为奸的亲近，荣灯厌恶这样的亲近，可这又是必需的。如果发行量继续停滞，在接下来的日子，她还要自己掏钱买报纸，节节攀升更多子虚乌有的发行量，她还会把更多报纸直接锁进储藏室，直到她的小腰包干瘪得再也掏不出一个子儿为止。

王大柱刚离开，房门又被敲响，是明珠，她站在门口，不卑不亢地说："我有东西忘在这里。"

此时，明珠的东西正躺在墙角尚未被清理。

荣灯有些心意阑珊，她长长叹一口气，靠在椅子上看那个镇定的骗子，同样是欺骗，明珠则磊落得多。

明珠捡起墙角的文件夹，一样样清点里面的东西，低眉敛目，萎靡如一棵脱水的青菜。一个假证件怎么也要被人诈个千儿八百的吧？这个数目够孩子两个月的入托费了吧？荣灯忽然就有些歉疚，她张口就说："别走了，留下吧。"后悔都来不及。

明珠原地停驻片刻，瞬间她即经过雨露涤荡滋养，焕发出神采。她快步走过来，惊喜地说："太好了，姐姐，现在需要我做什么？"

荣灯面无表情，指了指她怀里的文件夹："只做一件事，把这上面你伪造的东西全背熟。"

荣灯带明珠去总部开会，不，是丁之恩小姐，明珠本人也尚且习惯这新名头，喊她时，要两秒钟，才会有应答。

荣灯其实不愿意去总部，明天是她和林森周末喜相逢的日子，她疲惫且厌倦，像只电量不足的手电筒，苟延残喘，亟须紧紧地抱住爱人充电，才能重新焕发光明。她给林森打电话，缠绵悱恻，好像两人即将分开一百年，林森取笑她："不就去两天就回来了嘛，哪像个独当一面的老总啊？你既然注册了公司，就得像个法人那样严格要求自己。反正我都在这儿，丢不了，也跑不了。"

因为不舍得林森早起，因为不舍得扰乱他睡到自然醒，荣灯没有叫林森送站，大清早，她坐地铁去火车站和明珠会合，两人一起奔赴长途。

在报社总部见了新闻、发行、广告等各路人马，因为老总没出面，刘副总又常年善于打太极，浑身一团和气，气氛自然也就宽松随意。大家就报纸的一些问题乱扯一通，最终也没能达成一致意见。

荣灯最烦广告部经理老黄，胖得像只吹大发了的气球，皮肤稀薄透亮，让人担心他随时都能噗的一声炸了。明明一肚子的诡计与多端，却偏要装出一派祥和喜庆，他伸出五根热狗似的手指与荣灯紧密相握，一口一个"我心爱的荣妹妹"，可是在广告版面问题上，却和他心爱的荣妹妹锱铢必较，蚊子腿上都恨不得刮下一层油来。

《时尚生活》因为跨越多地区发行，所有广告内容都要经总部老黄统一安排。荣灯好不容易哄着客户上份广告，可老黄总是压着不发，或者延后，再则就是临时撤换，把自己的广告插上去，弄得荣灯在客户面前里外不是人，广告费也很难收取。

老黄口沫横飞，荣灯当仁不让，两人唇枪舌剑，还要保持优雅笑容，以防伤了和气。当刘副总编出来和稀泥时，荣灯则立马掉转枪头让报社总部答应三个条件：一，增设望岛地区的专版；二，每天刊发当地两则新闻，以后随发行量增加；三，对于没能准时刊发的广告所造成的损失，报社酌情考虑赔偿。

起先刘副总只是微笑着看荣灯和老黄打嘴架，眼神妙曼，如水无声流淌，欣赏，却不动声色。当荣灯提出三个要求，他看惯了其他代理商的奴颜婢膝，奉承讨好；荣灯的叫板，倒是让他在惊讶之余又生出些许的喜欢了。

晚宴是在一家名曰"鱼翅皇宫"的酒楼进行的，气氛热烈，杯盏交错。荣灯感觉到刘副总的眼神像八爪章鱼阴谋的触角，无所不在地游动在身边，她有些不悦，似乎和他眼神交错，溅溅小火花，就是对林森的背叛。

她比任何时候都更思念林森，此时此刻，他在干什么呢？他没有电话来，也没有信息，难道他从不担忧一个单身女人在阑珊的夜里被一群酒精男围攻所潜藏的危险吗？

荣灯冷眼旁观，众生或捉对厮杀，或举杯邀明月，老黄缠住明珠喝交杯酒，喝完一杯，还要成双成对。明珠脸色绯红，连眉间的痣也染上了桃花色，荣灯的保护欲空前高涨，勇敢地上去替她挡了两杯，很有正义感地回自己座位时，不经意地一瞥明珠，看见她正笑吟吟地斜看老黄，眼神里垂下无数闪亮的小钓钩。

荣灯心下一惊，这小妮子，不会是只披着羊皮的狼吧？

酒宴结束，报社的商务车送她们回酒店。荣灯与明珠坐中排，老黄与另外一男人坐后排，借着酒精遮脸，老黄半真半假地拿明珠开玩笑："小丁丁啊，你和我喝了交杯酒，接下来就该入洞房了呀！"

荣灯和明珠不说话。

车上的其他人大笑。

老黄继续："荣总，你同意不？我带小丁丁走了啊！"

荣灯："带走呗，那我就报警，说我公司员工被不法分子拐卖。"

老黄把脑袋伏到前座，伸手揪明珠的耳朵，摸她的脸蛋："跟哥哥走好不？"一股热腾腾的汗酸夹杂着浓郁的酒糟气扑过来，明珠挣脱开，把脸转到一边。

荣灯抑制住满心的厌恶，半假半真地说："黄总，你醒醒，这儿可不是 KTV 包房啊！"

老黄讪讪地打着呵欠，"醉了，我醉了"，缩回身子，坐到座位上。

车子继续前行，车上的人都不再说话，夜色深沉，树影浓郁，摇曳着在车窗上一闪而过。

老黄似乎睡着了，身体夸张地摇晃颠簸，胖猪头乱晃了一阵儿，抵在前座的靠背上，两只胳膊也架上来了，他枕着一只胳膊继续摇晃，而另一只手从椅背上垂下来，顺着明珠的肩膀，目标明确滑到了她的怀里。

五根热狗在明珠胸脯上欢快地跳起了小天鹅舞。

明珠并不愿意成为一所黑暗中翻跹的舞台。她悄悄挪开身子，热狗群跟踪而至，她再挪，他再跟，直到无处可逃。明珠拿开他的手，他执着地再次俯冲，直击目标。你来我往，反复多次，一个防守，一个进攻，一个节节败退，一个步步紧逼。

荣灯观察这场无声的厮杀良久，终于忍无可忍，她扬手给了老黄一个响亮的耳光，大叫一声："停车！"

所有的人都吓了一跳，司机一个急刹车，还不等车子停稳，荣灯拖起明珠就跳了下去。

也许不成熟，也许太冲动，也许小不忍乱了大谋，可是顾不了那么多了，荣灯好歹在报社做了多年无冕之王，走到哪儿都是被人尊敬的才女，何时受过这等鸟气？

一路无话，两人回到房间。

荣灯气呼呼坐在沙发上，明珠表情平静，把拖鞋放到她脚边，低头俯身时，那对肥白兔在裙子的低胸领口处蹦蹦跳跳，极尽招摇。

荣灯狠狠瞪了明珠一眼，先是指责她胸部饱满惹是生非，后是指责老黄得寸进尺、欺人太甚，可恨的是荣灯说得口干舌燥，明珠始终一言不发。

荣灯皱着眉头看明珠，明珠把衣服挂好，鞋子摆正，散乱的文件归拢，还给她倒一杯水放在手边。她表情淡定，并不生气，也不恼怒，似乎受侮辱的是荣灯，而且也不值得同情。

这什么人啊？哪怕她和荣灯一起骂骂老黄也好，或者强挤几滴眼泪，做个不堪其辱的姿态，可是她惜言如金，只字不吐，简直……简直不知好歹，是非不分嘛！

"你什么意思？为什么不戳穿他？"

"何必，撕破脸大家都不好看。"

"那你就甘心受辱？"

"跟我没关系，他辱不到我。"

"你……你知道他想干什么？"

"想跟我睡觉。"还是平静的表情，平静的语调。她忽闪着无辜的黑睫毛，不以为然地说："他说陪他睡觉，以后他就不再为难我们公司。"

荣灯一下挺直了后背，她的大脑空白了几秒钟，缓缓地问："什么时候说的？"

"喝交杯酒的时候。"

荣灯一巴掌拍在茶几上，终于炸了，她冲明珠叫起来："你以为陪男人睡觉就能解决问题吗？你是愚蠢，还是脑子被狗吃了？难道我们是来卖春的？你，还是我，看起来像妓女？"

明珠不辩解，也不反驳，她只是平静，只是逆来顺受，荣灯已经受够了她这副死猪不怕开水烫的嘴脸，她不想见到她，一秒钟都不想。

荣灯夺门而去。

3 夜已深，夜色浓郁，将世界遮掩吞噬，所有的物体都不再完整，不再清晰，街灯迷离，使人陷入光与影的恍惚中。荣灯头疼欲裂，独自走在夏夜陌生的大街上，只有一条疲惫的影子亦步亦趋地跟着她。

那么悲伤！那么脆弱！那么委屈！对感情的不确定，对未来的惧怕，对现实的疲于应付令她急需得到安慰。

她走走停停，感觉自己像流落街头的一只丧家犬，巴不得有个主子将她领回去，安顿到一个舒适的草窝里。

可她的主子呢，沉默得像个贵人，没有电话！没有短信！更勿谈安慰！

总是这样，总是她主动打电话，总是她主动发信息，总是她主动想念，总是她主动谈情说爱，总是她主动给他买礼物。而他呢？他总是主动埋头做爱。他总是主动匆匆挂掉电话，让她一个人捏着话筒在那边愣半天，冷半天。他总是以恩赐般的态度收下她的礼物却又百般挑剔。他总是理直气壮地说"我根本用不着想你，你就是我的空气，存在着，感觉不到，不存在，那就有生命危险"。这样的论调总是让她不知该喜该忧？当她为此恐惧不安时，他则为此沾沾自喜，并开心地大笑。

她于是觉得他是有些轻浮的，甚至是油滑的，可他是一位才华横溢的青年学者，他那么多的作品摆在大学图书馆里熠熠生辉，他怎么可能轻浮呢？他怎么可能油滑呢？他怎么可能对感情不认真呢？

荣灯边走边想着，把手机握在手里，不时看看，唯恐错过林森的电话，电话始终沉默，她于是怀疑手机出了问题，干脆用路边的公用电话拨了来验证，那手机却又好好地响起来。她开始恨林森，恨他的无情，恨他的冷漠，恨他的不上心……并决定永远也不再理他了，可是没过一秒钟，她就忍不住开始拨主子的手机，怀着百转的柔肠，竟然……关机！

会不会出车祸了？会不会喝多了酒精中毒了？会不会走在路边被半空飞下的一只花盆砸中了？会不会遭遇劫匪了？会不会家里的液化气泄漏了？会不会……天哪，林森这倒霉的人在一瞬间就遭遇了世界上所有的不幸。

她浑身发冷，颤抖着手指立马拨他的座机，并做好随时迎接噩耗的准备，林森带着梦魇的声音微弱地传来："喂……"

呜呜，还活着。简直要喜极而泣。咽下一口唾沫，陪着小心翼翼，温柔地问："宝贝，你好吗？"

"你说呢？真是！都几点了？"不悦，微词，看来她的宝贝不是很好。

"嗯，我……没事，就看看你好不好。"

"本来很好，被你一吵就不好了。"厌烦，并不加掩饰。

她的怒火立刻燃烧起来，仇恨重新充斥心头，张口就问："你爱我吗？"这样的问题显然不合时宜，她立刻为自己感觉到羞愧，为掩饰这种卑贱，便极力伪装出平静的声音："没事，你睡吧。"

林森迷迷糊糊地嘟囔了一句："神经病！"就啪地挂了电话。

什么？神经病？是酒精让她疯狂，她开始无休止地拨他的座机。起先林森不搭理她，她执着地再拨，终于通了，林森几乎在拿起话筒的那一瞬间就恶狠狠地吼道："说！你到底要干什么？"

她突然就冷静了，这不是她要的男人，这不是她要的感情，无须再伪装，她的声音已冷到零度，她说："如果你爱我，请善待我，如果不爱，请告诉我，那么我们分手。"

"你随便！"林森再次撂了话筒。

荣灯彻底愣住了！

什么叫"你随便"？她讨厌他的无所谓，讨厌他的模棱两可，他的不负责任，他的不严肃。她扔掉工作、家庭和熟悉的一切跑到他身边来，胼手胝足、孜孜以求，将自己置于悬崖边上，就为了最后一句"你随便"？

不！她迅速变得理智且冷静，没什么大不了，分手也死不了人，就算死，也要死个明白，那就是：他到底有没有真正地爱过自己？就这一句话，说清楚就好。她绝不会指责，绝不会纠缠，绝不会像无知妇孺一般猫念经"都是为了你，我怎样怎样……"，也绝不会像祥林嫂一般逢人便说"我真傻，我只知道……"她是独立的社会新女性，她有能力为自己的行为负责。

她继续拨他的座机，却始终是占线的声音，原来……他把电话线拔掉了。

恩断义绝！真够狠的！

醉意席卷而来，像涨潮的海水，一波猛似一波冲击着她，她神情恍惚，头晕目眩，靠着一棵树，慢慢地蹲下来，抱着自己的胳膊，呕吐。

明珠悄无声息地走过来，也不知她何时跟在身后，她轻轻摇晃着荣灯的肩，荣灯闭着眼睛，不由自主一把抓住明珠的胳膊，毫无顾忌地说："林森是个坏蛋！你知道吗？林森是个坏蛋！"

明珠的脑袋好像突然被门挤了，她瞪大眼睛，微微张着嘴巴，有点痴呆的样子傻傻地看荣灯。似哭似笑地说："林森……"她咽了一口唾沫，像鱼刺卡在喉咙："是那个教授吗？"

"你认识他？"

"不！我看过他的小说。"明珠迅速摇头。

"很多人都看过他的小说，可我看透的是他的灵魂，这是一个混蛋，我那么爱他，可是他谁都不爱，他只爱自己……你知道吗？他只爱自己……"酒精让荣灯激动且混乱。

明珠轻轻拍打她的后背，像哄一个焦躁的孩子，轻声说："我知道，我都知道，咱们回去吧。"

荣灯虽然醉了，心却努力醒着，她警告自己不要和明珠过分亲近，毕竟不是同路人。怎么能随便就把林森供出来呢？他好歹也是个著名的知识分子，要注意影响，荣灯多少有些后悔。

明珠扶着她回酒店，两人都不再说话，夏夜的风吹在脸上，潮湿、腻黏，像罩了一层破抹布。

屋里的灯光明亮柔和，明珠看着荣灯，欲言又止，眼睛中闪烁坦诚相见的小信号，也许她想说说她的父母，说说她亲爱的老公，或者说说她的孩子……

荣灯的心却突然冷了，谁也替不了谁，说出来又能怎样呢？她走进卫生间，锁上门，把水龙头开到最大，用浴巾捂住脸，痛哭起来。

难道真的就这样结束了？她想到和林森的初次相遇，她知道那是她想要的爱情，它来了，她毫不犹豫抓住它，像伸手抓住锋利的刀刃，她看着血流下来，很疼，却舍不得松手，愈抓愈紧。

4 第二天一早，老黄和刘副总来陪她们吃早餐，对于昨晚的事，大家只字不提。微笑、谦让、周到，人人都是仁义礼智信的绅士与淑女。

真好，这样的世界，再也没有夺妻之恨，再也没有杀父之仇，再也没有一言不合老死不相往来的豪气，有的是共同的利益，有的是把垃圾吃下去变成糖的智慧。

荣灯坐在会议室和大家探讨着报纸的未来，脑子里却翻腾着昨晚和林森的诀别，是真的？抑或是一场梦？她面带微笑，却心如刀绞。不止舍不得，更多的是恐慌，她的爱情已崩盘，她的事业已式微，她的未来凶多吉少，怎么办？何去何从？她突然那么害怕，像置身无边的汪洋，哪怕一根稻草都要紧紧抓在手里。林森是一根稻草？还是一艘救生艇？她心事重重把手机拿在手里，打开又合上，合上又打开，有好几次她甚至下意识地拨出了林森的号码，又赶紧挂断。

明珠坐在荣灯身边，看她艰难地进行一个人的拉锯战，她咬了咬嘴唇，低头写了一个纸条，此时荣灯的手机突然响了。

两人都吓了一跳，同时探头去看，来电显示：林森。

荣灯似乎听到命运在召唤，她立刻站起来迅速出门去接电话。

一按下接听键，林森甜腻的声音就扑面而来："我的小神经病患者，你痊愈了？"亲密、调侃，还带着一点小小的嘲弄和包容。

嗯……春风扑面，犹如天籁之音啊！

荣灯连摆摆样子都来不及，她迫不及待地就原谅了他，并马不停蹄地开始道歉，是我不好，我不够温柔，不够体贴，不够海纳百川，不够壁立千仞，不够曲意承欢，不够死了都要爱……

荣灯顺着梯子骨碌碌就滚了下来，自尊早被抛到九霄云外了，管他谁对谁错，自己先认了错再说。这招儿果然受用，林森说："看在你嘴甜的分上，我就暂且原谅你了。"

死罪已免，荣灯重获新生。她微笑着回到会议室去，心里说：看看吧，这就是男人的爱情，哪有什么公平！他无理取闹时你要忍耐他，他撒泼无赖时你要迁就他，他闯祸惹事时你要包容他，他脆弱无助时你还要哄着他。真是，哪里是找一个贴己的爱人，搞来搞去，无非将他妈妈的接力棒抢在手中而已。

明珠看着荣灯如沐春风的脸，慢慢地把那张纸条揉成团儿，一点一点撕碎了。

5　从报社总部返回望岛，荣灯和明珠在火车站分手，各自回家。荣灯说："坐我男友的车一起走吧，他来接我。"

明珠摇头浅笑："不了，我老公也来了。"

林森没有站在出口，他向来这样，只在车上等。荣灯找到车的时候，他正在打电话，都没有注意到她站在车边，她隔着车玻璃看他，他眉飞色舞，笑得很灿烂。

荣灯突然拉开车门，林森吓了一跳，微微张着嘴巴，愣了一秒钟，像一个偷嘴的孩子，被当场逮个正着。但他迅速反应过来，匆忙挂断。嗔怪地轻轻拍一下荣灯的后脑勺："讨厌！神出鬼没的，吓我一跳。"

动作无限亲昵，但荣灯仍然感觉不妥，她按住怀疑，假装随意地问："跟谁打电话呀？干吗我来就挂了？"

林森吻她一下："当然要挂了，管他是谁呢，我的女人回来了，这才是最重要的。"

嗯，好像无懈可击呀！好像至高无上呀！可是……怎么就总感觉哪儿不对劲呢？

她盯着林森看，恨不得每根汗毛都掀起来审查一遍。林森把她的脑袋扳正，发动车子："别像个警察似地盯着我，我又不是小偷，你查不出什么问题来。咱还是回家吃'大拌菜'去。"

荣灯自嘲地笑了，也是，何必呢？正如林森所言，人生就是一盘苦难的大拌菜，又酸又苦又辣又咸，爱是美妙的调味剂，没有它，这盘苦难的大菜怎么吃的下去！

于是回家，甜言蜜语，紧密拥抱，你中有我，我中有你，加很多的柠檬汁，加很多的阿斯巴甜，加很多的麦芽糖醇，加很多的低聚果糖，加很多的碳酸钠、碳酸钾、碳酸二氢钠……再也尝不出苦辣咸酸了吧？这盘菜吃起来如此可口，如此令人迷恋。

他们抱紧对方，沉沉睡去。当荣灯迷迷糊糊醒来时，她发现自己和林森相对而眠，他长相潦草的脸很突兀地横在面前，陌生、隔膜，甚至有些丑陋。屋里光线昏暗，她几乎是惊讶地屏住呼吸端详着眼前的这张脸，林森很警觉，似乎扑闪的睫毛惊动了他，他下意识地眯了一眼身边的人，转过身，继续沉沉睡去。

这就是她爱的人？她爱的是这个人？还是爱他的身体？

他总是埋头做爱，而她的身体总是欢呼雀跃，积极响应，贪婪并放肆，这令她恐惧。她恍惚觉得：有爱先行，肉体的欢娱才是道德的，而纯粹的肉体欢娱，就是非道德。

林森本人从不为此困惑，并嘲讽她是一位典型的"道德爱好者"。

没错！她热爱道德，尤其崇尚有道德感的男人，有道德傍身的男人不刻薄，不狭隘，不萎缩，不污垢，即使偶尔蒙了尘，清洗过后，仍然珍贵，令她安全并信任。

那么在他和她之间，到底是道德的还是非道德的？还有，自己爱的是林森？还是爱的道德？或者林森只是道德的载体？

荣灯摇晃着混沌的脑袋起床，轻手轻脚走进卫生间，她无意间踩动垃圾桶投进了一个纸团，当垃圾桶的盖子啪嗒盖上时，有一道闪电瞬间划过她的眼前，她脑袋轰的一声，被击中，随即俯身抱住了垃圾桶。

有一只粉红色的用过的避孕套！

荣灯感觉到地动山摇，她的大厦顷刻坍塌，柱子断裂，墙面崩离，沙石俱下，烟尘横飞，瞬间将她深深埋了进去。

荣灯靠着墙，看着那朵粉红的恶之花，哀莫，心却不死！她一把抓起它，疯一般向卧室冲过去。

冲了两步，又踉跄着退回来了，她将手里的东西扔回垃圾桶。

荣灯飘回床上，神情恍惚地看着林森，林森被惊醒了，他皱着眉头伸手来拉她，她却突然跳下床，唰唰地拉开窗帘，拉到最大限度，刺目的阳光猛地射进屋子。

两人都感到一阵眩晕，林森拿手遮住眼睛，荣灯紧盯着林森，恨不能把自己变成一束 X 光射线，穿透他壁垒森严的表象，看清潜藏的病变。

林森奇怪地看着这个神经兮兮的女人，疲惫地打了个呵欠。

荣灯貌似冷静，牙齿咔咔响个不停，好半天才结结巴巴地问："你……真的……没有其他女人吗？"

林森白了她一眼："无聊！"

荣灯瞬间便身心俱碎，虚弱地说："求求你了，跟我说句实话吧。如果你有心爱的女人，那么，我祝福你们，但是请你真的不要骗我。"她几乎是苦口婆心地在哀求对方给她最起码的坦诚。

林森似乎受了很大的侮辱，他的小眼睛瞪得圆溜溜的，口气强硬地训斥道："荣灯，你怎么对自己那么不自信？我原以为你与众不同，其实也不过一庸脂俗粉而已！"

荣灯咬着牙，一字一顿地说："是我不自信，还是你太虚伪？"

林森冷笑，他那副不屑的表情终于激怒了她，她一把拽起林森，拉向卫生间。

两人在卫生间站住脚，荣灯看着他，冷静地看，冷静地问："我再问你最后一遍，你到底有没有其他女人？"

林森很坦荡地看她，很坦荡地说："我再回答你最后一遍，我没有其他女人！"

荣灯的心冷了，脸也冷了，她像一位案发现场的法医，沉着地拿起浴池边上的一只手套，缓缓戴上，保持风度是必要的，如果再有一只镊子就更好了，无奈案发突然，只好将就了。她踩开垃圾桶，捏起那个有力的罪证举到林森面前。

林森的表情有瞬间的震惊，但是……他突然笑了，有点得意，有点无奈，还有一点生气，总之，难以界定。他看看他的罪证，再看看荣灯，嘲讽地嘟起嘴唇，似乎荣灯的行为极其荒唐可笑。

嗯？他为什么不慌乱？为什么不解释？为什么不羞愧？他竟然有脸笑？荣灯又惊又气。

林森有点害羞地附到她的耳边，小声说："我想你了，自己用的。"

这真是个石破天惊的理由！

还有更振聋发聩的，他几乎是委屈地低声嘟囔道："我怕弄脏被子，又没人帮我洗。"

荣灯被蒙住脑袋打了两闷棍，只剩下苟延残喘的份了。

可她依然不甘心地瞅着那个粉色的小东西，企图确定它参与的是一场男子单打？还是一场男女混合双打？但小东西对此事件的关键部分讳莫如深，守口如瓶。

林森板起脸，愤怒地说："你再这样，我不喜欢你了。"他忍无可忍掉头就走，荣灯立刻恐慌，她马上抱住他，怀着对失去爱的恐惧以及做错事的愧疚，迫不及待地展开自我批评。

肯定是冤枉了他！否则，但凡一个人，怎么会有如此出色的应变能力？怎么会有如此强大的心理定力？怎么会有如此颠倒是非的廉耻心？

被冤枉的林森生气了，他梗着脖子背对她，并且拒绝她的拥抱，她感觉到他的僵硬和冷漠，她开始哭，有些牵强，哭着哭着，就真的委屈起来，好像她的爱情已经冻僵，马上就要死去，她不怕死，她只怕失去他的爱。

因为害怕、委屈、歉疚，以及怀疑，她的眼泪哗哗地止不住，林森终于揽住了她，但手松松的，缺乏力度与温度，她打定主意，厚着脸皮继续哭下去，边哭边撒娇边痴缠，直到他将她的爱情捂进怀里暖活为止。

三

1 荣灯也不知道自己糊里糊涂是怎么就走到了这一步，她的爱情，狗牙参差；她的事业，凄风冷雨。她都没时间思考到底是从哪一步开始走歪了，如今只能踩着泥泞一步步向前跋涉，随时警惕葬身沼泽的危险。

沼泽中不仅前路难辨，还有凶恶的鳄鱼张开血盆大口向她扑来。她的

《时尚生活》要在望岛市开辟市场，扩大发行量并抢夺当地广告份额，遭到当地报业集团激烈的围追堵截。他们不只从舆论上进行棒喝诋毁，还联系当地宣传部及新闻出版部门以行政指令的方式企图将《时尚生活》扫地出门。

荣灯立足未稳，就被一个浪头接着一个浪头冲得东倒西歪。先是在一天清晨，当投递员正在分发报纸准备投递时，新闻出版局和当地报社来了一群人，他们以《时尚生活》是非法出版物为名没收了所有报纸，扛走了新闻中心的大牌子，记者则啪啪进行拍照。当天的当地报纸就醒目刊发了这则新闻，配上记者的大幅图片说明，号召广大市民擦亮眼睛警惕非法小报招摇撞骗。

同时，当地市委宣传部以行政指令的形式下发红头文件，召集各企业团体领导人开会，要求他们认清形势，支持当地报业发展，不允许企业集体征订《时尚生活》。

不止如此，《时尚生活》报的多名订户被买通，他们集体向"3·15"投诉，向媒体曝光，捏造子虚乌有的事起哄闹事……

一时间，对荣灯的非法小报，人人喊打。而那些街边竖块牌子等活儿干的泥瓦匠油漆工疏通下水道的游民们被买通后，都摇身一变充满正义感。他们围攻投递员，围攻荣灯的办公室，要求退报，要求赔偿，要求滚出望岛市，吓得投递员们纷纷撂挑子不干了。

此时此刻，荣灯内外交困，四面楚歌，她唇青面黑，寝食俱废！林森似乎觉得这件事情很好玩，他向荣灯抖落着报纸，没心没肺地说："嘿嘿，不错呀，小女子曝光率挺高。跟我仔细说说，我要的是细节，没准能写一篇好文章呢！"

荣灯无语！这就是她的亲密爱人，他的快乐不是她的快乐，她的悲伤也不是他的悲伤。她甚至不敢告诉他已投入全部积蓄，如果不是哥哥在帮她，她连生活都难以为继。曾经有一次她试探地问："如果报纸失败了？我该怎么办？"

林森想想说："嗯，你原来的单位还能回去吗？回去也不错，生活环境也习惯，省得在这边老是皮肤过敏，我想念你吹弹可破的水嫩皮肤。"

荣灯忍住酸楚，假装随意地问："那我们呢？还能在一起吗？"

林森的观点："当然能啊，我想你了，就去看你，你想我了，就来看我。这多好啊，既浪漫又新鲜。"

荣灯不要浪漫，荣灯要的是两相厮守，天长地久。林森嘲弄她："太老土，如果真爱，又何必在乎形式，内容要大于形式，如果不结婚能相爱一辈子，那才是最高境界。像萨特和波伏娃。"

荣灯冷冷地说："对！各自都有情人，甚至波伏娃还给萨特拉皮条。"

林森嬉皮笑脸地说是啊是啊。荣灯看着他笑得眯成一条缝的小眼睛，内心突然充满深深的厌恶。

在这一刻，她已模糊将前路看清，是为了爱情，为了留在爱人身边，她才咬牙撑起这张报纸的市场，一旦失败，她的亲密爱人不会收留她，更不会养她。自己是社会新女性呢！况且，生活由来逼人，养一个人多么不容易！

其实早就应该明白，又不是小孩子，从来就没有知心爱人，有的是在爱情名义下进行的欺骗与压榨。以淡漠的心看人生，反而不会凄惶，以凉薄的心看爱情，反而不会绝望。

这样一思考，荣灯就能对自己笑了，冷冷地笑，她咬着牙，以赴死的决心独自应对所有的一切。还能怎样？大不了，无家可归！无人可爱！无处可去！无事可做！

挺住，就是一切！

停报！停报！荣灯的总部发出紧急命令。并召集相关人等马上开会。

荣灯赶往总部开会，留下明珠在公司应对每日上门讨说法的订户。荣灯给她一个原则：对所有的敌人，笑脸相迎，茶水侍奉。如果对方滋事打闹，直接拨打110。

明珠答应得很好，荣灯却终究担心她应付不了，在总部开会时经常发个大大的问号过去。明珠总是迅速及时地回复一个笑脸，令她稍稍心安。

对于何去何从的问题，最后在报社集团老总的强硬态度下达成一致：决不后退！因为退，意味着承认自己非法的身份，意味着甘心以失败者自居。这是决不允许的。

于是斗争上升到两个城市之间的较量。由总部刘副总编统一带队，荣灯随行，报社总部调动了当地宣传部门、新闻出版部门等，直接到对方的政府管理部门进行友好拜访。

拜访，对方当然是欢迎的。这有什么呀？美越战争前前后后打了十余年，死了几百万人，如今还不照样握手言和在南海联合军演？况且都是在咱共和国的土地上，多大点事呀！

其实白天只是公事公办把事情一二三摆出来，到了晚上，在豪华大酒店，真正意义上的拜访才鸣锣上演。

这些官员们虽非故交或旧友，但平时总有些许交往，都是公家人，做着公家事，况且，铁打的江山，流水的官，今天在这个市，明天没准儿就调到那个市了。何必呢？又不是扒了自家院墙，又不是从自家锅里抢饭吃。所以！百花齐放，百家争鸣嘛。

趁着喝得耳酣面热时分，刘副总悄悄把几个红包塞给荣灯，示意她找机会塞给在座的几个人，并亲热地捏捏她的手，低声说："这可是为你打通关节啊！"

荣灯知道那是购物卡，她还知道不会低于5000，也不会高于10000。低了，怎么拿得出手！高了，收下了怎么说得清楚！

于是大家欢声笑语喝起酒来，这一杯负荆请罪，这一杯赔礼道歉，这一杯不计前嫌，这一杯继往开来，这一杯友谊地久天长……每一杯都有必须要喝的理由。

那天晚上，大家都喝高了，气氛热烈，刘副总替荣灯代了好几杯酒，他有些激动，拍着荣灯的肩膀，一再请大家对这孩子多多关照，夸这孩子聪明懂事值得关照。

荣灯一直微笑，沉默。不是不感动的，但有些难以言说的尴尬，像父女之间的感情，亲密、收敛，难以言说。

大家都笑，眉来眼去，暧昧、敏感、模棱两可，他们愿意想象得比实际发生的丰富且多彩。

酒意正浓时，大家乘兴去K歌，刘副总喝多了，荣灯送他回酒店。也许可以不上楼，在楼下就别过，也许可以不进房间，在门口潇洒转身。

可……还是进来了。

钥匙牌捏在他的手里，屋里一片黑暗。他们分别靠在窄窄的过道两边，沉默。

他知道这份报纸她已投入全部；他知道报纸的经营法则是一年亏二年平三年赚，可她能否坚持到三年？他知道她孤家寡人孤注一掷做困兽斗；他还知道她有多坚强就会有多少磨难在等待她，太清楚，太明了，反而无从劝慰。

黑暗让她放松，突如其来的疲惫、软弱以及恐惧将她攫住，犹如在汪洋中漂浮，她渴望抓住一块木板停靠片刻，稍事喘息。

他慢慢伸手将她揽过来，靠在肩膀上。

她闭上眼睛，静静地靠着，即使不强大，即使不长久，靠一靠也是好的。

"没事儿……都会过去。"缓缓地，他说。

"嗯……知道！"

就这样吧，心里的软弱一瞬即退，她暗自叹息一声，从他手里摸过门卡，插进取电孔。

灯亮了。

他们的脸靠得如此切近，他染过的黑发下是白刷刷的发根，触目惊心，眼角有沧桑的皱纹，像……父亲，信赖，却不能靠近。亲切，却令人心酸。

他走向屋里，坐下来。

"喝杯茶吧。"

"还是……不了。"

她向门口走，轻轻掩上门，走了。

他坐在椅子上，一动不动，慢慢地给自己沏一杯茶……

2　经过刘副总的友好访问，形势发生了微妙的变化。当地管理部门闪烁其词，暗里支持当地报业，明着却不好有所行动了。毕竟《时尚生活》也是正规出版物，有权利在共和国的任何一寸土地上销售。

荣灯去新闻出版局把牌子拿回来重新挂上了。报纸停报5天后，也重新投递发行。总部还给所有订户送了一小桶花生油表示歉意，另外免费赠一个月的报纸，凡是年度订户都会得到一个神秘大礼包等等，总之报社总部是铁了心要来抢市场了。

拿人家的手短，吃人家的嘴短，所有得到好处的订户开始说《时尚生活》的好话，不止如此，荣灯还把当初被买通的那些泥瓦匠油漆工聘请过来投递报纸，他们每月都有固定工资，倒是两厢其美。

当地报业集团等于是搬起石头砸了自己的脚，他们一再召集中层领导开会，高呼：狼来了！狼来了！厉兵秣马筹备新一轮的较量。

就这样，荣灯在夹缝中腾转挪移、摸爬滚打，发行量竟节节攀升，更令人鼓舞的是她变身为藤，与当地几家重点企业紧紧缠绕在一起，共荣共生。

荣灯先是搜集到联通公司、人寿保险公司、邮政局、公交公司等十几家企业老总的信息，然后连续半个月以私人名义给他们发特快专递，只做一件事：免费赠送报纸。

半个月后，美女老总荣灯打扮得风度翩翩登门拜访。当然这是美女如云的时代，随便在街上一抓一大把，没人看看你的脸蛋就掏钱，只有利益才能让人更听话。

荣灯没有现成的利益，但她有一张跨越多地区销售的报纸，她以免费的广告版面交换到了巨大的发行量。第一场艰难的突击战是与联通公司的交手。

联通公司有几百万手机用户，哪怕从这个汪洋中舀一瓢水，也足够荣灯畅饮。但是这样大公司的老总一定都很跩，荣灯三次登门拜访都被拒之门外。可是没关系，荣灯还有第四次拜访，她相信自己不是乌鸦，是一只喜鹊，她带来的是喜讯。于是第四次，她重整河山，再次温文尔雅出现在联通老总面前，老总实在不好对一位优雅得体的女士发火，轻描淡写地说："去吧，中午去'海悦'等着。"

于是荣灯早早在海悦大酒店恭候，中午时分，彪悍霸气的联通老总在一群人簇拥之下闪亮登场，荣灯迎上去，他瞥她一眼，不说话，只摆一下头，荣灯就乖乖随着众人上楼去。

那天荣灯不怎么说话，但非常听话。联通老总是土匪式的人物，不多话，但一句顶万句，他让所有人都倒上白酒，妇女儿童，不得例外。就一个字：干！

荣灯老老实实，每一杯都喝得底朝天，也不知道像别人那样吐到口布或倒进茶杯，直至乱醉。好在知道趁着尚有一息人事的时候求助明珠来救场，她撑着，一直强撑住最后一抹清醒，对在座的每一位保持优雅的微笑。

阿弥陀佛，明珠出现，她救苦救难的菩萨终于来了。

不知道是怎样回的家，不知道是怎样被明珠安顿在床上，沉沉睡去，一天一夜，中间被拍着脑袋强灌过醒酒汤，也无知觉，就算灌下毒药，也是不知道的。

终于醒来，已是第二天的傍晚，明珠蜷缩在墙角枕着自己的脑袋打瞌睡，摇摇晃晃，如栖枝而眠的鸟。一缕淡淡的阳光斜斜地淌在地板上，荣灯静静地躺着，看睡梦中的明珠，唉！同是天涯沦落人啊！

隔了一天，荣灯再去找联通公司的老总，被告之去打高尔夫了。半途而废不是荣灯的风格，她打个车就奔二十里外的球场。

联通老总正跟那些球洞洞玩得兴奋，大肆向荣灯吹嘘他一杆能挑多少个洞。荣灯对此一窍不通，穿的又是高跟鞋，但她不能坏了人家兴致，索性脱了鞋，光着脚陪玩。一上午，球没击中几个，球杆倒是每每砸中自己，她疼得龇牙咧嘴，联通老总问："疼吗？"

她含着眼泪摇头，微笑："不疼。"

到中午的时候，荣灯累得腰胯脱节，路都走不了，她双手托着腰，咝咝地偷偷吸着冷气。

联通老总看着她一脚的泥巴，一脸的汗，哈哈大笑："傻丫头，说吧，要我帮你做什么？"

于是，荣灯以10个整版免费广告版面换了8000份订报量。

同样道理，公交公司每天有几千台大大小小的车在全城晃悠，所有的乘客都是荣灯的潜在客户。在联通老总的引荐下，同样是以版面换广告，她与公交公司的领导达成基本协议，预计在半年内，全城的公交车都将悬挂上可免费阅读的《时尚生活》报。

还有保险公司等等，也如法炮制。

当然，广告版面换订报，那是公对公。还有公对私，则是每份订报让利20元，送给相关人士。荣灯明白这不是君子所为，但君子若做生意，也必定变为小人。

荣灯的事业终于拨开乌云见了晴天，不到一年的时间，报纸发行量已达到万份，随着市场的培育成熟，她预计第二年发行量将稳步上涨，这样的话，买房买车都指日可待。林森也不由对她刮目相看起来，经常会用赞许的眼神偷偷打量这位独立的社会新女性，荣灯假装不知道，心里却悄悄松一口气，她知道，她的好时代就要来了。

但上天是个顽皮的家伙，当他安排你在街上开怀大笑时，一定打发痛苦在你的床上恭候。就在这时，有一小块积雨的云彩走走停停，慢慢飘到荣灯的天空。

3　还是例行的"周末喜相逢"时间，还是例行的埋头做爱，不提未来，不涉及日常生活，似乎专注于挖穴才是崇高的工作，而日常生活不仅无比庸俗，简直不能忍受。

你荣灯不是一个庸俗的女人呀！林森如是说。那么荣灯是怎样的一个女人呢？她年过三十不需要吃饭如厕？不需要呵护关爱？不需要一个法定意义上的男人提供安全感？而只是高尚地沉迷于肉体的欢娱？等等，难道只沉迷于肉体才是高尚的？不！只有男人可以拥有纯粹的肉体享乐，而女人总是附带其他的条件：爱情、婚姻、利益以及其他种种便利与实惠。

有承诺的情欲让女人激情四溢，而不负责任的情欲则让男人排山倒海。荣灯渴望她的爱情不仅能开出鲜艳的花朵，更能结出婚姻的硕果。所以她抱住她的爱人说："我们结婚吧。"

她一提到这个庸俗的话题，林森立刻皱起眉头，既矜持又鄙薄地说："干吗逼婚？等我求婚不行吗？庸俗！"

僵硬的已经不止是林森了，荣灯的皮肤上起了一层小疙瘩，当初明明是他说"让我们结婚吧"，可如今倒变成她在逼婚，她在乞求了，真荒唐！

荣灯咬住嘴唇，看来私奔能奔出个好下场的只有红拂和卓文君，自己并不是现代版的那一个。

不想和他争吵，不想和他理论，甚至不想看到他那张得意的脸，好像全天下的女人都拿他当个宝儿似的。

荣灯离开卧室，走进客厅，独自坐下来生闷气。林森也不管她，一个人在卧室里看电视，也不知道是什么节目，看得没心没肺地哈哈大笑，存心往她的怒火上泼油似的。

她看见林森的手机在外屋桌上不断闪亮，是无声状态中的短信提示。她肯定是进行了激烈的思想斗争，别动！那是一颗手雷，很危险！理智警告她，但情感比理智更血性，它有着粉身碎骨在所不惜的冲动，所以她抓住手雷，毫不犹豫地拉弦引爆，有一个代号"玲珑剔透心"的女人浮出水面。

林森说：心疼你，抱抱，给你力量。

林森说：亲亲小咪咪。

林森说：妹妹等着，哥哥慰藉你的相思。

每一条短信，都是一颗炸弹，轰轰的爆炸声连续不断地响起，荣灯顷刻间变成了一颗引爆的人体炸弹，她攥着手机冲向林森……

荣灯彻底爆发了："怪不得总感觉你有另外的女人，怪不得你不愿意结婚，怪不得你若即若离，原来你真的有其他女人！你有其他女人没关系，你可以脚踩多只船，你可以石榴裙下死，你可以卑鄙下流无耻，那是你的事，跟我没关系，但你不能欺骗我，不能打着恋爱的幌子来欺骗我。"

荣灯很生气，林森更生气，他脸都绿了，他扬言从来没有哪个女人敢偷看他的手机，包括他的前妻。他叫嚣着："你怎么能够这样做？这是品质问题，我那么信任你，你竟然这样做，你辜负了我对你的信任！你知道吗？我对你很失望！"

听听！天下竟有这样的道理！荣灯都被他气笑了。她真的不知道，人家爹妈都是怎么教育的？竟然能教育出这样才貌双全的混蛋！

且听林森如何为自己解释，他说："那是我前女友，早已回老家了，我们藕已断，只不过丝还连着。她是一个脆弱的女孩，失恋又失业，我若再对她恶语相向，她那么可怜，还不跳楼自杀呀！"

多么仁慈、多么悲悯、多么厚道，简直就是一善人嘛！荣灯不解："可是……既然如此，那又何必分手呢？"

林森抢白道："还不是因为你呀，还不是因为我们真心相爱，我才抛弃她呀！"

奇怪！荣灯明明是受害者，怎么摇身一变成了横刀夺爱的第三者了？想想……再想想……

荣灯的怀疑与怒气不能平息，所以她收拾自己的东西，打算绝尘而去，否则听他几句花言巧语就偃旗息鼓，太没自尊！况且她希望他以郑重的态度来解释这件事，他要承认错误，他要明白事态的严重性，可他并不认为自己错了，他甚至还轻描淡写地说："不就是一点前尘往事吗？犯不上这样大动干戈吧！"

连"亲亲小咪咪"都是小事，那这天下还有大事吗？绝对不能让步！

荣灯冲到洗面台前收拾自己的瓶瓶罐罐，故意弄得叮当作响，意思是说：我要走了！我要走了！可是，那个混账坐在电脑前一动不动。荣灯故意磨磨蹭蹭，好让他有时间来挽留，来道歉，可是直到她自己再也不好意思拖延下去，那王八蛋仍然在电脑前有条不紊地敲敲打打。荣灯真的很生气了，她在门口穿鞋，故意用鞋跟使劲当当敲着地板，那意思是说：我真的要走了！可是那个混账王八蛋挨千刀的仍然目不转睛地盯着电脑屏幕，似乎那是他的生身父母，似乎那是他的锦绣前程，似乎那是他的身家性命。

荣灯使劲一甩门，真想甩到他脑袋上，再不走，真的颜面扫地。

没有电话，没有短信，更没有追上门来赔礼道歉！一连三天，林森没有任何反应。这算怎么回事呢？难道这就是一个新时代知识分子发动的外遇捍卫战？！

她憎恨他，并看清他的本质，她决定不再爱他，并忘掉他，但让她羞愧的是，她渴望他的身体，那只被他放出笼子的恶兽再也不听从主人的命令，它咆哮着跳跃、冲击、撕咬，一次次将主人咬伤，它渴望偷猎者的驯养，并企图将他独自霸占，她徒劳地与那只卑劣的恶兽搏斗，却再也无法降伏它。

荣灯总是精神恍惚，一个人呆呆地坐在办公室长时间沉默，她没有跟任何人提起和林森的冷战，但明珠似乎明了一切，她陪在荣灯的身边，给她捏肩膀，做背部刮痧排毒，每天在大清早给她煮了红豆粥送过去，永远不温不火，不急不躁。

荣灯叹息："真羡慕你啊，有一个好老公，就等于有了全世界。"

明珠总是笑笑，不说话。荣灯想问问她的孩子，已经如愿去了托儿所吗？孩子的外婆呢？那个更老的女人，谁来解救她？她是否还在春天的时候到处流浪？最终也没问出口，轻叹一声，也就过去了。

到了周末时间，林森那边依然没有任何动静。荣灯百无聊赖在街上游逛，她看着街上的女孩，莫名其妙就恐慌起来，夏日的大街上，那些女孩都美得耀眼，挺着胸脯，露着雪白的大腿，充满诱惑。她们……她们每一个都可能是"玲珑剔透心"啊！每一个都可能趁她不在的时候和林森幽会……

荣灯真的是不对劲了，她精神恍惚地盯着那些女孩看，谁能证明"玲珑剔透心"不是潜伏在这些女孩中间？谁能证明她们只是短信往来？谁能证明她已远走高飞？

有一次坐地铁，她竟然悄悄跟踪一个漂亮女孩，一路跟到科技园站，那女孩起身下车，她惊出一身冷汗，林森家就在这附近啊！难道……难道真的是去和林森约会的？女孩紧走，她也紧走，女孩慢走，她也慢走，她一边跟踪，一边揣测，他为什么不开车去接她？他为什么一定要带到家里来？她难道真是"玲珑剔透心"……正闷头跟踪着，女孩突然回头，急步抄过来，站在她面前大喝一声："喂！你有病啊！"

荣灯如同灵肉分离的游魂被拿住，她如梦初醒，魂魄归位时，对自己的所作所为无比震惊。

她知道，女人一旦真爱，就变得卑贱。像张爱玲，尚且爱上一个虚伪油滑的流氓，其他女子又能好到哪里去呢？！只不过张爱玲说得含蓄而已，"低到尘埃里"。

四

1 变，是宇宙中唯一不变的真理。没有不老的容颜，没有永不背叛的爱情，亦没有永远好或永远不好的人生，世间万物都在变化之中。

荣灯的《时尚生活》经过一段貌似欣欣向荣的时期，就像表面波澜不惊的大海，深处却隐藏着凶险的惊涛骇浪。凶险来自对利益的觊觎。

当地一名权贵的亲属看到《时尚生活》所潜藏的巨大市场，企图取荣灯代之。他暗中拜访了报社总部老总，双方迅速达成了合作协议，于是报社老总开始在全体干部会议上，对荣灯的工作表示不满。

对于有多年集团工作经验的刘副总来说，这是一种信号，一种造势，一种渐渐清晰起来的欲加之罪，就等时机一到往荣灯身上一拍，缴了她的兵权，然后打入死牢。他原本是可以装聋作哑的，可是对荣灯这小女子，她的坚持、努力、隐忍，他都是明白的。他有些于心不忍，不能明说，却忍不住只言片语进行点拨。荣灯并不愚钝，她马上明白自身处境的凶险，可是荣灯不甘心，她说："我和报社是签了合同的。"

刘副总说："结婚了，国家还允许离婚呢！"

荣灯中的都是带毒的暗箭，林森的那一箭，尚未拔出，报社的这一箭又凌空而来。

她还没想好对策，报社总部那边已经开始收紧口袋了，假惺惺派了一个工作组，以了解市场发展为名，堂而皇之逐家拜访所有的大客户（包括联通、银行、保险公司等），想方设法要搞到订户名单。

外患已定，内战全面爆发！

荣灯想到了狡兔死，走狗烹；想到了人为刀俎，我为鱼肉；想到了……可即使是一只肉鸡，在最后被剥毛开膛的时刻也是要拼死挣扎的。

愤怒让荣灯不打算乖乖成为一只被按在砧板上的肉鸡，可她缺乏同盟，更缺乏幕僚。林森也许是很好的人选，他理智、坚硬，善于保护自身利益，应该听听他的意见。

没什么不好意思的，关键时刻，国共两党还同仇敌忾对付日本小鬼子呢!

于是，荣灯给林森打电话，林森一听她的声音，立刻得意地大笑起来：
"我就知道你撑不住，早晚要投降，被我算准了，想一起度周末了？来吧，
等着你呢。给你准备了最喜欢的宫颐府蜂蜜小蛋糕，还有进口绿提。"

面对这样的一个男人，荣灯真的不知该喜还是该悲，但她累了，慢慢平
静了，不再因他动辄掀起滔天巨浪，沉默片刻，她说："我要是不过去呢？"

"那我就过去呀，想你了，傻丫头，没有你，已经不习惯了。"依然温柔，
依然一往情深，好像他们之间从未发生过冲突。

2 关键时刻，林森坚决站在荣灯的身边，他说："不要怕，就算你
什么都没有了，还有我呢。"就算是假的，也让荣灯感觉些许欣慰。

两人发挥所有聪明智慧，制订出"浑水摸鱼，以暴制暴"的战略方针。
具体战术是：首先把订户名单牢牢控制在手中，只要报社没有订报名单就
不敢轻举妄动。第二抓紧时间把所有订报款收上来，但绝不上交，以观后效。

这两条战略方针保证荣灯进可攻，退可守，即使她迫不得已让出市场，
也多了和报社谈判的筹码。

思路一清晰，荣灯立马付诸行动，先期收上来的订报款有 50 多万，
她找了各种借口向报社拖延，其实已将这笔款转移到一个秘密账户。林森
打趣说"做嫁妆够了"，荣灯不会傻到把这笔钱放进个人账户，仅一项"贪
污公款"的罪名就能把她关一辈子。

至于订户名单，每个投递员只负责自己区域，总名单一直由荣灯自己
掌握。

由于荣灯拒不交出订户名单，也不上交报款，报社终于失去耐心，双
方公开对阵了。

一番唇枪舌剑后，大家最终面对面坐下来开始谈条件。敌我双方力量
悬殊，报社方：刘副总带队、发行、广告、财务、律师等人多势众。而荣
灯这边，只有她和一个手无缚鸡之力的明珠，不过荣灯属于死猪不怕开水
烫，既然躲不过，她索性就豁出去了。

报社的条件：交出名单，上交报款。否则公堂相见。

荣灯的条件：单方毁约，何理之有？交出市场可以，但必须补偿损失。

双方都有道理，双方也都有些惧怕：报社怕荣灯一旦停止投递，并拒不交出名单，那么拿不到报纸的订户必然对报社群起而攻之，群众的力量是巨大的，报社不敢开这样的玩笑；荣灯则担心报社利用那50多万的报款大做文章，当然不到万不得已，他们不会出此下策。

报纸继续在发行，继续在投递，战争也在继续进行。刘副总带着一波人来了又走，走了又来。发行部经理和广告部老黄先是好言相劝，接着是威胁恐吓加利诱，而律师则旁敲侧击地擂响法律的边鼓，企图利用正义之声炸毁荣灯的心理防线，好在荣灯生性顽强，又在报社做过多年新闻记者，有过一些历练与社会经验，和他们叫起阵来，倒也是一位不让须眉的对手。

为了避嫌和划清界限，刘副总有时也故意和荣灯叫板，荣灯心领神会，故意配合他把气氛渲染得剑拔弩张，往往需要旁人来劝解，两人才停止对抗。

明珠到底单纯，并不懂得其中奥妙，她对刘副总心生恨意，私下对荣灯说："那个老头最讨厌！恨不得把咱们赶尽杀绝。"

荣灯并不避着明珠，不以为然地说："他呀，他是咱们这边的。"像小时候看电影，简单地把红军和鬼子划分成"这边"和"那边"。

明珠惊讶地微微张着嘴巴看荣灯，一双山泉样明澈的大眼睛充满迷茫，让荣灯都有些不好意思让她看见这个世界的复杂。她将将明珠的头发："别傻了，就当他是个间谍。"

明珠若有所思地点头："间谍的下场一般都很惨。"

谈判陆续进行了一个多月，荣灯和明珠都在这场斗争中迅速成长起来。由起先的恐惧、担忧、愤怒变得谈笑风生，游刃有余，甚至在谈判间隙还和对手们开开玩笑，诉诉苦，互相嘲弄一番。在这种微妙的环境里，最终大家达成初步一致：荣灯交出名单，交出市场，报社不再追缴报款，并另行补偿一笔资金。

至于补偿多少，荣灯要80万，报社只给40万，荣灯不肯妥协，刘副总说了不算，所有谈判的人也都说了不算，他们于是回去请示老总。

希望的曙光在闪烁，但荣灯不能掉以轻心，她等着，有些心焦，好在有明珠一直陪在身边，一如既往地安静、贴心，她享受着明珠温柔的按摩，不禁感叹：疾风知劲草，板荡识诚臣。她跟明珠商量，一旦与报社谈判成功，两人就合伙开一家美容院，明珠做首席美容师，也做股东，不只拿工资，到年底还拿分成。

明珠眼里分明有感激的水花在涌动，她咬着嘴唇低声地说：姐姐……

荣灯受不了这个，她是真的动了情，她想明珠多好的一个孩子啊，那么善良，那么懂事，却有那么苦难的人生，真是应该好好帮她一把。一瞬间她都有了救世主的情怀，悲悯地说："到时候，咱们把你妈妈和女儿也接过来，春天的时候，她们就再也不用到处乱跑了。"

明珠使劲点头，眼里的水花都甩出来了，她不好意思地笑了，荣灯也笑了。

3　等待总是让人心焦，报社总部迟迟不见答复，荣灯难免有些心焦，就偷偷与刘副总沟通，刘老头面慈心软，架不住荣灯的温言软语，撒娇装可怜，就悄悄透露，报社的底线是 60 万。

荣灯松了一口气，加上那 50 多万的报款，她和明珠可以开家很好的美容院了。

荣灯获知了报社的底线，她也就镇静下来，笃定地等着报社上门摊牌。

可是……报社突然没动静了，谈判小组不来，连电话也没有了，一连七八天，他们竟然悄无声息、无所作为。

战争并不可怕，可怕的是你不知道敌人会从你哪处软肋攻进来！

终究还是来了，直击荣灯的死穴。那天早上，所有的投递员们都照常在等报社总部的运报车，但是运报车始终没来。

荣灯给报社打电话询问，竟然所有的电话都无人接听，她预感不妙，就在此时，她的发行经理王大柱带来更坏的新消息，他说今天早上报社总部开始自己投递报纸！

……

为什么？他们不谈判了吗？

为什么？他们哪里来的订户名单？

王大柱像一条忠实的狗满大街打听消息，原来三天前，报社总部派了一批投递员秘密进驻望岛市，迅速分布各大街小巷熟悉地形，三天后，他们抛开代理商荣灯直接进行投递。

紧接着，报社连续六天整版刊登通告，告之广大市民因业务需要，《时尚生活》新闻中心搬迁至曙光大厦，并公布了新的新闻部电话、广告电话、发行电话等，就这样，所有的一切都跟荣灯没关系了。

真是死不瞑目啊！

荣灯不明白，只有自己保管着完整的订户名单，报社到底是怎样拿到这个撒手锏的呢？她再给刘副总打电话，希望从他那儿获知一点蛛丝马迹，刘副总却只字不提，只是劝她认清形势，报社已不追究那 50 万的报款，你并不吃亏，见好就收吧。

林森也说，事已至此，你就从了吧。

真的就这样从了？荣灯不甘心啊！她还要和明珠开美容院呢。明珠倒什么都没说，她淡漠地笑笑，大概已习惯生活中的种种变故，她与荣灯匆匆告别，就回老家看父母孩子去了。

4 荣灯的事业大戏尚未完全上演，已仓皇落幕。好在她还有林森，危难时刻终究收留了她，他即使没有献出他的心，至少也献出了身体，他们同居了。

荣灯发现，他并没有删除"玲珑剔透心"的电话号码，不过换了个名字又存上了，他们仍在暗中纠缠着。

他们住在一起，表面波澜不惊。她貌似平静，可是她每时每刻都在惶恐地等待。每一次门铃响起，她都以为是另一个女人不请自来，那女人一定是熟悉这个家的，她躺过这张床，抱过这个靠枕，用过那只镀金咖啡杯，甚至握过这把铲子做过菜，当然家里的这个男人，她也是用过的，不只用过，还酣畅淋漓地用过多次……

荣灯等待着华丽或狼狈转身的那一刻，可那女人始终潜伏，荣灯已失去耐心，她打算呼啦一声把天窗打开算了，可是每次当荣灯表情严肃地说：

"我们谈谈吧。"林森就不辞辛苦扑下身子做爱,像勤劳的农夫挥汗如雨。

做爱只能掩盖问题,不能解决问题,他缺乏解决问题的诚意或者是技巧。荣灯甚至有点可怜他,像逃避惩罚的坏孩子,拼命讨好大人,带着献媚的微笑。大人表情莫测,却从未打算放过他。

荣灯渐渐生了厌倦之心,对他的身体亦开始产生些微的抵触,她抓起鞭子,下决心把那只野兽关起来,伤人也伤己的野兽奄奄一息地静卧,她看着它,它也看着她,它乖乖地站起来,摇摇晃晃走进笼子,扑通一声倒下了。

它累了?抑或死了?

五

1　一念天堂,一念地狱。荣灯在等待中沉沦,也在等待中重生。

她没有等到什么女人上门,却等来了另一个消息。那天王大柱给她打了个电话,口气神秘地说丁之恩现在到《时尚生活》总部上班了。

荣灯愣了片刻,才想起来丁之恩是明珠,可这跟她有什么关系呢?冬天来临时,树上所有的叶子都会落光,她与明珠已好久没有联系。她淡淡地说:"那又怎样?你不是也回报纸干老本行了吗?"

王大柱立刻不好意思起来,好像他背叛了主子。其实荣灯并没有怪罪他的意思,生活历来逼人,他做这行已熟络,赚一碗饭吃,有何不可!

王大柱愤愤难平:"她和我,不一样,报社给了她正式编制,听说还是干部身份,有单身宿舍,有固定工资,有五险一金,退休了还能拿养老金呢……凭什么呀?报社凭什么对她这么好?你不觉得奇怪吗?老总,你为什么会突然失败?肯定有叛徒出卖了你……"

荣灯捏着话筒愣半天,事情已经过去,她不愿多想,可思绪却不由自主地四处蔓延。

她想到那个寒冷的冬日,魂不守舍的她投奔风之尚美容院,遇到这个文静、笃定、总是微笑的明珠,不!她叫丁之恩,现在她真的叫丁之恩了,她有了全新的名字，也许——还有全新的人生。

不会吧？那个眉头有一颗好运痣的明珠，那个总是眯着眼睛微笑的明珠，那个有孩子有前夫有爱人有苦难人生的明珠，真的把自己洗白了？

她拿什么洗的？拿荣灯的信任？拿荣灯的不设防？拿荣灯对她的慈悲？

荣灯忽然起了好奇心，想探求事实真相的冲动让她急于见到明珠。她打电话给刘副总，直截了当地问："我的那个助理到您那儿高就了？您何时策反了她？"

聪明人之间不需要遮遮掩掩，刘副总没有回避："她确实在我这儿，但我既非主谋，也非帮凶，直到她带着订报名单来上任，我才知道你为什么会失败。"

荣灯已不再愤怒，只觉荒唐可笑，想想自己，还时常为不能兑现美容院的事对明珠心存愧疚，其实哪需你愧疚，每个人都有自救的办法，哪怕一条小小的乌贼鱼，亦会释放烟幕弹迷惑敌人，况且人，魔法诡计不知高明了多少倍。

荣灯决定去见明珠。

是秋日的傍晚时分，明珠来了。

荣灯站在街边一棵树下打量她，她夹在报社下班的人群中，与同事一起走出那座庄严的大楼，浅浅的微笑，端庄的服饰，举手投足优雅得体，就像一滴水，融入水。

嗯……这么快，关于明珠的那一页，已经翻过去了。是的，干净的丁之恩小姐，她还年轻，忘记过去，开始新生活，一切都来得及。

明珠站在公交车站点等车，没有发现荣灯，她依然微笑，轻松地东张西望，嘴唇轻轻翕动，也许她还在低声哼着一首歌。

荣灯向她走过去，她相信当明珠看见她的那一刻，一定会有磁带被卡住的惊人效果。

可惜公交车来了，明珠混入人群上车，荣灯打了一辆出租车在后面不急不慢地跟着。

　　车过六站路，是一个小小的贸易市场，路边有很多临时兜售各种物品的小摊点，明珠从车上下来，她埋首疾步向前，有一瞬，荣灯还以为自己暴露了。

　　明珠奔向一个小小的摊子，一个四五岁的小女孩欢天喜地扑过来，一头扎进她怀里。明珠把孩子抱起来，高高地举着，两人开心地咯咯笑着。

　　那孩子，瘦弱、黢黑，有双和明珠一样的大眼睛，以及笑起来弯弯的嘴角……没错，是她的女儿！

　　荣灯在路边站住了，这时她才注意到旁边还有另外一位中年妇女，同样瘦弱、黢黑，一头白发，满目疮痍，破旧的衣衫像直接搭在一根竹竿上。

　　妇女蹲在寒碜的小摊子前，摆弄着劣质的发夹、头绳、鞋垫、钥匙环等小玩意，边招揽着过客，边不时抬头看明珠母子，脸上是开心的笑。

　　她……应该就是明珠的母亲吧？那个春天时四处流浪的女人。荣灯站在树下静静地看着她，也看着她廉价的小摊子，自己的母亲应该也是这样的年纪，但比她年轻了10倍，经常因家里的小保姆和父亲争风吃醋，也在为是否去割双眼皮和父亲较劲，可是她呢，这个满目疮痍的女人，她和谁较劲呢？

　　市场突然乱了起来，有人高喊：城管来了！一时间烟尘滚滚、狼奔豕突，荣灯惊讶地看着这一幕，就见明珠脸色一变，她把孩子往母亲怀里一搡，胡乱卷起地上的小摊子，抱在怀里，冲进人群，她穿着那么高的高跟鞋，转眼就跑得不见了踪影。

　　暮色浓了，路灯尚未亮起，有大团的夜的阴影慢慢地围上来，将万物遮蔽。

　　明珠的母亲扯起孩子，快步向前奔走。孩子跟不上，被扯得跌跌倒倒，可是她来不及哭，紧张地咬着嘴唇，亦步亦趋。

　　荣灯忍了又忍，到底没管住自己，她跟上这一老一小仓皇的身影。

　　她们走得很快，乡下人特有的惊慌而局促的步子。红灯亮时，她们也没有停下来，大人拖着孩子惊慌跑过马路对面，留下一连串怪叫的汽车刹车声。

　　荣灯在后面等绿灯，那一老一小两个身影如同生锈的钉子扎进眼睛，有泪水涌上来，她微微昂起脸，逼它们退去。绿灯亮时，她一溜小跑冲上去，边跑边掏了三百块钱，她冲到她们面前，暮色里，大人和孩子都恐惧地看着她，她冲她们艰难地笑，那大人和孩子也艰难地笑，带着卑微的讨好以及不知所措，她不敢看她们的眼睛，把钱塞给孩子，低声说："好孩子，拿去买糖吃。"

大人和孩子一起攥着钱，用一大一小两只干瘦的黑手，大人说："她哑了，不会说话了。"

荣灯伸手轻轻摸了一下孩子的脸，像摸一张砂纸，老女人又说："烧坏了，发烧烧坏了。"

孩子只是笑，温顺地站着，仰着脸看荣灯。

荣灯扭头就走，感觉有泪水冲下来，顺着面颊飞速滑落，她使劲睁大眼睛，看清脚下的路。

2 在酒店客房，当两个女人重新面对面坐下，她们已不需要客套，不需要寒暄。因为彼此都知道对方的软肋，知道对方的死穴。

明珠给荣灯倒了一杯水，轻轻放在她面前，一如从前的恭顺。

荣灯深深吸一口气，缓缓开口：

"什么时候你拿走了订报名单？"

"你和报社决裂之前。"

"怎么得手的？"

"在你办公室，你出去了，没有关电脑。"

绝对优秀的间谍人才，胆大心细、镇定从容、不动声色。

荣灯抿一口水，慢慢咽下去，慢慢地说："你走吧，自此，我们互不认识。"

明珠起身，向门口走，她的手握住了门柄，她顿了一下，猛地转过身来，突然开口："我偷走了你的秘密，也还给你一个秘密。"

荣灯漠然。

"关于我和林森。"

……

"林森，就是我的那位老公，我们在一起三年了。"

……三年？三年！三年有几百个日日夜夜？几百个日日夜夜他们都在一起，他们是彼此的爱人！

"我就是你要找的那个'玲珑剔透心'，林森说不想让你知道，不想伤害你……"

毁灭！不亚于原子弹爆炸，有蘑菇云冲天而起，荣灯的世界彻底毁灭了，她脸色苍白，颤抖着抓起桌上的茶杯向明珠砸过去，凶狠地叫道："滚！滚！"

明珠一闪，抱住脸，茶杯砸在墙上炸开，碎片四溅，她拉开门，飞快逃出去。

荣灯瞬间即失去理智，她抓起另一只茶杯，又狠狠向墙上砸去，文件、书、笔筒、台灯，甚至连椅子，都被她一股脑儿地向墙上砸去，破碎使人疯狂，破坏却带来宣泄的快感。

不想伤害我？不想伤害我？他们合起伙来不想伤害我？这是一个什么世界？肮脏混乱、背信弃义、男盗女娼，这样的世界有什么存在的意义？她要把这个肮脏的世界砸乱了，砸碎了，要把它彻底毁掉！

……

客房里的异常响动惊动了酒店的服务员和保安，他们紧张地冲到房间门口，却发现有一名年轻的女子正候在门边不动，是明珠。她静静地说："对不起！给你们添麻烦了。是我们老总，她生意失败了。我们会赔偿所有损坏的物资。"

正在这时，从屋内传出女人悲愤的哭泣声。

保安问："你保证不会发生意外？"

年轻女子郑重地点头："请允许被伤害的人表达不满。"

保安和服务员离开了，明珠继续站在门边。

门里的哭泣声持续了一段时间，停止了。又过了一个小时，荣灯洗干净脸，梳理了头发，重新打开了门。

明珠再次走进来。

荣灯光脚踩着地上的碎玻璃，有血流下来，可是她浑然不觉。

明珠和以前一样一声不吭，开始收拾凌乱的屋子。

荣灯抱住自己，蜷缩在沙发上，来吧，真相。来吧，事实。你不是坚强吗？你不是勇敢吗？那么好吧，它来了。曾经它就像一条鱼不时从水中跃出，在阳光下耀疼她的眼睛，又飞快隐入水中，可是这一次，它真的来了，离开水的隐蔽，完全暴露在干涸的沙滩上。

……

是三年前的盛夏，明珠离家出走，踏上死亡之路，随时准备了结生命，在火车上，林森遇到了神色异常的她，于是悄悄跟踪下车。就这样，他们相遇了。

明珠在林森家的附近找了一家美容院做美容师，她爱他，于是奉献一切。他救了她，不止生命，还有身体。明珠平时住店里，周末去林森那儿欢乐，两人保持着疏密有致的性生活。直到荣灯出现，取代了明珠的周末喜相逢。

嗯……这样说来，愤怒的人似乎不该是自己，荣灯自嘲："鸠占鹊巢的人原来是我！你恨他吗？"

明珠摇头："爱一个人，就按照他喜欢的样子源源不断地给他。"

简直是爱的圣人。他喜欢的样子？他喜欢的样子就是朝三暮四，脚踩好几只船，也不怕跌下去摔死！

境界到底是不同，也不知人家明珠曲意承欢的小妾功夫是如何练成的？以前都是她去林森那儿度周末，可是从某一天开始，他突然不让她去了，于是明珠就很听话地改在周三去欢乐。明珠说："还记得我们第一次见面吗？就在周三，我从他家出来，你在店里等我。那时，我们谁也不知道谁……"

……记忆在很遥远的地方漂浮，每一块碎片都极力抓住，借以登上彼时的陆地。那时自己在干什么？为什么到美容店里去？是什么样的心境……

哦，荣灯想起来了，那个如无主游魂的冬日，她突然感觉到无比强烈的恐惧和思念，她只想和林森在一起，只想知道他在干什么？于是她决定突然去看他，给他送个惊喜。如果她去了，那么林森一定会送个更大的"惊喜"（明珠）给她，可是最后的一刻，她在林森家楼下盯着紧闭的窗帘徘徊许久，终于改变了主意。于是她鬼使神差地拐到美容院来等那个"惊喜"了，就差那么一点点，就差那么一点点她就与那个"巨大的惊喜"劈面相逢了！

这是谁的旨意呢？是上天可怜她？还是在玩弄她？将一场骗局延续如此之久？

荣灯咝咝吸着冷气，她已被打入冰窖，浑身覆满一层冰凉的水珠。她缓缓问："那天……你们在干什么？"

"……帮他收拾卫生，做饭，也做按摩。"

荣灯嘲讽地："……还做别的吧？"像握住刀子逼近跳动的脉搏，可她管不住自己了。

明珠看她，点点头，坦诚，或者是一点挑衅："是的，我们还做爱！"

该哭还是该笑？这个她同情的明珠，她信任的明珠，其实一直和她在同饮一碗热汤，你一勺，我一勺，相安无事、其乐融融。

"你们……真的很无耻！"

"……并不，我们和你们一样，都是真诚的。"

"可是，你们不道德！"

"道德？难道林森只有爱你才是道德，爱别人就是不道德？"

"可是……他不能同时爱上两个女人。"

明珠沉默片刻："不止两个，他还有其他的女人。他给我看过她们的照片。"

荣灯已经不只是震惊："……你……你都知道？"

"是！各式各样的女人。每一个，他都爱，每一次，他都是真的。或者爱她的眉毛，或者爱她的嘴唇，或者爱她笑起来的样子，或者爱她穿军装的英武，或者爱她弹吉他时的惆怅……"

荣灯笑，冷冷地笑，笑人，亦笑自己，真是，怎么说呢？还命里因缘呢，还缘定三生呢，其实哪有什么唯一？哪有什么绝对？男女犹如集市客，来来往往，聚聚散散，都不过萍水相逢的过客而已。这样一想，倒是自己过分了……可是！荣灯到底是不甘心的："难道这个社会真的不需要道德了？不需要真爱了，不需要互相忠贞了？"

轮到明珠笑了："怎么不道德了？他给女人快乐，他就是道德的。他对我是道德的，他对你也是道德的，他对每一个女人都是道德的。你为什么总要陷入中间的灰色地带？男人本性就这样，高贵卑贱富有贫穷统统不计，都以追逐女色为快乐，就像女人喜欢梳妆打扮涂脂抹粉，本性而已。古今中外，不都这样吗？大家都习惯了，你为什么偏要钻这牛角尖呢？你和谁较劲啊？"

是的！你和谁较劲呢？荣灯问自己，和社会？较得过吗？和别人？谁搭理你！他不就是喜欢收藏女人吗？凭什么一个男人收藏书籍，收藏美玉，收藏古董，甚至收藏打火机和卷烟纸都可圈可点，唯独收藏美人就不可饶恕？这是多元的社会，这是自由的时代，爱谁不是爱！爱谁不快乐！你管得着吗，你就是在逼自己，在跟自己过不去。

是吗？是吗？

是的！爱如捕风，谁能把风捉住？

是的！世界非黑亦非白，它是黑与白之间那一片混沌的灰色，聪明的人不较真，也不追问真相，看见自己的黑，也看见别人的黑，但都不放在心上。

3　荣灯在一处荒僻风景区的小客栈租了一间房子住下来，不做事、不出门、不开机、不见人，像孤独的小兽，受伤时找个无人的角落舔舐伤口，静静疗伤。

当心境完全平和，她下山回到人间。

重新面对林森，竟然也十分平静，如沉船后的海面，波澜不兴。

曾经他是太阳，是主宰，是上帝，是她的神，她愿意匍匐在他的脚下，被统领，被奴役，被牵引，可是有一天，她发现这个上帝是假的，冒充的，他假借上帝之名，谋取个人实惠。于是他身上所有的光华都消失了。

林森一定是和明珠联系过了，他等待多日，也准备多时，一定有很多说辞，到底还是有些尴尬："关于明珠，你知道多少？"

"一切。或者一无所知。"这都不重要了。

她在屋里整理自己的东西，他的情绪起伏，跟在身边走来走去，摊着手解释，怎样看都像表演，"那个明珠，我和她，怎么可能有未来？她在中专上学时，和社会上的一个男人同居，并为此辍学。后来那男人开了一家洗浴中心，就逼她卖淫接待客人，她离家出走时，我遇到她，也救了她，并给她一些帮助，挺可怜……"

"那你和嫖客有何区别？嫖客零售，你批发而已！"

荣灯说完这句话，两人都有些微变色。不过她已不是很悲伤，心里明白，这场轰轰烈烈的爱情已寿终正寝，正式落下帷幕。

他说："还是很欣赏你这一点，敢做敢当。"

她轻轻地笑，感谢上天，她真的不需要在这个男人身上浪费太多时光。

他有些留恋，或者是装装样子："是否可以……继续做朋友呢？"

她想都不想地摇头。

装样子？完全不必！做朋友？怎么可能！因为她恨过他。当然他们也不可能做敌人，因为她还爱过他。

女人一旦不爱，即变得坚强！

就这样吧，不爱这个人，也要爱那个人，不在他这儿受伤，也要在别人那儿受伤。总之，都过去了，挺好，就这样吧。

因为懂得，所以慈悲，因为懂得，所以微笑。

当她不再计较，不再仇恨，她知道已有力量原谅他，并感谢一切。

在爱中，她既享受它的甜蜜，也畅饮它的毒汁，只要是爱情给的，她都不拒绝。所以，她有全部的欢乐，和最完整的痛苦。她的生命，虽已伤痕累累，可是它仍然圣洁，值得珍惜！

她为自己感到骄傲！

突然想到那天和明珠最后分别时，她站起来对荣灯深深一鞠躬，真诚地说："谢谢你，懂得我。"

懂得！多么好！因为荣灯懂得，所以就算这个曾经叫明珠的女子临阵倒戈，陷她于不义，她还是能够宽容，因为这女子要拯救母亲拯救女儿也拯救她自己。因为刘副总懂得，所以他背叛主子，偷偷给荣灯通风报信，希望她得以保全。因为报社懂得，所以他们放荣灯一条生路，不再穷追猛打。因为林森懂得，白云苍狗，去日苦多，所有的感情及生命都不能永恒，所以他凌驾所有事物之上，不为所累亦不为所惑。因为明珠懂得，所以不苛责别人，也不委屈自己，更不对抗，静静地逆来顺受，安然地接受生命中的每一次飞升与坠落。

因为懂得，所有的生命安然地生生又灭灭。

从林森家出来，下雨了，淋湿了衣服与头发，水珠顺着发梢与衣角滑落，敲起活泼的小水花。

荣灯拐上郊外的一条小路，心情愈来愈澄澈，脚步愈来愈轻快，不愿意停下。经过一片果园，鲜艳的红苹果挂满枝头，雨水唰唰，涤荡过的枝叶与果实新鲜芬芳，渲染出无尽的锦绣与繁华。

她脱了鞋拎在手上，光脚走在雨中的小路上，踏实、笃定，有着与生俱来的舒适与安全。放下吧，全都放下，就不再害怕。

她光着脚向前走，微笑，坚定，充满逆来顺受的力量，她感觉自己正慢慢成为一粒苹果的果核，曾经丰盈的身体已从枝头坠落，撕裂、干涸直至肉身腐烂，可是苦痛得还不够，还需要承受更大的苦痛，果核才能爆裂，裸露出种子，温柔至极，繁华洗尽。

此刻她将是那粒渺小而欢悦的种子，却孕育着一颗繁茂的苹果树。

生活艺术

一

换个时间，我不会拒绝这个邀舞的男人，毕竟自己是个独身女人，毕竟很久都不曾有过恋爱的感觉。况且这个男人看着也还顺眼，他站在那里，风度还好，微微躬腰，右手伸到我面前，稍一停顿，而后很坚决地向后一挥。那邀请的姿势胸有成竹，好像我是一颗按在沙发上的图钉。

但这个男人出现的时间不对，我正在角落里欣赏《风雨无阻》的MTV，周华健那淡淡的忧伤，淡淡的无奈，让我怦然心动。双手捧住咖啡杯，感觉竟然像捧着自己快要破裂的胸怀。说起来不好意思，我是个没什么品味的人，不需要什么席琳·迪翁的《我心永恒》，或者班得瑞的来自天籁的声音，随便什么烂歌烂调，三巴掌两脚就能把我消灭。

那男人就是在这时走到我身边的，我正在想：要是张扬也曾说过"怕你忧伤，怕你哭"之类的话，哪怕一次，我也就没什么可抱怨的了，可他对我的各种情绪向来是不闻不问，任其自生自灭……男人出现得不合时宜，他让我败兴到懒得去顾及最起码的礼节，我坐着不动，连手都没有摆一下。

男人原地怔了一下，他挺直腰，故作潇洒地耸耸肩膀，向后退了两大步，准备坐到一只沙发上，但那只矮脚阔沙发没有很好地配合主人充当绅士的企图，兜住男人的身子，四脚朝天，很仓促地将他掀翻在地，彻底泄露了男人心中的愤怒，周围的人忍不住笑了一下，当然也包括我。

当又一支曲子响起来，那男人执着地又站在面前，我叹一口气，心里说：行了，老兄，你何必如此执着呢？这又不是攀登什么科学高峰，只要怎么怎么样，就能怎么怎么样。我蹙起嘴唇吹了吹额前一簇头发，我说：这有意思吗？然后站起来，拿起了我的皮包，向门口走去。其实不是傲慢，只是此时此地没有兴致罢了。

走到街上时，我就有点后悔了，也许我不应该就这么出来，那个男人，靠在他怀里跳跳舞也不见得坏到哪里去。总好过现在，夜色阑珊，我却并没有地方可去，也想找个人去浪漫，浪漫得整夜不回家，可是到哪里去找那样的一个人呢？

当然，一个年轻的单身女人，在夜晚，总不至于没地方可去，问题在于我想去的地方去不了，去得了的地方我又不想去。朋友也还是有的，说多也多，说少也少，朋友在一起当然很快乐，快乐不就是使劲说话，大声笑吗？三五段情感小故事也不是不曾上演过，耳酣面热时分，自然也说些"我爱你""嫁给我"之类的话，我知道当时肯定是真的，但过去就过去了，都不算了。每次都像流行感冒，退了烧就没什么症状了。

二

好了，无处可去，那就回家吧。

推开门时，看见老爸老妈各自抱着自己的胳膊，沙发这头一个，那头一个，井水不犯河水地坐着看电视，没人的时候也规规矩矩的，让人怀疑我和妹妹是不是他们亲生的。屏幕上一对俊男倩女正上演爱情剧，男的捧住女人的脸，猎犬一般左嗅嗅，右舔舔，就是不下口咬。

我心里不免大惊，再一细看，才发现原来二老坐在别人伟大的爱情面前睡着了。老爸的喉咙如堵塞的下水道般，艰难地呼噜着。老妈蜷在沙发上，未合拢的嘴缝里正挂出一条涎水，欲滴未滴，很是晶莹。怪不得那一对狗男女胆敢如此放肆。

若是平时全家一起看到这种镜头，老妈总是装着打呵欠，眼睛闭得紧紧的，嘴巴张得像山洞。老爸总在这时需要为他的茶杯续满水。只有我的妹妹丛耷同志不管不顾地盯着看，一边往嘴里扔着话梅或爆米花。倘或老爸回来时，那一对人儿还不有所收敛，他老人家就愤愤地骂一声贱，然后毫不客气地轰他们下台，老妈则在旁边咬牙鼓眼做坚决捍卫状，丛耷若无其事地歪着头说：姐，咱俩不是从石头缝里蹦出来的吧。

现在丛耷不在家，我小心翼翼带上门，尽量避免弄出声响，把他们二老闹醒了对我可一点儿好处没有。但老妈还是醒了，她闭着眼睛，懒猫一样抻抻腰杆，伸脚在沙发前摸索着找鞋。老爸也咂摸着嘴开始活动手脚，他睡眼蒙眬地说：你怎么才回来？都几点了？他一醒过来，就开始维护合理的家庭秩序，他看了看我，分清了是哪一个女儿后，接着再说：丛耷呢？还没回来？

老爸睡了一觉后，眼睛发亮，思路越来越清晰起来，他一清晰，我就觉着困，不自觉地打了个呵欠。他马上就揪住了批评我的根由，他老人家是这样开始的：你看看你，成天呵欠连天的，你什么时候能打起精神……也就你们姐俩吧，一个成天懒洋洋的，一个就没心没肺的，你们自己不着急，我可真替你们急，人这一辈子过得好不好，关键得有目标，有计划，也就是你们说的那个自我设计……

我停在房间门口听老爸念经，老爸以前是一所普通中学的平凡校长，老妈是平凡校长手下的一名普通教师。校长与教师都管着一大群人，管人的日子过得很丰满，也过得快。转眼退下来便无人可管，这日子就越过越瘦得苍白。乏味至极就管管我和丛耷过把干瘾。

这管的开端一般都与普通教师无缘，校长没把她放在眼里，认为她缺乏宏观意识。不过普通教师一直忠心耿耿为校长敲着边鼓，适当的时机就跳出来呐喊助威，一般到最后，他们都能打破级别界限，手拉手结成统一联盟。

我如果不是心情太糟，一般都会配合他们一下，不管怎么说他们生我养我，这点面子还是得给。况且反过来说：如果不是身为父母，我是死是活与他们有什么相干？这样一想，我不就是一个挺幸福的人嘛。我努力说服自己相信这一点。

遗憾的是：对于我的良苦用心，老爸一点不体谅。他从早睡早起的问题说到了生命质量的问题，从生命质量的问题他又说到社会腐败人心不古的问题，这中间还提到时代、物价、广告、国家命运等等，我想他老人家对我寄予希望过高，哪怕超级机器人奥特曼站在这儿，也不可能把这些问题统统照单全收。

更糟糕的是老爸越说兴致越浓，不知怎么就拐到他的一个得意门徒身上了。这家伙老爸说了大概不下十次二十次，可我至今也没闹明白他到底是研究原子弹的，还是思索 1＋1 等于几的，再要么他就是考察《中国三寸金莲之起源与演变过程》的，谁知道呢！不过老爸知道得很详细，老爸知道他穿开裆裤时就聪慧过人，小小年纪就把"闻鸡起舞"的字匾悬挂在墙上，以资勉励。你看看，你看看，老爸说：后来果然就成了大气候不是……他说得满面红光，好像那成了大气候的人是他儿子似的，看得我忍不住发笑，说：可不，好好的孩子硬是让你们教傻了。

谁不知道那家伙呢？成了大气候又怎么样？他不就是成年累月关在一个小屋子里，吃喝拉撒都是他老婆从门缝里运进运出吗？他不洗脚不刷牙不理发也不剃胡子，在他老婆跑了十五天后，他不得不走到大街上，可是外面的大太阳，太阳底下那么多的人，一下子就把他晃晕了……这有什么好夸耀的呢？

况且，要不是警察同志责任心强，他没准现在还找不到自己的家门呢。想到这个科学怪人，一脸茫然，在大街上晃悠着，我就笑得上气不接下气。

嗯？老爸疑惑地看我，好像我比那个晕倒的家伙更怪异，我一本正经地说：你老人家不是还收藏着他的一幅墨宝吗？他初中时候的……你舍不舍得拿出来？我准备临摹一幅，挂在我的床头上……

老爸老妈面面相觑，他们准以为我在外面受了刺激。门在这时又响了，丛耸那家伙总算回来了，进屋时还哼着歌，滑着狐步。老爸马上撇下我，对她喝问道：在哪玩到这三更半夜的？你看看你俩那德行，都和些什么人在一起？

丛耸撒腔拉调地说：谁？张三、李四、王二麻子呗，净些杀人越货的主儿，我正努力呢，争取加入他们的团伙，就从你这儿搬出去。她迎头就给了老爸一棒子。

老爸好像是真生气了，激烈地咳嗽起来，咳得脸红脖子粗，痛苦地抖抖着蜷成一团。我和丛耸都很明白，老爸的咳嗽与国产片中牛高马大的老干部一到关键时刻就犯心绞痛有异曲同工之妙处，不过这种老伎俩人家国产片也早淘汰不用了，就老爸还当作镇山的法宝。

不管是真生活还是假艺术，在这一点上，我和丛耸意见一致：不到关键时刻，不能让他老人家咳嗽。丛耸这家伙最擅长见风使舵，装模作样给老爸捶背，一边命令我去倒水，一边支使老妈去拿润肺膏，那张甜言蜜语的小嘴说：爸，你可千万别生气，姐哪儿不对了，你该打就打，该骂就骂，自己的孩子，都不记仇，再说了，你和妈都是为她好，爸，你千万别生气，气坏身子可是大伙的事……您老人家喝口水，这水凉热刚刚好……她端着水杯就把老爸安顿到卧室里去了。

从屋里出来，她向我挤了挤眉眼，竖起大拇指对自己晃了晃，我哼了一声说：卖耻求荣！她翻了一个白眼说：华子良装疯卖傻十几年，为的不就是革命胜利吗？再说了，我不耻一下，你十二点以前能上床睡觉吗？最见不得你这种得便宜卖乖的小人……她忽然想起什么似的眨眨眼，挺严肃地说：姐，我今晚碰见张扬了，还有她老婆……

无聊！我还以为刘德华送你回家的呢。说完我就甩上门进了房间，她在后面跟过来，探个脑袋在门口说：你才无聊，张扬本来是你的，说被人抢去就抢去了，这算怎么回事呢？要换了我，不打鱼也非得把水搅浑了不可。

我把她的脑袋推出去，关门，上锁。

三

一个人待在黑暗中，总有许多事情要想，而睡不着时想的那些事，多半都不是什么高兴事，像我现在，想的自然都是和张扬有关的点点滴滴。虽然现在和在此之前，我一直在告诫自己：悲伤是愚蠢的，它不可能改变任何事情。但这一点都不能阻止我滑进往事的烂泥塘。痛苦、悲伤，甚至流泪这都没什么奇怪的，奇怪的是：好像我不经常跳进烂泥塘里扑腾扑腾就浑身不舒服。

当然，一开始不是这样，情况要严重得多，死啊、活的念头都有，但过去了也就过去了，一切都蒙上了一层灰尘，旧了。也疼，钝钝的，若有若无，说不清是哪儿的一个伤口。

有时候，我想：一个人待着，想一想伤心往事，无伤大雅地流一流眼泪，实在也是挺享受的事，比如今晚。当然，这眼泪很难说清是为张扬，为张扬的什么事，或者别的什么人什么事，也许张扬不过是一个挺好的切入口，由此从一个人到了所有的人，从一件事到了所有的事。总之眼泪像一条小河，承载着日常生活的枯枝败叶源远流去，水面干净了，心也轻松了。有人酗酒如命，有人贪吃甜食，也许我呢，就是一个需要眼泪滋养着的女人。

既然今天晚上已陷进往事的泥塘，回忆张扬似乎不可避免，那我不妨把一本旧书翻出来再读一读。

一本旧书——关于张扬。

张扬原来是我的邻居，他住楼下，我住楼上，我们一起长，一起大。他话很少，轻易不开口，可他每句话我都当十句来听。尽管我与张扬以均等的实力考上了北京那所闻名全国的高等学府，尽管我每次考试都名列前茅，连体育都要拿个名次，可张扬还是说我肤浅。

我自己也觉着不能和张扬比，他的初中作文就上过省级报刊，那时嘴边拱着一些黄毛软胡子的张扬就开始编织爱情小故事，很诗意，很浪漫。我觉得有了张扬，这世界上的一切都可抛弃，全不足惜。可张扬说男人若没钱没权，一切免谈。单凭这一点，他就比我深沉。

每次都是我跑去找张扬，而他总是静静地看书，或静静地思考，我压住满心窝的话在他对面坐着，眼巴巴地瞅着人家聪明的额头，智慧的脑袋。刚开始这样跑来跑去还蛮有劲头，也挺陶醉的。可时间长了，总觉着不是个味儿。有时候，外面下着雨，我慌里慌张闯进去，满心委屈，实指望一腔柔情可以换来片刻温存，可张扬最多用圣人般的眼神看一眼形象欠佳的我说：拿毛巾，自己擦擦脸。让我恨得浑身打摆子，像得了疟疾。

可我生张扬的气最多不超过三天，只要他说点"深沉的爱都是藏在心里的"或是"你知道我对你挺好"之类的话，就不生气了，又乐颠颠地跑去送樱桃、送火龙果，恨不得生出一条尾巴来摇着。

但最终有一天，张扬还是对我说：丛林，咱们就这样，好吧？他用的是商量的口吻，却没有一点商量的意思，完全是撒切尔外事交往的那一套风格。那天的天气很好，张扬说了些什么话我还记得，至于他的表情和我的心情就不记得了，在这儿，似乎也没什么必要去追究那些细节，他的意思无非是告诉我：有另一个女人存在着，出于责任方面的考虑，他不能身兼多职。我那天的表现肯定不够风度，因为我真的不知道，不知道他是何时何地用何种技巧将另一处爱情戏演至高潮。

这另一出戏的女主角，便是张扬风姿绰约的女老板吕阿虹，阿虹开了一家合资酒店，是位丰富多彩的女人。我肯定是顾不得什么尊严不尊严的了，我跑到她面前，我说：你不能……你得退出……阿虹优雅地坐在她的意大利高级老板椅上，一双妙目半阖半闭，淡淡地笑着说：我为什么不能……

我吸了一口凉气，咬咬牙说：……我们有二十多年的感情。阿虹的嘴角向上挑了又挑，隔着一张漆黑铮亮的老板台，她的优雅与自信潮水般层层袭击过来……

当时，我对阿虹说：你不能……我们有二十多年的感情……现在想想，越发感觉自己当时那副嘴脸可耻，就差倒在情敌的脚下磕头求拜，求她把爱情这碗残羹留给我吃了。倘或再一把鼻涕一把泪地呜咽些：你行行好，我这么多年给他洗衣做饭，收拾屋子，没有功劳也有苦劳之类的话，岂不更具舞台效果？

幸好我当时没有如此扮相，也没如此昏话连篇，要真那样，我今天还不羞得去死？也害得天下人都笑掉大牙。

大致的情况就是这样，随着时间的推移，我越来越觉得张扬是高瞻远瞩的。难道不是吗？要不是张扬的英明果敢，有另外一种画面差点就成了真实的生活，咱们不妨在这儿进行一次模拟，用电脑拼图的方式向大家展示一下：张扬心一软，牙一咬，毅然斩断与阿虹的情丝，有情有义地与丛林同志结为合法夫妇。他们是幸福的，他们也是快乐的，他们必然会有个小宝宝来锦上添花，于是一个为人父，一个为人母，日日朝七晚五在一家小公司里听人呼来唤去，下得班来，顺路在菜市场因为秤杆准星的问题和人争得面红耳赤，回得家中，则呼儿喝女、洗米煮菜，嘴巴仍不忘絮絮叨叨些家里家外的鸡零狗碎……于是丛林同志的一把声音日益哗啦啦地响彻云霄，高可退贼；张扬同志的圆脸则日益狰狞……

好像……没谁把以上这幅画面当成理想生活吧？

好了，张扬是正确的。这一点毫无疑问。值得一提的是，在他们蜜月期间，张扬曾心怀悱恻地给我写过一封信，高度概括了一下多年来我们爱情形势的一片大好，紧接着又深入挖掘了一下造成今天这种局面的根源。他把这归过于更玄妙的缘分，他知道我不可能跟缘分去算账。最后他说：丛林，你记着，我爱你，哪怕有一天生活的刀锋逼近了你的脉搏，你都记着，我真的爱你……

……嗯，关于这本旧书，有点不太好读，但主人公在结尾的时候说：我爱你，我真的爱你……这听起来还不错，不是吗？

四

早晨，我还在梦境里载沉载浮，丛耸的房间里就传出"零点"那群家伙富有煽动性的号叫：你到底爱不爱我……

我抓过毛毯盖住脸，一夜的梦境兜头罩上来，恍恍惚惚还记得有户人家添了小BB，我十二万分不情愿地前去探望，那孩子的脸竟然像演戏的脸谱，画得很重。我伸手去抚摸他，衣袖带起一股风，竟把他吹跑了，他在天上飘，像纸片一样哗哗响……我的脚底下不知为何变得又黏又湿，都是黑黑的淤泥，我拼命想拔出脚来，越挣扎越陷得深……我跟自己说：这是个梦，这肯定不是真的，这只是个梦……可我就是醒不过来，我就这样上不来，下不去，醒不了又睡不着地被泥泞泡了一晚上。

　　丛耸曾教给我一个破除噩梦的咒语，我试着背了两句：赫赫阳阳，日出东方……后面却再想不起来，就冲进丛耸的房间去找那个小巫婆。

　　她翻起至少抹了四色眼影的美丽大眼睛看着我，很是同情地拍拍我的肩膀，嘴里就开始念念有词，正教着，她的男朋友大鹏推门进来。我心平气和向外走，还没走出去呢，他们就脸对着脸，摸摸碰碰搞起了局部接触。我这人总是感受的多，表现出来的少，不表现就是模棱两可，模棱两可大致就是默认，所以许多的事，他们也不避我。

　　餐桌上放着早餐，胃口虽好，也只喝了一杯牛奶，就去上班，营养当然重要，但体型永远是重中之重。

　　走在外面，天气微凉，路边的花花草草开始凋落，有一种不知名的树，长得很高，叶子黄白色，又圆又小，刮一阵风，叶子就雪片似唰唰地落下来，打着旋儿铺在路边上。

　　我走在上班路上，心情不错。有班可上，总还是好的。记得那会儿，有个什么机构做一项社会调查，问：目前你最怕什么？答案有三：一失业；二失恋；三生病。我郑重填上失业二字，并非因为无比热爱我的工作，也不是不怕生病、不怕没人来爱这等大事，我只是比较老实，说的真话。没有爱，或生点小病至多不过心情灰暗。况且无爱的时候总可以拿钱去买些快乐，唱歌跳舞飞到国外去旅游去疗养，任何一个地方任何一个服务机构，都会对一个失恋或生病的富翁笑脸相迎、曲意承欢，而一个正爱着或被爱着的穷鬼的命运可想而知。

　　我知道我很俗！

　　但我不为我的俗脸红，我就俗得理直气壮。

　　现在需要说一说的是我的工作，我在一家贸易总公司上班，职业是秘书，各方面待遇都不错，只是人们喜欢在这一职业前加上"贴身的"三字来形容，令我不舒服。大概在许多人的心里，女秘书就是小蜜的官方用语。

　　偶尔也陪吴老板一起去应酬，都有司机林明跟着，林明人不错，对谁都笑模笑样的。不知是真狡猾，还是假善良。与吴老板出去周旋，酒酣面热时分，客人难免开些内容丰富的玩笑。兔子还不吃窝边草呢，吴老板便半真半假地笑说，然后又很上级地拍着我的肩膀说：小丛啊，不能喝就别喝了。

只要不被吃掉，管它是棵草，还是朵花的，我并不计较。我只是疑惑别的女人控诉她的上司，大抵描绘出的都是一副死缠烂打的色鬼形象，不达目的绝不罢休。而吴老板对我却有礼有让，这让我心情复杂，既庆幸又悲哀，庆幸就不必说了，悲哀的是也许我不够魅力。

试探当然也曾有过。那一次，吴老板让我送一份协议去他办公室，进去时，他两手交叉抱在胸前，微笑着看我，眼神深深浅浅，像八脚章鱼伸开阴谋的触角。

我心里咯噔一下，放下协议，转身向外走，还没拉开门，他已跟过来，高大魁梧的身子挡在我面前，脸几乎碰着我的脸，眼几乎碰着我的眼，就在这一瞬间，我清清楚楚看见他染黑的头发下面白苍苍的发根，白得触目惊心，我愣在那里……

他的嘴唇凑上来，在两张唇即将贴近的那瞬，他问：这样好不好？我摇头，没有再想，又摇摇头，我真的不能在一瞬间就克服来自视觉、心理和生理方面的诸多障碍。他微微阖了一下眼皮，问：为什么？我做出一副很无辜的嘴脸，我说：我是一棵窝边草呢。

他笑了一下说：不，你是一颗小星星，闪亮又孤独的那种。我并不糊涂，我说：要是星星是可以摘下来的，而草是自由生长的，那我还是做棵草吧。

他很认真地看了看我，向后退了一步，就打开了门，他做了个请的姿势说：可以走了。我站在门口，很郑重地跟我的老板说谢谢。

我并不愤怒，也不悲伤，关于"尊严"或是"性骚扰"之类的词并没有刺激我沉睡的女权意识。我只是想也许换一个人，没有白发，没有眼袋，没有从整张脸上挂下来松弛的肌肉，情况会有所不同。一个男人，若有型有款、有情有义，风度又好，谁会拒绝与他卿卿我我呢？

我和吴老板的关系就是这样，说远很远，说近很近，随时随地都可能发生改变，可能变得更远，也可能变得更近。谁知道呢。

……

今天上班，与往常一样，没什么可忙的，另两位已结婚的女同事凑在一起研究核酸减肥新概念，捎带着探讨晚上给老公煮什么菜，我对这些没兴致，歪在椅子上看报纸，一边看一边笑，笑"人生风景线"或是"心情故事"之类的小栏目那些作者，一个一个都弄得特煽情，特飘逸，完全不识人间烟火的样子。更好笑的是我自己，一边笑别人，一边倒读得津津有味。

后来还干了点什么呢？起草了一份会议内容，发了一份传真，打了几个电话，或者整理了一下抽屉诸如此类，都不要紧，也没记住，一天也就过去了。其实每天都是这么过去的，有个大人物说：世界上的人们每天忙着干两件大事，一是把地球上的东西搬来搬去，一是指挥别人把地球上的东西搬来搬去。我想我干的事不会比他们更无聊。

快要下班了，我正准备走，吴老板进来说：小丛，别忙着走，晚上有事。我答应了一声，开始收拾东西，老板刚出去，我就听到嗤的一声冷笑，很短促，像谁偷偷捏爆了一只气球。我干脆从包里掏出化妆盒，从容地描眉画眼，眼角扫过去时，看见她们二人挤眉拉眼，彼此笑着，笑得意味深长、满含玄机。

我走出去，卡上门，却不离开，将耳朵贴在门上，就听见一个声音说：怪不得呢，都二十九岁了，也不找……她十月的生日不是？再过几天就三十的人了……另一个声音打断她：找什么找？现在的小姐早算开了，又不是没人玩。我要年轻十岁，也找个客养着，妈的，谁让咱没赶上好时候呢，枉过一春又一春的……我轰一声推门进去，看着她们张大的嘴，我说：没事，没事，你们接着聊，我拿点东西就走。

心里却哼的一声冷笑：找个客养着？你们哪知道现代的男人要求有多高，既能上得厅堂，入得厨房，还得潇洒漂亮。就你们？一个壮实得像煤气罐，一个拴上线绳就能当风筝放，现代女人武装到了肚脐眼，恨不得尾巴骨都打上蝴蝶结，一个个都是杀伤力极强的尖端武器，你们凭什么和她们抢夺市场？没有被老公抛弃，已经算运气好。

随着吴老板走进酒店前厅，有三位衣着光鲜的男女迎上来，男的大家都熟，一个姓李，一个姓黄，是南方两位老板，与我们公司有着稳固的原材料供应关系。女的是张新面孔，只介绍说是苗小姐，别的一概不提。这苗小姐看着年纪不大，却懒懒地笑着，懒懒地说话，一副奶毛未干就历尽尘世沧桑的模样。

几个人稍事寒暄，便踏着红地毯走向包间，包间内配有一小型舞池，一道边门将其与宴席间分开。也就是说我们可以关起那道门喝酒聊天，我们也可以不关那道门，一边喝酒聊天，一边唱歌跳舞，或干点别的什么。我在这儿不厌其烦地说这个包间，实在不是出于什么喜好，因为这个包间的内部设置，决定了一个挺重要的情节走向。

好了，接下来开始吃喝，几杯兰巴特下肚，人人都是孔雀，红着脸蛋儿争相开屏。我不小心把餐巾抖到地上，低头去拣时，瞥见吴老板的一只手，蛇一般在苗小姐的大腿上蜿蜒游动。而苗小姐的脸上还带着笑呢，薄纱般的眼神缥缈着撩来撩去，她闪闪发亮的纤指握一杯加冰绿薄荷，缓缓地摇，浅浅地笑。

我便有了一种"断送一生憔悴，只销几个黄昏"的感叹，可断送了有什么不好呢？丛耸说早晚的事，长痛不如短痛。一时间，我浑身麻酥酥的，好像站在河流中，脚底的沙在迅速流失，有无数的小鱼嘴在亲吻我的腿。

后来在灯光暗淡的小舞池，我们跳舞，苗小姐和这个人或那个人，我和这个人或那个人，我们抱成一团缓缓地摇着。昏暗的灯光在身上打来打去，昏暗中的人没有清晰的表情。

我并不介意靠上来的人姓吴、姓李，或姓别的什么，在那一会儿，我可能想了想张扬，想了想别的什么人或什么事，总之我有些倦怠，也有些恍惚。但后来有一只手掀开我的短裙，迅速钻了进去，我打了一个寒战，用力推开面前的人，跑进了宴席间。

但宴席间一片黑暗，宴席间为什么一片黑暗呢？我被定在那儿，我明明是听到了一种喘息或呻吟的声音，这种声音在我闯入的瞬间就击中了我的大脑，虽短促却清晰，随之而来就被一片窸窸窣窣的声音所取代。我知道我绝对应该立刻消失，可恨的是我突然变成了一棵树，长在那里。因为这样，灯就亮了，是吴老板开的灯，他没什么表情，站着整理他的腰带，苗小姐倚着沙发，她瞥了我一眼，漠然地拉上了皮裙的拉链。

这件事肯定刺激了我，问题不在于他们竟然那样，而在于我在这件事情上的种种表现，我为什么要跑进宴席间呢？我跑到别的地方去不行吗？就算我一定得跑进宴席间，我就是一头钻进去了，听到了我不该听到的声音，知道了我不该知道的事，但我总该知道怎么进去的，就赶紧怎么滚出来是不是？可我竟然站在那里不动，这算怎么回事呢？难道有谁请我来观光旅游吗？

继此事件之后，我有两天没去上班，在家夜以继日饱看盗版 VCD，有赵本山的《男保姆》、周星驰的《家有喜事》《百变金刚》什么什么的，也看外国的滥情片，其中有一个叫《飞绳女郎》还是什么的，记不住名了，也忘了谁演的，看得我心花怒放。说的是一个刑满释放的无业游民，爱上了一个漂亮的女演员，就绑架了她，藏在一个大房子里。那女的特恨那无赖，一直找机会想杀死他，后来，那男的拿出本领，酣畅淋漓地把爱做了又做，那女演员就爱上那男的了。我恶狠狠地对自己说：明白了吗？弱智的人，这就是爱情！

两天后，我洗完脑子，就去上班，走进办公室，惊讶地看见苗小姐端坐在我的办公桌前，有那么一会儿，我没能说话，倒是苗小姐大大方方伸出手，向我嗨了一声说：你好！我的表现远不如我希望的那样冷静大度，我只是干巴巴地哦了一声，并没有伸手。苗小姐收回手，翘了翘她的红嘴唇，她说：你看，吴总让我整理一下文件，我正忙着哪。在这时，我发现她的嘴唇翘着，竟很像凤凰卫视的吴小莉，真的挺好看。

我的那两位同事惊讶地说：原来你们认识啊！她们用一种"由来只有新人笑，有谁听到旧人哭"的慈悲心肠看着我，不乏同情。我把她们挨个看了一遍，没说话，整理了自己的东西，提上，出门。

回家不久，门铃响，打开门，吴老板的司机林明站在门口，手里捏着一个信封，是预付给我三个月的工资，还有一大把雪白晶莹的满天星，衬着墨绿的枝枝梗梗，真是清新可爱。林明让我看花枝上别着的金色小纸签，那上面端端正正地写着：吴航祝小星星愉快！

忘记说了，吴航是我老板——不，前任老板——的名字。我把花拿起来，放在脸边深深嗅了一下，然后一扬手，它就飞出去了，我看着这满天的小星星划了一道弧线，噗的一声落在楼梯的拐角处，扬起了一小片灰尘。

林明看了看我，又看了看那束花，他说：何必呢？有话去跟吴总说清楚，过后想说也没机会了。我一点不明白他什么意思，问他，他却转移了话题，安慰我说：心情好一点儿，没什么大不了的，改天吧，我请你喝茶。

五

是的！没什么大不了，不就是失业吗？终于不用上班了，自己管自己。好处肯定有，首先自由，另外不定哪方面的潜能一不留神就最大限度地给发挥出来了，努努力，流点汗，再洒点血什么的，没准就成大气候了。所以电视台总让那个女歌手站在风中、满脸雨水，一个劲儿地给咱们唱：不会就这样结束，你身后也有宽广的路……

身后有路没有？

不知道！

我知道的是：若天天在家待着，挂着一张深重的老脸唉声叹气，肯定连父母老子都不给你好眼色。这会儿，我母亲就在厨房里咔咔地剁菜，恶声恶气地喊我去帮忙。我就奇怪了，她又不是女强人，没有事业啊追求啊这等大事要忙，可照样不贤惠。有谁能确定，她是我亲妈吗？

我不理她，把脸挤扁在玻璃窗上看外面的街景。

大街上满是窜来窜去的人，女的肩膀上挂个包，男的腋窝里夹个包，他们来来往往，来的来，去的去……丛耸一边往桌上端汤，一边大声喊：丛林，吃饭。好像她是个妈，我是个孩子似的，就差虎着脸威胁说：不听话，我就不要你了。我也不理她，心想：这些人真的都从该来的地方来，到该去的地方去吗？丛耸过来，揪着我的耳朵，把我提到饭桌前。

于是一家人团团围坐，开始吃饭，老妈一边嘘嘘喝汤，一边嘟囔：这年头，你当养个闲人那么容易？一斤烂韭菜都卖到了两块五……你看看人家的孩子，有文凭没文凭的，哪一个不混得人模人样？你自己说说，丛林，你是不聪明？还是不好看？大出息不敢指望你，一份工作也保不住，你自己说说，父母养你这么大容易吗？

当然不容易！可谁让你是父母呢？你生我养我怎么了？我自己同意的吗……这样的话只能在心里想想，说出来可一点好处没有。我伸筷子恶狠狠地把最大那块带鱼又到碗里，吧唧有声地嚼，她老人家又不高兴了，接着训导：你看你，吃没吃相，一个女孩子……什么样！真是……哪个男人敢要你啊！嫁不出去，你将来能做什么呀……

我心里恨透了她的市侩，我一个月交三千的时候，你怎么就不吭声了？才吃几天白饭，就酸的辣的一起泼过来。净欺负老实人，怎么不说丛耸！丛耸什么时候交过生活费了？蛮横的人从来就占便宜。心念及此，我一甩脑袋，对着那张富有责任心的老脸说：做什么？做妓呀！

一桌的人都顿住了，丛耸"哗"把一口汤笑得喷出来，她伸手摸了摸老妈的脸说：淡定！淡定！老爸一拍桌子，喝道：都给我滚！我果断地推开椅子站起来，早就听够了她们稀里哗啦喝汤的声音，我要再坐下去，头顶非冒黑烟不可。

我一头冲出门去。

这年头，你要混得不好，休想得到一点同情。老妈生我养我，并不知道我的苦衷。丛耸那家伙，你也别想听到什么悦耳之音，她训斥我说：不就是摸一摸吗？摸一摸又死不了，你以为你生活在古代？被人碰一下手，就得把整个膀子都卸下来……血脉相连尚且如此，至于不相干的人，除了些隔岸观火的好手，就是些忍不住将你的委屈当作笑料抖搂出来的家伙，倒不一定就是安着什么坏心，可大家除了吃饭、睡觉、穿衣服，总还得说话活着，咱们要是不说别人闲话，能活得这么滋润吗？

无论如何，我得另外找个地方住。

就在我决定另立门户的时候，林明打电话给我了，他已来过好几个电话了，也没什么事，就是说些：还好吗？找到工作了没有……没事儿，就当休个长假之类的话以示安慰，要么就是给我些希望，说：别急，我跟朋友都打招呼了，让他们也留心着点，有合适的就赶紧告诉你……总之听到他的声音，连我身边的空气都变得友爱起来。这次他又要请我去喝茶，他的语气极为真诚，态度极为正经，我想林明是一个体贴的朋友，平时也不怎么来往，但你要是状态不好的时候，他不吝啬给你一些默默的关怀。

我的心里有些暖，患难见人心，这话很没意思，但没意思的话一点都不需要用脑子，我一下子就想到了这句很没意思的话。

于是，我和林明，一起去喝茶。我们面对面坐着，既不含情脉脉，也不无语凝噎，我们在不停地说话，林明告诉我他老爸又住院了，今年这是第二次……

我对这样的话一点不感兴趣，目光从林明的脸侧穿过去，看着坐在他身后的那一男一女，准确地说我是在看那女的，我总是会被一些比较标致的女人吸引。

她不怎么说话，也不看谁，一个劲地歪着头端详自己的双手，到后来，那男的好像有点不忍心了，一个劲地夸她漂亮的双手，漂亮的蓝色指甲盖。她总算是展颜一笑，我听见她说：索菲亚·罗兰的大鼻子在保险公司投保8000万呢，你不觉得这是世界上最漂亮的一双手吗……男的就把她的手托在自己的掌心里，摸娑把玩，瞻仰马王堆出土文物似的，她甩了甩手，很不屑地说：我可提前跟你说好了，别指望我做家务，我从不做家务……神情好像她是从十八世纪移民过来的欧洲贵族。

这句话简直让我无比羞愧，我不仅做家务，从十五岁起我就洗衣、做饭、自己缝被子，甚至给丛耷洗内裤……我是不是特别可耻？

更可耻的是我现在连工作也没有，我父母不在国外，没人给我按月寄钱，台湾香港或国外也没谁留着遗产等我去继承，我不仅在家里干活，我还跑到大街上给不相干的爷爷奶奶磕头作揖，拜托人家看在我忠厚老实的面上赏我点活干。在这种情况下，手停嘴就停，要是我还胆敢天天钻在酒吧、乐吧、网吧或陶吧什么的里边，把头发梢都弄成冒着情调的小气泡。用不了一年，我准得饿死！

丛耷说了，我这种情绪很不对头，简直是愤世嫉俗，我知道这不是什么好话，愤世嫉俗的都是些倒霉蛋，从古到今，概莫能外，像杜甫、凡·高什么的，都是些衣不丰、食不足的家伙。所以愤世嫉俗差不多就是丧魂落魄、狗急跳墙。算了，随她说去，狗急就狗急吧，我说过了我是个俗人，没什么品味……

嗨，干吗呢？林明竖起一根指头在我面前晃了晃，这家伙，真令人讨厌，可我还是把目光收回来了。

林明还说他爸的事，他说他弄了一万块钱准备去医院续交押金，可他老婆招呼都没打，拿钱就去买了件羊绒大衣……林明面有悲愤，我认真倾听频频点头，做理解状，想想都觉好玩，这真是断肠人遇断肠人，我这厢急欲倾诉苦闷，他却先稀里哗啦倒起了苦水。

我耐着性子听下去，心里却想：在类似的场合我也有过类似的表演，对着相干或不相干的人，唉声叹气，寻求理解，其实我的那些蛙鸣聒噪都不如一阵风刮过，还掀了掀对方的头发。其实说出来又有什么意义呢？包里的钞票没有添一张，脸上的小痘痘没有少一个，至于对方呢？可能在琢磨回家后怎么跟老婆撒谎，也可能在想：不就一杯咖啡吗？怎么能卖到五十块呢？若再喝两杯，回去就不能打车了……这样想着，我差不多都要笑了。

林明疑惑地看着我的脸，我知道在这种时候笑，绝不是什么良好的表现，他的父亲病入膏肓呢，他的老婆花钱如流水呢，这真令人担忧，我是应该悲伤一些，忧郁一些的，最好再说点安慰的话，哪怕我心里一点都不悲伤，我也得这么做做样子。

林明看着我，我不得不示意他看别的地方——临座一个时髦女郎，我这样做的目的有两个，一是使我的笑显得比较有理，二是促使林明转移话题。

邻座女郎顶着一头五彩缤纷的短发，不对，是四彩缤纷，头顶是孔雀蓝，太阳穴是柠檬黄，前边为银粉，后脑勺是砖红，林明看着她，翻了个白眼说：她要是回山里去看看老外婆，一准能把老人家吓死，以为小妖精变了人样出来兴风作浪呢！这回我就笑得理直气壮了。

笑完了，我们接着说话，林明又回到了原来的话题，继续谴责他老婆，我忽然想我要比林明表现得更愤怒，更忍无可忍，甚至不妨把他老婆骂一骂，那才有意思呢！于是我很有正义感地说：她太过分了，她怎么能这样呢？简直是不可理喻……林明瞪眼看我，我继续说下去……这种人也太少有了，这不是素质的问题，这暴露了一个人的本质……林明咳嗽了一声，我装着没听见，接着再说：她不仅缺乏同情心，更缺乏教养，百善孝为先，百恶不孝为先……

林明快速地眨了眨眼，急巴巴地抢着说：其实她人不坏，她原来对我爸挺好的，可是，你看我爸这病，脑溢血，一年得犯两三回，犯一回就要花一两万，每次医院都把病危通知下了，可三弄两弄就又缓上气来了。你说这要是个肝或心那儿的毛病……大不了，扔点钱，好好哭一场，可现在这样，他自己痛苦不说，所有的人都跟着没好日子过……其实我媳妇也就是气的，没办法，她对我爸就不错了，我总不能指望她把我爸当成她爸吧，我不是也没把她妈当成我妈吗？她人不坏，真的……

我看着林明，把头点得像只啄米的小鸟，我知道有些人就是这样，他自己怎么把孩子说成个无赖泼皮都没关系，别人要说个孬字，他准得跟人拼命不可。

林明认真地看着我，挺严肃地问：你知道我媳妇为什么生气吗？我？我当然不知道！她又不是生我的气，况且我一点都不关心这样的问题。林明可不管我是否感兴趣，他说：你不知道，连我现在都生我爸的气了，他当初要是听我媳妇一句话，入个保险，现在这住院费就用不着我出了……

我好奇地问：你不出谁出？林明说：保险公司啊，大病大灾、小病小灾，保险公司都给赔。我说：嗯？不会吧？保险不是活着不赔，死了才赔吗！林明的鼻子眼睛挤成了一团，一副很为我的无知担忧的样子，咳了一声说：看来你很有必要了解些保险方面的知识。

接下来，林明就保险的意义和功能，深入浅出地给我进行了一番讲解。在他的悉心教导之下，我认识到保险并非骗人，而是一项神圣的事业。林明说：优秀的人，成功的人和有层次的人，他们都会给自己和家里的人投保，因为风险无处不在，他们懂得把风险转移出去。像我爸那样，老脑筋，当时怎么说服他，也不肯拿点钱去买保险，你说他当初要是入了保险，现在就是天天躺在医院里，我也不会有什么损失。可现在呢？举个例子来说吧，等到天下大雨的时候，才想到去找雨伞，是不是太晚了？

当然太晚了，这还用说！

林明直视着我，突然想起什么似的问：你给自己买过保险吗？

我？没有！我如实坦白。林明很惊讶的样子，瞪了瞪眼，不相信地问：你真的没有？真的没有，这有什么好隐瞒的，我不以为然。他却连连摇头，很为我着急地说：你怎么能不给自己买份保险呢？像你素质这么高的人，应该有这种意识啊！我以为你早就……咳……他一边叹气一边打量我，好像要重新鉴定我的素质问题。

他的样子都让我感觉有点不好意思了，是啊，我怎么能没有这种意识呢？我的素质高着呢。林明没准以为我和他爸一样的老脑筋呢，那老头什么样啊？肯定是既固执又吝啬……好在林明没有让我愧疚太久，他面色郑重地说：要不这样吧，你要信得过我，我来给你做份投保计划，保证让你花最少的钱，享受最大的保障，免除一切后顾之忧。

你？给我做投保计划？这回轮到我惊讶了，我可真服了这些人，他们总是一不小心就露出你不知道的一面，像太阳底下尖利的玻璃碎片，突然就耀了一下你的眼睛。林明很自信地笑着点头，是啊，我在保险公司兼职两年了，有高级任职资格证书，是专业的客户经理，朋友们都很信任我……

阿里巴巴念动咒语，山洞的大门打开了。

林明以专业人士丰富的专业知识，以高瞻远瞩的战略眼光一针见血地给我指出：你现在太需要保障了，如果说社会保险是一道木头门的话，那么人寿保险就是防盗门。你目前没有安装防盗门不说，原来公司给你交的医疗保险和养老保险也停止了，连那道木头门也拆了，也就是说你现在生活在一间没有门的房子里……你自己想想吧……

天哪！我在一间没有门的房子里吃饭、说话、睡大觉，跟谁谁谁卿卿我我……这太可怕了，我怎么一点都不知道呢？要不是林明唤醒我昏睡的忧患意识，没准哪天楼道里刮一阵风，我就哗啦啦地飞到天上去了，这真的太可怕了！

我恨不得马上就掏出钱来去买"防盗门"。

六

我暂时仍住在家里，没有搬出去，并非因为找不到合适的地方，而是因为在林明的谆谆教导之下，我深刻认识到"防盗门"的问题十万火急、刻不容缓，立刻买了近万元的保险装置，自然没有多余的钱去顾及其他，不过我都有保险了，我还怕别的吗？

林明办事很利索，钱交上去的第二天，保险单就送到了我手上，白纸黑字签着我的大名，这真不错，自此我就是一个有保障的人了。林明还很大方地请我去吃了一顿，按照道理我应该答谢他，可是人家满不在乎地说：谁跟谁呀，以后你有什么事，只要我办得了，绝对没问题。这更让我感觉林明有情有义，是位靠得住的好同志。

临分手时，林明说：你的亲戚和朋友谁想投保，尽管找我好了，我绝对对他们负责，这真的是关系到切身利益的问题。我说：行，我给问问。他说：光问问不行，你把他们介绍给我，你没有这方面的知识，肯定说不清楚，我去和他们说，你把他们的名字告诉我。

嗯？我犹豫了一下，我只是随便说说的，他倒动真的了。林明看我犹豫，笑了，说：就算是你帮我的忙，吴老板那边，我打算辞职，到保险公司干专业经纪人，所以我必须有更好的业绩，你们这些朋友不帮我，谁帮我啊……

话说到这份上，我要不帮不就是一个不仁不义的小人了吗？

我知道自己不是一个很高尚的人，像雷锋或孔繁森什么的，但我还比较义气。我一边继续找工作，一边不时给一些朋友同学打打电话，帮林明提一提保险的事，好像没谁表现得太有兴致。林明隔三岔五就电话问候关怀我一下，关于托我帮忙的事，只字不提。不好意思的倒是我。

最后，我打算无论如何也得说服丛耸买扇"防盗门"，要么可真对不起林明。

但丛耸却基本不回家了，关于父母的反应我已经懒得说了，反正他们反应不反应也不会改变什么。丛耸不回家去哪儿了？老妈恶狠狠地说：那个死大鹏，不是什么好鸟。这话倒是真的，我猜想得出大鹏那些倒霉的邻居们，每晚都会被咿呀叫床的声音折磨得像一张烙不熟的饼，他们在心里骂：让那男人去死吧。因为他们肯定知道这男人换女人比内衣换得勤，可笑的是那些被换的女人也知道。

一些日子过后，丛耸鼻青眼肿地跑回家，把房门关得死死的，在里面大放悲声，间或提到大鹏的名字。老妈嘱咐我经心瞅着点，防备丛耸又玩绝活。

关于失恋，丛耸不是第一次，每次都弄得轰轰烈烈，惊天地泣鬼神。第一次切断了自己的静脉，第二次在胳膊上烫了朵五瓣梅花，第三次好像吞了个金戒指。这次不知又玩什么花样，她在里边哭了一会儿后，就无声无息了。

我趴在门缝上看了看，见她手里多了把明晃晃的剪刀，以为她要剪自己的颈动脉，就慌忙砸门，老妈也跑过来帮忙。丛耸在里边说：别费劲了，你们谁也别拦我，就听得剪刀一阵咔嚓咔嚓地乱响，老妈泪都出来了，呜咽着：小耸啊，你可千万别……吓死妈了。

丛耸在里边哧哧冷笑，剪刀不响了，又传出噼里啪啦摔东西的声音，我听她声音还算冷静，趴门缝上看看，见满地都是碎照片，没准她根本就不打算对自己下毒手呢。况且一个决心要死的人大半心如死灰、呆滞不动，哪有心思折腾来折腾去的，凡是疯着劲折腾的，撒完气就不死了。

我劝老妈和我一起走开，倒招来一顿臭骂，爽性由她去了，老人家在丛耸门边哭泣着瘫成一堆软泥。

过了一会儿，死死关着的门哗一声开了，丛耸径直走出来，描了眉，点了唇，刚刚为爱情流过泪的大眼睛上了桃色眼影，绿色长裙摇曳生姿，露出大片白胸脯。老妈在门边将长长一声抽泣变成一口闷气重重叹出来。

我瞥了丛耸一眼，没理她，她却走过来，在我身边蹲下，命令道：把背上的拉链拉上。我剜一眼她丰腴的背问：你干什么？她漫不经心地撇嘴：出去玩玩。和谁？我再问，她嗤地冷笑：谁不能玩？哼！一个担柴卖，一个买柴烧，谁怕谁？我说：那好，我给你准备着刀片。她不看我，神情恶狠狠的，你少来这套，我早看透了，这条小命还是给自己好好留着吧。我哧一声给她拉上拉链，挥挥手，我说：去吧，去吧，反正是在寻欢作乐中等死。

她并不多言，裙裾飘飘，留一抹香就不见了。

我没有逮着机会做丛耷的思想工作，但是有一天我却准备自己去做个高尚的保险人。说起来完全是个偶然，那天我替林明向何曼宣传保险知识，何曼是我的另一个朋友，她哈哈大笑说：你知道我是干什么的？我就是拉保险的。她旁征博引、巧舌如簧，一阵功夫竟让我相信我是天底下最适合拉保险的人了。

丛耷总骂我没有立场，可再有立场也经不住人家说得有理啊！我估计就是一块石头，在何曼的鼓动下，也会乱了心思。她是这样帮我分析的：你看，现在做生意吧，你没资金；找工作吧，你没关系；嫁人吧，又没人要……那怎么办呢？做保险呀！只投入你一个大活人就行了，而且是高额回报。你知道我现在一个月能拿多少薪水？两万！轻轻松松，跟玩似的。真的，丛林，她语重心长地说：你的素质高，面相又善良，谁一看你都觉着绝对值得信赖。这就是你最好的资本，赶快做保险吧，将来你肯定会感谢我……最后她高屋建瓴作概括性总结：据权威统计，保险业在未来热门职业排行榜中名列第三。

看来我还真是一个素质蛮不低的人呢，林明让我买"防盗门"的时候强调过素质的问题，何曼让我卖"防盗门"的时候也强调过这个问题，看来素质真是个挺重要的东西。

既然我都具备这么优秀的素质了，当然不能浪费它，我兴致勃勃给林明挂了个电话，告诉他说：我们就要成为一条道上的朋友了。林明"啊"了一声，很长时间没说话，好像他被一颗流弹击中了。

接下来林明有点气急败坏地说：你怎么想的？天上哪有掉馅饼的事？你素质这么高，人又傲气，你根本不适合做这个……这会儿他像一个缓过劲来的伤员，怀着满腔的仇恨，端起机关枪就一阵猛扫。所有的子弹都叫嚣着一个真理：无论如何，你丛林不该去做保险。

他的反应真令人奇怪，我不知道是听何曼的，还是听林明的，最后我决定还是听我自己的，反正也不需要投入什么，我先去试试，行，就好好干，不行，就退出来。我决心已定，跟林明说：何曼和我说好了，明天她在公司等着，带我去报名。林明挺生气地说：什么何曼何豚的，我们是一个组的，用不着她瞎捣鼓，我今天就给你报名……再说了，咱们是朋友，你要真干，我得好好带带你，让你早点上手……

哈哈，这个开端真不错，还没开始干，已经有这么多人争着帮我。

但是第二天早上的情况，一点都不妙，林明和何曼吵起来了，我原来还挺卖劲地给他们喷着凉水灭火，后来我就嗅出点味来了。原来保险公司走的是传销的一套路数，谁把我增援来做保险人，谁就有好处可得，也就是说谁的手下要有三十二十个下线，就能当地主，坐在家里收租子。现在林明给我报了名，何曼的二分地就被林明撬走了，她能不火吗？

她一火，对我可有好处了，我一下子就剥开乌云，看见了青天。原来林明帮我买了个"大铁门"，他一下子就拿了两千多块的好处费，真够黑的！我可是一个失恋又失业的人啊！何曼质问他：朋友是你这样的吗？

他们光顾着互相揭老底，好像把我这么个素质挺高的家伙给忘了。

我在旁边冷眼观战，心里愤愤然：原来我是两条狗争夺的一块肉骨头，可笑的是这块肉骨头竟然为两条狗的不和而担忧。

七

保险公司办公大楼。
新人岗前培训教室。
导师说：保险不是人干的，是人才干的。
把保险说得很清楚是蠢材，把客户了解得很清楚是天才。
计划你的工作，工作你的计划。
说到不如做到，付出总有回报。
失败一百次，第一百〇一次会成功。
……

八

我的新生活自此拉开序幕。

由于篇幅和其他一些原因，我不准备将新生活的所有章节在此一一展现，那确实没多大意思，但什么也不说，肯定也不妥。既如此就从中选取一个片段供大家欣赏，希望能达到窥一斑而看见整只豹子的效果。

这一个小片段发生在公共汽车上。

那天，人很多，我给一个老太太让座，她年纪在五十五至六十之间，有点邋遢，经济情况不是很好，也缺乏关怀，总之她是一个不怎么幸福的人。在一秒钟之内我把她的情况分析了个大概，任何幸福或不幸福的人都可能是我潜在的客户，出于我对职业的无比热爱，我体贴地扶着老太太的腰，让她坐下来。当然我并不是说以前我就不给老人或孕妇什么的让座，我只是说这个新的职业让我无比友善，对全世界都充满了爱心。

老太太很感动，也很不安，她甚至愿意我们两人挤在一个座位上，我当然不会这么做，但我让她替我抱着手提包，这样我们的关系就确立在一个很亲密的范围之内。突破口的定位也很容易，她手背上不是贴着两条白胶带吗，这两条小东西太有用了，它说明老太太刚刚输过液。

我极为关心地说：阿姨，你的手怎么了？她告诉我她感冒了，已输过三天液，她还准备就感冒的原因和我说一说，但是这个话题和主题没什么关系，我必须在既定时间内摸清她是否投过保。所以我巧妙地把话题引开了，我说那你得花不少钱吧，她说那当然了，一天就得一百多呢。我一步一步引她向雷区靠近，我说这钱都得你自己出吗？她抱怨地说：我不出，谁出啊！

我叹口气说：现在进医院的门可不容易了，又是这样费又是那样费，也怪，现在的人就是容易生病。就说我妈吧，长年身体不好，心脏有毛病，关节有毛病，肺也不太好，老人就是这样，什么病也不敢耽误，三天两头进医院，钱花得像流水，好在我妈买保险了，这钱基本上都是保险公司给出的，要不我们家还不得卖房子卖地呀……我已经摸清了她没有投过保，所以我得把保险说得很好，特别好，简直好得不能再好了才行。

在我的唇舌蛊惑之下，老太太很快进入雷区，但我没有立刻引爆，在这种关键时刻，她的警惕性还高得很，随时随地都会迅速撤离。我让她在雷区放松地待着，听我大谈我妈令人担忧的健康问题。

其实我妈结实着呢，退了休从此重获新生，天天早上闻鸡起舞，穿红色运动服，白色波鞋，长剑在手，剑尾红绸舞动得猎猎生风。总是看得我一愣一愣的，心底想老妈比我热爱生活。

现在的情况是：老妈经过我的改头换面之后，成了一个天天与医院的病床相亲相爱的人，把老太太唬得一愣一愣的，眼泪都快下来了。

在此我必须说明一下，虽然我妈有时难免令我不高兴，可我还是比较爱她，我从来没有对她的健康问题心怀叵测。眼下的不得已而为之，实在出于剧情需要。我并非一个坏人，真的。谁要是非把演员的表演技巧和他的为人混为一谈的话，那真是要命。

这就像小品演员站在舞台上正儿八经地跟咱们说他父母正在闹离婚，或是他家着火了一样，没人信以为真，可咱们照样给他掌声鼓励。人家那是舞台艺术。可咱们呢？咱们照样不缺乏艺术，在日常的吃喝拉撒中，咱们随意或刻意发挥的艺术就是生活的艺术，生活中充满了真正的艺术，我不得不说这可真是个艺术的时代啊！

好了，言归正传，我还在车上呢，老太太还紧紧地替我抱着包呢，再有两站，我们就该一起下车了。她告诉我她在税务局那站下车，走不远就到家了。我说：哎呀，这么巧，我也在那站下车。我当然不会说我家住在这儿，我说的是我二舅，或者大姑、三姨、表姑婆什么的都行，总之我得有一个亲戚住在这儿，他年纪也大了，我经常来看他，老太太果然夸我是个好闺女。然后这个好闺女理所当然就扶着她下车了。

在路边，老太太给了我她家的电话号码，告诉我她叫刘玉莲。于是我们告别，我在她身后六七步远的地方嘱咐她慢点走，她则笑着跟我挥手，在下一个站点，我停下来，站在路边等公共车，自然不会有什么二舅等着我去看望，我要做的是原路返回。

第三天，我提着些水果去看望刘玉莲。

这个看望的时机自然也是经过培训而选定的，去得太早她会疑心而有所防范，去得太晚可能延误时机而时机永不再来。

我的到来，让老太太很激动，她是一个挺孤独的人，没有老伴，儿女倒是都在这个城市，可是都很忙，不能经常陪她……所有这些对我都挺有好处，我们说了一会菜市场的黄瓜辣椒的价格，说了说药店的维 C 银翘片，有的卖八毛，有的卖一块二，还说了说养儿也不一定防老……总之所有的话题都围绕"这年头谁也指望不上，只有自己做打算"这个中心，句句切中老太太的要害。

而我最拿手的本领就是带我的客户进入未来世界，我可能会引导他（她）把未来畅想得无比美妙，也可能会引导他（她）把未来想象得极其黑暗。据我所知，一个得意的家伙总是希望未来更好，一个不得意的家伙总是害怕未来更坏。不同策略的运用就在于分清不同的对象，为了把我的意思表达得更清楚明白，暂且不妨把刘玉莲老人作为一个操作实例，加以说明，具体操作情况如下：

　　场景：风雪满天。

　　人物：一个老妇（瘦且伶仃，拄着拐棍）

　　情节：满天风雪中，一个孤苦伶仃的老妇，拄着拐棍，茫然四顾，所有的门紧闭，她艰难地挪动脚步，踉踉跄跄，然后摔倒了，挣扎……没有爬起，雪，一层一层落下，将她掩盖……画面淡出，剧终二字。

当然，这场景比较熟悉，明眼人一下就瞅出这老妇是祥林嫂，不过没关系，普天下的艺术都有其互融性，我只把其中的某某地方做些修改，就可以挪过来让刘玉莲老太太演主角。至于它的艺术效果，我有绝对把握。

事实如我所料，老太太的一把老骨头，果然经不起到冰天雪地的未来世界畅游，她脸色灰暗，差不多都要打起喷嚏来了。

在这时，我推出我的保险计划，我说：阿姨，到七十岁的时候，你最需要什么？爱情？亲情？还是衣食无忧的生活？我冷静得像一张白纸黑字的调查问卷。

老太太苦笑着说：你这丫头，爱呀，情啊的，可都是你们年轻人的事……我点点头，我当然知道，爱情这家伙，没有副好胃口好牙口，休想消化它。我不过是让她自己承认那东西不适合她罢了。

那亲情呢？我乘胜追击道：有点小病小灾、头疼脑热的，儿子孙子一大堆围着，出钱的出钱，出力的出力，多好啊！她叹气说：不是孩子不孝顺，他们也难哪！你看现在这会儿，说下岗就下岗，说有病就有病，没病没灾上着班也没多少钱……咳，谁也指望不上……

那怎么办呢？

赶快买保险哪！

谁不买将来肯定后悔！

我给老太太做了个八千三的投保计划书，之所以做到这么大的数额，是因为经验告诉我：客户总会把你的计划一降再降，你做两千的计划，他会接受一千的价格；你做一千的计划，他可能只拿出五百。这和购物一样，总是卖方希望高点卖，买方希望低点买。

但老太太好像把讨价还价这茬给忘了，或者说她根本就不知道还能对我的计划提出一些修改。她只是问我：十五年后，真的每年能领三千块的养老金？

我说：绝对没问题，要领不到养老金，干吗那么多的人都去买保险哪。这些人可比咱们有见识，越是富翁、国家干部什么的，他们买的保险越多。

老太太连连点头，嘴里说：嗯，够了，三千块，再加上我的退休金，够我花的了……她拿起笔准备在单子上签字，我可真有点替她急，光想着怎么领钱了，就不想想这十五年的钱怎么交啊，你每年的退休金才一万多点，交完八千多的保险费，难道就不吃不喝了吗？

我真希望她能想到这一点。

只要她想到了这一点，我马上给她重新做计划。

可她真的没想……好吧，既然她自己都没想，别人还能说什么呢！

刘玉莲的保险单在两天后正式生效，至于我拿了多少佣金……还是不说了吧。我把刘玉莲的一些情况，包括电话、地址、生日什么的，写在我的准主顾名单本上。然后在日历的 10 月 17 日这一页画了个红对勾，那天是她的生日，我会热情洋溢地送个奶油大蛋糕给她。

当然，在我的日历牌上，这样的红对勾还有很多。也就是说：有很多的奶油大蛋糕等着被我送出。香喷喷的、甜丝丝的、扎着漂亮彩带的奶油大蛋糕。

九

我现在的情况，令老爸老妈深感欣慰。首先，经济状况的好转，使家庭气氛极其和谐；其二，原来那个见人待答不理的丫头，现在变得特懂事，特有礼貌，见谁都像只喜鹊似的，喳喳地报喜；其三，这孩子突然就多了那么多朋友……

当然，欣慰里难免隐藏着些许忧虑，忧虑之一就是我的婚姻大事。老妈说：你怎么就一点也不急呢？这三十岁的女人啊……三十岁的女人怎样她没说，不过不说我也知道，三十岁的女人不就是阴历十二月三十日的挂历吗，只有古人，没有来者。她肯定是这意思，随她去吧，反正每个人都有自己的意思。

忧虑之二是我的穿戴越来越讲究，化妆品的牌子越来越难懂。老妈认为这实在没什么必要。其实她不知道，这简直太有必要了，穿戴的讲究，是为了能和一些特讲究的家伙在一起，这些特讲究的家伙不过是些宝马、洋车载靓妞的角色。他们没什么了不起，可这些家伙动辄让你看看他的领带多少钱，他的袜子多少钱，恨不得把内裤也扒出来亮亮牌子，我要是弄得像个自由市场的小商贩，他们肯在保险单上签字吗？没准就因为我的香水味不够高雅，他们就会改变主意。

这些道理没有必要和老妈去理论。

我现在要说的是，有一天，在这个比较讲究的圈子里，我遇到了张扬，是他先打的招呼，我们笑着，握了握手，看起来都很平静。

一起坐下来，我们喝了一杯，谁也没说什么，过了很久，他看了看我的脸说：你一点不恨我了？这么快！口气很是失望。

听得我哑然失笑，恨？现在这时代，谁还会恨谁呢？杀父之仇不算仇，夺妻之恨不算恨，像我这样的人，长期和生活抗争，还得天天节食，瘦得一把骨头，哪有多余的精力浪费在不相干的人身上。

张扬和我，自然也不是一点不相干，可战争早就结束了。难道张扬是这样想的？自己转移到后方去享受解放区的灿烂阳光，却希望我一直待在前方战壕里，这也太看重自己了吧。

我们闲闲地说话，我偶尔看看他的脸，心里想：人真是再生能力很强的动物，多深的伤害，多撕心裂肺的事，只要当时不烂掉筋骨缓过那口气，伤口流血也好，化脓也好，总有结痂愈合的一天。像我，三年时间已伤愈，偶尔把往事从记忆的底层翻出来，也只看见浅浅的疤痕。这像晾晒多年不用的衣物，霉味总是难免的。

张扬偶尔也看看我的脸，不知在想什么。

这样的碰面以后还有过几次，我们点点头，笑一笑，谁也不说"见到你真高兴"之类的话，分别时也不说"再见"，我们只是点点头，一个从高脚凳上爬下来，摇摇晃晃着，说：走了。另一个蒙眬着双眼，摇摇手，说：走吧。

后来，有一天，张扬给我打来了电话，他说：是你让林明来找我的？我愣了一下，林明总鼓动我去找张扬，他的意思是张扬曾经抛弃过我，他肯定心怀愧疚，如果我找张扬做保险，他肯定不会拒绝。我记得当时自己还讥讽林明说：是啊，不仅如此，我还要把当年的定情物像小发卡、塑料别针什么的亮出来，诈他个十万八万的……

没想到，我没去，林明自己去了，唉！人生啊……张扬在那边说：林明说他是你的好朋友，你介绍他过来的……我说：就算是吧，张扬笑了一下说：你怎么这样？你要和人家好，就真好，别含含糊糊的。我有个朋友准备给公司职工做分红险，数额挺大的，你要是愿意，我就介绍给他了……我停顿了一下，清清楚楚地说：介绍给我。停顿并不是考虑是否打消这个念头，而是为了坚定我的信心，我再说：介绍给我做。

两天后，我见到了张扬介绍的那个客户，他很胖，脸的形状像一只洋梨，一动浑身的赘肉就乱哆嗦。正如张扬所说，这的确是一笔数额挺大的业务，如果谈成，我的佣金能拿到十万多，而且凭着这笔业务，我可以直接晋升业务主任的职位。

这绝对是一个千载难逢的好机会。

但是客户一点儿也不着急，他不急，我也不敢急，在开始的十二天里，我们一起去吃饭、去唱歌、去打高尔夫球或者去玩老虎机。有一天晚上，他一口气输了十八万，他自己没什么反应，倒是在旁边看着的我，急需一辆救护车。十二天后他开始偶尔和我谈谈保险，没有一点要签单的意思，他没有这意思，我绝不敢强求他有这意思。只是一段时间以来，我和医院耳鼻喉科的大夫交上了好朋友，他们说我的喉咙百孔千疮，像一个被雨淋透的马蜂窝。

在这种情况下，我仍然坚持要诡计、搞阴谋，不动声色地和那头猪斗智斗勇。我说服自己一定要对着他的猪头微笑，但我实在是难以目睹他的牙齿，如果不是在一个人的嘴里看见这些东西，而是在岩石或别的什么地方，我准以为那是些经年的苔藓。不过这都没关系，哪怕我现在面对的是一堆狗屎，我也能说服自己摇头摆尾、屈意承欢。

后来，当日历翻到第二十六天的时候，他终于在保险单上签名，也给我签了一张巨额的转账支票。他没有把支票递给我，而是举起手，让它飘到地板上，然后他就一直看着我的脸。

他是故意的，我知道，如果在十八岁，我会掉头而去，永远不跟这厮再往来。

但是，现在……不会了，我走过去，我跟自己说：不要紧，丛林，跪下来，拾起它，关系到你温饱生存的时候，牺牲一点自尊，不要紧。

……

那天，就在那间豪华的办公室里，确实还发生了另外一些事情，关于它的细节，我不想描述。我想说的是：那张黑色的真皮沙发，它宽大、冰冷，像一张停尸床……

十

到公司交上那张投保书的那一刻，我就成了一个倍受瞩目的人物。首先总经理、部门经理分别找我谈话，鼓励我百尺竿头，更进一步。同事则纷纷围住我，他（她）使劲拍打着我的肩膀说：真行啊，你真行，有什么绝招啊，交流交流经验吧……他们笑着，喳喳喳地围住我，真让人受不了，你想象一下吧，这可是成千上万只喜鹊啊……

早晨开晨会的时候，经理让我到台上去说两句，我不愿意。可大家不答应，林明冲着我说：上去，就得有指挥千军万马的魄力！经理说：上来说说吧，下个月送你去北京的 PTV 高级讲师班学习。林明笑得满脸都是窝说：人才吧？我增援的人个个都是优秀的人才……

在一片"人才""人才"的呼声中，我终于站到了讲台上，说什么呢？我看着台下黑压压的人群，看着他们笑笑的脸，我说：首先，感谢公司，给了我这么好的发展机遇……

台下哗的一片掌声响起来

再说什么呢？我再说：感谢总经理和各位领导，感谢我的增援人——林明……没有他们，我不可能有今天的成就……

以林明带头，台下又是一片掌声，像海浪一样席卷过来。

我接着还说：感谢我的客户，感谢他们对我的信任，对我工作的支持，……台下又是一片疯狂的掌声……

总经理说：精英啊，这既是我们公司的幸运，也是你个人的幸运……

我站在台子上，这就是一个人才了。

台下是黑压压的人群，他们不停地冲我鼓掌，冲我喊叫，这里边到底藏着多少人才啊！

我一个劲地给他们鞠躬，我说：感谢……感谢……太感谢了……他妈的，我太激动了，我的眼泪都下来了，啪嗒啪嗒砸在水泥地上。

一场 2000 年的隐秘约会

一

这肯定不是一群人的公开会晤，也不是谁约了谁在某个时尚茶坊或酒吧玩玩情调，决定秘密约会的是一个男人和一个女人，时间在 2000 年的深秋。

2000 年是一个奇怪的字眼，在二十年前的小学语文课本上，前几页都写着"2000 年实现四个现代化"这样的字眼，上面配着彩色插图，底色是一种浓得化不开的湛蓝，点缀着金黄的圆月和星星，两个头戴钢盔的小男女坐着宇宙飞船正飞向太空，飞船的尾巴上喷着得意的小火花。

那些刚领到新书的小家伙由此认定四个现代化就是小孩子们没事都飞到天上去玩，而这样的怪事必须等到 2000 年，当然那会儿得读作"二〇〇〇年"，老师一再地纠正这事，小孩子们于是对这个总也搞不清二后面是三个零还是四个零的年代充满了敬畏。

现在我们当然不再为那么多的零而费脑，干脆直呼两千年了事。不过四个现代化这事我们也不提了，我们说这是一个商品时代，一个网络时代，我们还说这是一个抒情时代，至于它到底是个什么，鬼才知道。

好了，2000 年可能与我们有关，也可能与我们无关，都不去管它，我们先来看一下决定约会的这两个人。

先看到的自然是那个男人，我们暂时还不知道他的名字，不过总会知道的。这个男人，在凌晨四点深圳的大街上，他眼神迷茫、脚步踉跄，摇摇摆摆向前走着。他还没有喝醉，他还记得家的方向，这很不好，要知道从昨天上午十点他就出来了，像坐台小姐一样，一口气赶了四个场子，他和朋友们喝酒、说话，闪亮的语言像啤酒泡沫一样明明灭灭。

他记得他们在一个地方喝得杯盘狼藉，然后换了一个地方，待人仰马翻时，拽拽挽挽又换了一个地方，哥们互相拥抱热烈地捶打着肩膀，多么亲密无间啊……这期间，有人来了，有人走了，有的面孔是熟悉的，有的面孔是陌生的，这没关系，大家多高兴啊！人生不就是一场怎么吃也吃不完的筵席吗？所以亲爱的朋友们，好好地乐一乐吧。

可是他从昨天上午十点一直喝到第二天凌晨五点，还没把自己喝醉，这对得起谁呀！他推开家门时，心里委屈地想：要把自己喝醉也不容易了。

男人把自己扔在沙发上，像扔一只破手套。他的脑袋里涌进了一窝马蜂，嗡嗡乱响，可他一点儿也不困，还不想睡，他坐在那儿，耷拉着眼皮，有些怜悯地看着他的家，看着那些桌子、椅子、床，还有躺倒的饼干筒，它们安分得让人心虚，男人的目光游荡上床铺的那一刻开始陷落，像一只蚊子粘上了蛛网。

一张床怎么能这么平整，这么规规矩矩呢？它上面甚至没有蜷曲着一个等待安慰的怨妇，当然，这年头怨妇是珍稀的，多的是打滚撒泼的货色，谁肯为谁温着茶等着门呢？想得倒美！男人的目光在床铺上挣扎，这张过于平整的床简直不成体统。只在一瞬间，男人就被一种想和谁说话的冲动控制了。可除了他自己，连一只苍蝇也没来拜访，屋子里真的没别人。

这个想和人说话的男人，他三十八岁了，工作勤勉，还算上进，没有任何不良思想倾向与嗜好，是一位遵纪守法的好公民。就是这位好公民，凌晨五点，在自己的屋子里走来走去，那些桌子、椅子、床和什么什么的东西，都让他生气，也可能这些东西使他联想到了不久以前，或很久以前，有某个人在这个屋子里待过，并享用过这些东西，当然这很不好，想起了某一个人，必然也就想起了某一些往事，而某一些往事对人决没好处，于是他的脾气开始变坏。当然了，没准他既没想起那一个人，也没想起那一些事，反正他就是生气了。

这个生气的男人趴在电话机前，开始翻他的电话联络本，那是一个牛皮黄色48开的本子，从前到后，密密麻麻写着一些人的名字，名字下边是呼机、手机、传真、办公和家里的号码，在有些名字的后面还加上了E-mail。关于这个E-mail，有这样一种说法：如果谁的名片上缺此一项，那他就不是一个完整的现代人。这话是真是假倒没必要理会，反正不管是准现代人，还是拖着传统脐带的半现代人，眼下他们都在一个本子上欢聚一堂，并被他们的一个朋友不停地翻着，有那么两次，我们看到这个男人似乎已选定了目标，话筒也被他拿起来了，他的手指开始在号码间游移，可那些手指到底还是停下了，像一些冻僵的鸟。

这个三十八岁的男人坐在电话机前，看着他的电话本，就像一个剥开糖纸发现里面包着一粒小石子的男孩，满脸委屈。

后来呢？后来这个男人终究还是拨通了一个电话，一个女人的电话。

当电话铃刺耳地尖叫时，那个女人还没睡醒，她从床上爬起来，闭着眼睛走到桌子前，她抓起了话筒，心里很愤怒，那含混的一声喂带着很多的不满情绪。男人幽怨地说：……苏钰……你好吗？……我是余向阳……女人听到余向阳这个名字，眼睛立刻睁开了，她下意识地向床上扫了一眼，床上躺着一个人，这个人上半身盖着一半被子，被子的另一半夹在弯曲的两腿之间。女人有些奇怪地看着床上那人的造型，她对余向阳说：你稍等一会儿。然后女人就到客厅里去拿起了电话分机。

他们接着说话，女人惊讶地问：你……怎么了？在她的印象里，这个叫余向阳的男人总是晚睡晚起，如果不是有大事发生，他怎么可能在这种时候给她打电话。而且他的声音低沉、忧虑，一听就知道绝非一只报喜鸟。

男人好像一下子被问住了，到这时他才发现自己好像并没什么话要说，他的沉默令女人不安，她问：你怎么了？不高兴吗？是不是出什么事了……

女人由声音所表达出来的急切和关心，男人一下子就捕捉到了，但是这一点都没有安慰到他，相反不知为什么心里酸溜溜的，他对自己说：是啊？我怎么了？我不就是和别人在一起吃啊，喝啊，见着男的说你气色真好，见着女的说你又漂亮了，谁也没把我怎么的，这有什么好委屈的……男人在心里斥责自己，可到底还是没忍住，一个受了委屈拼命忍住两眶泪的孩子，终于盼到了自己的家人，男人低声呜咽起来。

男人一边呜咽，一边嘟嘟囔囔地说着什么，其实女人一句也没听清。不过男人一这样，女人倒是静下心来了，她轻轻劝慰着：……别哭，好孩子，乖哦……可是男人一点都不乖，他一下子就哭得眼泪哗啦啦的。

这个情景持续得很短，只消一刻，男人就收拾起了自己的情绪，他的声调仍然低沉，听起来却平稳柔和多了，他对女人说：我想你，真的，很想你。女人无声地笑了一下，到这时，她知道其实什么事也没有，男人只是在一瞬间被一种莫名其妙的情绪打败了，而现在，已经没事了，都过去了。

男人说：我要去看看你，真的，我特别想去看看你。女人说：我也是，很想你，你什么时候来都行，我去接你。

放下电话，女人又去床上躺了一会儿，不过她没能再睡着，还在想着那个男人和他的那些话。就是说说罢了，女人在心里对自己说。

真的，他们总是这样挺认真地说：我想去看看你。另一个说：我也想去看看你。可是说完就算了，并没有谁真的动身。

二

天亮了，叫苏钰的这个女人开始起床，现在我们可以清晰地看清她了，她比叫余向阳的那个男人要年轻些，至于年龄这不好说，也说不准，我们现在总是说不准女人的年龄。她长着一张轮廓分明的脸，眼睛比较出色，但这双出色的眼睛既不善递秋波，又不愿抛媚眼，多少有些暴殄天物。鼻子很端正，嘴唇经常翘起来抿着，似笑非笑，说平和行，说嘲讽也行，嘲人呢？还是嘲自己？说不明白。总之这是一张清醒的，理智的脸，通常这样的脸远不如那种圆润的脸讨人喜欢，不过喜欢也罢，不喜欢也罢，反正她已经是这样了。

这个女人收拾停当就去上班，而床上那个人仍在睡觉。她很快来到办公大楼，我们看到门口的大牌子上写着"青岛日报社"。在楼下大厅，女人混在一群人里等电梯，感觉有许多目光小泥鳅一样在身上滑来滑去，她今天穿着一件灰紫色的曳地长裙，不是一般的绛紫，浓得腌渍，也不是那种浅紫，虚得轻飘，这种灰紫华贵而有质感。女人挺直腰站着，感觉真的很好。没人看的女人是悲凉的，有幸被许多不怀好意的目光探索，实在是一件欣喜的事，这跟水性或扬花什么的没关系。

女人乘电梯到了办公室，这是一间大房子，差不多有五十平米，屋子中间放着一些简易办公用具，三十几个人像小猪一样被圈养在各自的木栅栏里。

女人坐到自己的位子上，她打开了电脑，开始输入一篇又一篇的文章，这些文章的题目是"下岗工当上'优秀城市美容师'""青岛部分外企工资'欠账'多""孙寿国，倒在追凶路上"，诸如此类。女人面无表情，她干得很认真。

时间到了九点，电话铃响；女人斜靠着椅子，话筒搭在耳朵上，她漫不经心地喂了一声，听到余向阳在那边说：我买了今天十点的火车票，明天上午十一点钟就到你那儿了。

什么？女人一下子坐直了。

余向阳真的要来看苏钰了吗？是的，这一点毫无疑问，他已经登上了深圳开往青岛的特快列车。虽然此行比较仓促，临出发前，余向阳还没忘给单位的头儿打个电话，他说他得去山西待几天，体验体验生活。他说得理直气壮，好像他不去山西，就不知生活是什么样似的，这大多是文化人的腔调，想必大家也看出来了，该同志是知识分子。

天下所有的旅行都差不多，无非是从起点到终点，中间一厢情愿地看山不是山，看水不是水，自己给自己煽风点火，其实山从来就是那山，水从来就是那水，所以关于余向阳在路上，略去不提。

但余向阳踏上旅途之前有个细节得交代一下：他站在一个男士用品专卖柜台前，是的，他站在那里，面色凝重，认真地考虑着什么。后来他郑重选择了两条内裤，包装成子弹头式样的那种，皮尔卡丹牌，外包装上的男模张牙舞爪，展示着满身的疙瘩肉，在他的关键部位勒着一溜白布条，三角形，巴掌大小，里面有球茎状物体在布条的表面，呈现着内容的复杂。男人不动声色地看着男模，就像亲密地看着他自己。

后来，男人严肃地揣着两个子弹头，走出了商店大门，脚步似比平时豪迈了许多。由此，我们有理由相信子弹头、三角形布条以及隆起的肱二头肌、三头肌之类就是性感，或者威武。

需要补充的一点是：在见到叫苏钰的那个女人之前，两溜布条其中之一溜有幸与男人有了肌肤之亲，事实上感觉并不好，一贯放任自流的皮囊比较委屈。但这种情绪不可能引起男人足够的重视，因为在那一刻，男人想到了叫苏钰的女人，想到了那女人在见到这溜布条时的表情，当然，他不可能想得太细，他还从没见过苏钰呢，苏钰什么样他并不知道，真的，关于那个女人高矮胖瘦、是否平头整脸以及诸如此类，余向阳一无所知。

不仅余向阳从没见过苏钰，苏钰也没见过余向阳，但他们交往已经一年多了，不是在网上，是用写信的方式，因为苏钰在一本文学杂志上发了一篇文章，余向阳挺喜欢的，就写了一封信过去，后来，苏钰回了一封信，于是事情就这样开始了。

当然，这种交往方式比较麻烦，写信、寄信、再等信，这不仅麻烦，而且落后。但我们是不是这样理解：凡我们愿意被麻烦的事，都是我们比较认真对待的事。

我肯定不是说轻便的事，我们就是不认真的，肯定不是这样。我的意思无非是：如果我们用"无情剑""红狐狸""小母鸡"之类的代号在网上和一个性别不明的人聊天，我们肯定忍不住就涎着个脸，像在自己家里一样吃喝拉撒。但我们要是给某地某路某号一个叫张三李四王二麻子的家伙写封信，我们能不端着点吗？

现在的情况是：一个叫余向阳的男人，一个叫苏钰的女人，他们不厌其烦地写了一年的信，然后余向阳决定来看苏钰，不厌其烦地跨千重山、过万道水，无论怎么说，这肯定是认真的，也是激动人心的。

好了，我们都知道余向阳要来了。在获知这个消息的那天中午，苏钰没有像往常一样在报社吃免费午餐，她回家了。

她打开衣柜，逐一审视着那些衣服，它们其中的有些曾经跟随主人出入过一些较重要的场合，大出风头，并具有了某种意义。但现在它们无一例外，或轻浮或僵硬，总之了无情趣。女人看着满柜的衣服，心情焦躁，她真的找不到一件可以穿出门的衣服。

后来，苏钰到一个洗浴中心去洗澡，她躺在一张杀猪床似的搓洗台上，被一个东北女人翻过来，倒过去，像洗刷一棵青菜。东北女人叽里咕噜说着一些关于身材、皮肉之类的话，苏钰嗯嗯地应着，其实看得出她一点没听，她被一种复杂的情绪牵引着，莫名的兴奋，或惴惴不安。

她在想另外一些事，思绪像不经意推倒的一桶油，四处漫延，所过之处黏稠而闪着暗光。她在想什么呢？她在想……想那个每月例行都来拜访的好朋友，她已经走了，虽走得不彻底，仍有蛛丝马迹可寻，但已没关系，和余向阳不会有什么冲突。幸亏是明天来，余向阳要是再早两天来呢，肯定就糟糕得很……这个人啊，他到底什么样？胖吗？有可能，不过没关系，现在没肚子的男人简直就不像个男人，关键得结实。另外他长得有多高呢？个子高一点当然比较赏心悦目，但肯定不能盲目指望一个南方人有多魁梧，不过在信里，他从没说过自己是南方人还是北方人。还有一个非常重要的问题，那就是余向阳这家伙的感情生活是怎样的呢？这是苏钰长期思考的一个问题，也是一个想一千次，就有一千种存在形式的问题……

算了，关于女人的心事，我们就别猜了，这没什么好玩的，那些一脸清纯的小丫头不是总告诫我们说"女孩的心思男孩你别猜，你猜来猜去也猜不明白"吗？一个女人可比女孩复杂多了。我们还是去看点别的吧。

看看余向阳到来的前一天晚上，苏钰在家里。

当然，一间房子，里面住着人，我们就说这是一个家。现在苏钰的家里还有另外一个人，一个年轻男人，三年前，这个男人从他租的房子里搬出，搬进了苏钰租的房子。

对这事，两人都没异议，横竖不过睡在一起，省得半夜里从热乎乎的被窝里钻出来，孤魂野鬼般穿过城市，再回到自己冰冷的被窝，所以他们住在一起，理由充分。三年来，苏钰从没说过：咱们结婚吧。苏钰不说，男人也不说。

当然，关于这样的话他们也可能都说过，在挺早的时候。但时间过了这么久，谁还能记得住呢！反正他们一起出去游玩，相依相随，出入各种场合，他们住一个屋子，在一张桌子上吃饭，睡一张床，各人盖着各人的被子。就是这样。

关于这个男人的情况，我们实在没有必要知道得太多，他与这场正在进行的约会没什么关系，换了另外一个男人，也会有这样或那样的一场约会。不是吗？

其实，我们有必要知道的是那天晚上。那天晚上，洗完澡又满身擦遍PANCO润肤露的苏钰，感觉自己像羽毛一样轻盈，像绸缎一样柔软，像冰块一样干净透明。男人看着苏钰，看着她穿着白色的丝绸睡衣在屋子里走来走去，男人说：你好了吗？

男人已经憋了几天了，虽不迫切，但他们并不老朽，爱还是得做一做，也都知道做和爱是两码事，不过没关系的，谁还计较这些呢。苏钰警觉地看着男人，看着他的表情和眼神，她说：没呢！然后当着男人的面，她把一个带小翅膀的东西贴在内裤上。当她这样做的时候，内心突然升起一股豪情，类似守身如玉的豪情，自己也觉得好笑，为谁守？是余向阳吗？

第二天早上，苏钰如法炮制一番，男人看见了，这正是她所希望的。也许，在未来几天，她都会极力渲染这件事，以让男人获取某种信息。

三

现在是上午九点，再有两个小时，由深圳开往青岛的列车就进站了，随着时间咔嚓咔嚓的脚步，有两个人的心情无比激动，他们在脑海里一遍又一遍地上演着这样一幕：两个男女在人群中认出了对方，他们拔腿向前跑，然后停住，彼此凝视，最后干脆腾空而起飞向对方。这都是老式片子里的镜头，未免过时。不妨按照现代镜头如此设计：女士怀抱玫瑰站在原地，花与人面相映生辉，切忌人面粉红，苍白才是高贵。男人呢？步履沉稳走向女人，表情要绝对自信，好像他走近的不是一个女人，而是一片等待收割的麦子，或者一个等待领取的包裹。

他们想象着那一刻，并不断调整着男女角色的表情和动作。在保持矜持的微笑好还是热烈的拥抱好这一类问题上，绞尽脑汁，把自己搞得紧张而疲惫。这没什么好笑的，如果我们有位笔墨调情一年多的异性朋友，彼此仰慕和期待，突然有一天，两人要见面了，我们肯定也会乐得一塌糊涂。

不过现在要约会的人不是我，也不是你，是一个叫余向阳的男人，和一个叫苏钰的女人，咱们没必要跟着激动、瞎起哄，这就像人家娶媳妇咱去闹洞房一样无趣。让他们翘首以待去，我们还是绕回去看看那些信吧，这肯定比眼巴巴候在车站出口，等待余向阳出现的那一刻有趣得多。

苏钰致余向阳：

　　余向阳你好！

　　你的名字让我想起向日葵，黄色、明亮，热烈得有些盲目，当然我说的是向日葵。你的字写得太漂亮，这可能是我许久没有给你回信的原因，你完全可以把它当成借口而表示在意。我的第二个理由是忙着去偷懒，所以没有提笔，你信吗？

　　但我经常会把你的来信翻出来重新读一读，你这样说：……我真想，搭上你的圣船，能商量吗？一同驶向深海，打一网多彩的鱼……说实话这样的语言极富煽动性，因而读你的信，感觉赏心悦目。

　　……

　　因为余向阳这个名字，我想起些小时候的事，那时邻家的院子里种着些向日葵，一朵一朵，顶着胖嘟嘟的圆盘大脸，黄灿灿，笑得心花怒放。我无论如何不能明白这些花为什么会随着太阳转动她们的笑脸，对这些神秘的花，我喜欢到害怕的程度。

　　后来，我得到了一些向日葵的种子，就把她们仔细地种在院子里，每天早上总是迫不及待地扒开泥土看一看，看看我的向日葵发芽了没有……

因为如此的迫不及待，所以我从来都没有种活过一棵向日葵，你觉得好笑吗？

……

给人写信的感觉许久不曾有了，字迹越来越潦草，心事越来越粗糙，做人做得越来越漫不经心，似乎倒倒伏伏走在大街上，随时都可能仆地不起，要真倒了，就那样趴着不起来了也好。起来干什么呢？

你问我厌世吗？这个问题在厚厚一叠信的最后提出来，好像突然之间想起来就闲闲地问了一句，也有些漫不经心，你的整封信都写得器宇轩昂且行云流水，看到这个"？"，有点突然。关于厌世不厌世这样的问题我很久都不去想了，我基本就是一个不哭不笑不爱不恨不在乎的人，十分颟顸，且没有情趣。

对于你寄来的《冰雪的声音——瑞典当代诗歌精选》，我非常喜欢，借助你睿智的眼，我读得很投入，像这样的句子：此刻／你睁开眼睛：你在／语言和石头的缝隙里／停留片刻；眼眸像／两只灰猫害怕地趴在／风暴中……

以及诸如此类的句子，让人忍不住一读再读，我最喜欢的还是玛丽·隆德科维斯特的《阿斯特拉罕苹果》里的这一段，她说：人很容易被狂风吹起，像一片呼唤飞舞，扑向外界的一切：花粉，苍蝇，远处海滨的笑声。那些挖穴的玩艺。当身体下降二度，视觉和听觉便会消失。水龙头被拧紧。你必须总带着一面小镜。随时你都会碰上一个想证明自己身体状况的人……

……

一封信，在我，写得长长的，似乎停不下来，是奇怪的事，你知道原因吗？

告诉我你的年龄，戴眼镜吗？在这样的季节，你穿着什么样的衣服？还有，你是什么样子的呢？长的？方的？圆的？如果你愿意，可以说得更多……

余向阳致苏钰：

苏钰，你好！

在启开信封的一刻，我迟疑了……黎明，有生以来第一次不敢看日出，因为看，如同看神州东面那一片海的女儿出浴。

当朝霞初映的时候，我听到你的声音，在叫我吗？这是我的名字，被你叫得那么响亮，听了令人感到名字的浓烈色彩。在此之前，等了很久，海平线上总不见你的帆影……冷不防，你叫我了，我知道你，准会来的。

红帆船虽然来迟，但终究是来了，徐徐靠近，渐渐清晰，我看着看着，心情如葵花开放。你说的那些向日葵多美，让它们在田里在水中在雨中茁壮成长，阳光下盛开成连片的金黄，大头大脸的多可爱。不过，是有点傻，有点盲目，但也挺好的，盲目就盲目些吧，盲盲目目才缘分呢！

我问你，你知道不？就在你提笔呼唤我的名字并往下写的时候，我即如葵花在你身边盛开，随你的笔一字一朵地开，一句一排地开，一行一垄地开，一排排，一垄垄连片地盛放……

关于我的形象，我倒想问你，你喜欢我是什么样的呢？面圆的、脸方的、高颧骨三角形的，或者别的什么样子？就目前来说，其实你喜欢什么样，我就是什么样，随你心所欲，只要你闭上眼睛一会儿，我的样子就出来了。

当然，若要我选择一张脸，我会首选一张久经海风洗礼的渔民的脸：黑里透红，头发蓬松自然，眉浓眼明，额头上最好来一道伤疤，从额头擦着眼角直拖至面颊，就像英国资产阶级革命时期的斗士——牛虻。你说，我这般体统能登上你的红帆船吗？

……

苏钰致余向阳:

余向阳你好!

给你写信总是在称呼时稍一犹豫,连名带姓直呼吧,过于公事公办,倘若把你的"鱼腥味"(余)去掉又有亲密之嫌,真的不知怎么称呼你,是向日葵?暖色?

还是愚羊愚象?你喜欢那一个?哪一个都不喜欢!那……让我再想想,啊!有了,海盗怎么样?可以在大海上扬帆激进,也可如你所说的放开船舵,松落船帆,随它自由漂流,全不管这世界的嘈杂烦琐。正所谓:船小装乾坤,海中日月长。你觉得怎样?如果喜欢就这么定了。

当然,别担心,哪怕一名海盗,也定是位温柔的海盗,仁慈的海盗,干些杀富济贫恩泽万民的事,纵然他劫得金山银山最终也不过是千金散尽,自己只剩下一身布衫和一道伤疤。(顺便问一句,真有伤疤吗?在脸上还是在心上?)

……

你说:曾是完美的躯体如同一面薄脆的葵花镜,破碎在马路上……总希望会有一天,一个穿红裙的女孩跑过,把我一一捡拾并拼凑起来,而后破镜重圆……

其实听我说,海盗,既然破碎了,就不要再试图去拼凑它,因为再怎么拼凑,缝缝补补的仍是一颗破碎的心。我记得有这样一首诗,诗中说:我的门敞开着,是为了拒绝被敲响。那么,尊敬的海盗,就让我们继续破碎着吧,是为了拒绝再破碎……

好了,就说这么多吧,现在正是傍晚,暮色将浓未浓,黑暗像薄雾一层一层弥漫上来,将我笼罩,你的信静静摆在我的桌上,我看见红帆船从海面上缓缓驶来,船头簇拥着白色的碎浪,你猜一猜,在这样的时候,我想配什么样的背景音乐?

……

余向阳致苏钰：

苏钰：

你说你看见红帆船从海面上缓缓驶来，船头簇拥着白色的碎浪，你要我猜猜，这样的时候，你想配什么样的背景音乐。

我说是《天蓝蓝，海蓝蓝》？不对，这是傍晚，暮色浓厚。我说是电影泰坦尼克号《我心永恒》，对吗？

……

不对不对，看见红帆船从海上缓缓驶来的应是我，红帆船只能由你坐，像我这样一个脸上有"疤"的家伙，再不凶狠，驶来的船也只能是海盗船。

海盗船来了，能配什么样的背景音乐？不用想了，到芭蕾舞《红色娘子军》中有关南霸天的配曲里，胡乱摘哪一段都行；或是套用芭蕾舞《白毛女》中黄世仁抢夺喜儿，及黄世仁和狗腿子们追赶逃跑的喜儿时那几段乐曲也行，让我们来听一听，看有趣不？

你乐了吗？想到那样的曲子配我这个"海盗"出场，我自己都乐得上气不接下气。

……

今夜月朗星疏，海上风平浪静，不如我们一起坐上红帆船出海遨游，好吗？

来吧，姑娘，伸出你的手，我就登上红帆船了，然后我们放开船舵，松落船帆，让船自由漂游，漂到哪儿是哪儿。

我们呢？面对面，背靠背或者干脆一起仰躺在甲板上，数满天星斗，听细浪呢喃，无拘无束地交谈，顺着你的话题，随着我的话意，从东谈到西，从南再谈到北……谈累了吗？那我们一起来做个游戏吧。

我拿出一本智利诗人聂鲁达的诗歌集，我说：随便你翻开一页，我们一起猜单双号，猜对了读诗，猜错了吃苹果。我们的船舱里不是有许多的山东红富士苹果吗？你同意了！好，那我们现在开始。

我猜是单号，你猜是双号，我翻开诗集，页数是7，单号，我赢了，读诗。你输了，吃苹果。

我朗读：

在深深的海底，

在悠悠的长夜，

你静默静默的名字，

驰过如一匹马。

负我于你的背，啊，庇护我，

在你镜中向我现身，突然地，

在你背后暗中茁长的

黑夜孤单的叶子上。

………

读完了，接着再猜，我要双，你要单，翻开，是第4页，我又赢了，你吃。

我读：

深思着，在深深的孤独里捕捉阴影。

你也在远方，唉，比任何人都远。

深思着，放鸟，溶去映象，

把灯埋入泥土。

雾的钟楼，高高在上，多么远！

忍住叹息，压碎朦胧的期望，

沉默的磨坊主，

黑夜俯身向你落下，远离城市。

你的存在是别人的，于我陌生如异物。

……

关于这个猜数字读诗的游戏，余向阳和苏钰玩得时间过长，在这封长达17页的信里，有9首长诗被他们一一读过。这真令人扫兴！而且，我们根本就不可能把所有的信统统读一遍，它们远远比我们想象的要多，合起来大约有十五万字……十五万字哦，都可以装成小册子出版发行了，再弄个"请你抚摸我"之类的小题目煽煽情，没准一不小心就火了，名也出了，利也得了。可这两个家伙，腻腻歪歪，你给我写信，我给你回信的，浪费了多少人力、物力、财力啊？他们到底想干什么？

我们是来看情书的，我们时刻准备着被他们结结实实地肉麻一下，可是关于爱呀、情啊、思念哪之类的话，这两个家伙竟然只字不提，最过火的地方也不过是手拉着手，眼看着眼，咱们满以为这下总该可以麻辣烫了吧，可人家后边竟是一串省略号，真能把人气死！要像他们这样不停地写啊写，估计再写十年，嘴唇离嘴唇还得隔着一尺的距离。真该把他们打入时间隧道，送回远古时代去。

算了，我们还是别浪费时间了，有谁想参加诗歌朗诵会吗？那他可以留下。

四

余向阳到了吗？

余向阳不仅到了，他已和苏钰坐上了出租车，从火车站到市里的路走了35分钟，他们看着路边的树，说着这儿和那儿的天气。当余向阳看着车外的树时，苏钰就去看余向阳的脸，当苏钰去看车外那些树时，余向阳就去看苏钰的脸，他们不笑，每句话都说得简短。

然后呢？然后他们肯定去酒店办理了入住手续，余向阳不可能住在大街上，苏钰也不可能带他回家……这往后的事，好像谁都知道，差不多被天下人说滥了，也被天下人写滥了，实在没多大意思，但故事不能到此结束，我们也不能总跟在人家身后窃窃私语，所以我们最好还是别在1206房间的门口探头探脑，要么就此向后转，齐步走，要么干脆从门缝里挤进去，大家说呢？

门在余向阳和苏钰的身后关上了。

他们一起站住，在门口，大提包从余向阳的肩膀上滑下来，跌在脚边的红地毯上，余向阳伸出手，扣住了苏钰的肩膀。他们凝视着，目光在目光中一点点融化，嘴唇与嘴唇黏合的那一刻，他们被突如其来的眩晕击中，感觉自己柔软如水底的一株水草。

两棵柔软的水草在水底漂浮、缠绕，海水一漾一漾地滑过来，它们倒倒伏伏，渴望把自己变成对方身上的一瓣草叶，或者把对方变成自己身上的一瓣草叶，渴望使屋子里的一张床终于有机会履行它的职责。

他们喘息、战栗，如黑暗中摸索琴弦的手指，杂乱无章，女人微微蜷曲，她在等待着辉煌的那一刻，有惊雷从天边隐隐滚过，夜色里玫瑰紧闭的花瓣徐徐绽开……男人喘息如一只呜咽的萨克斯管，可是，突然他翻身落马，他说：我太紧张了……

语言永远是多余的，女人在听到这句话的那一刻，脸突然红了，她舒展的身体渐渐僵硬，爆起了一层小疙瘩，她看到男人提上了裤子，有白色布条仓皇一闪，随着拉链哧的一声冷笑，跌到黑暗中去了。

……

一个屋子里的两个陌生人，一男一女，如果他们不干点什么，他们必然是靴帽整齐的。而待在一个屋子里靴帽整齐的两个陌生男女，他们必然得不停地走来走去，或者不停地说天说地。于是行李被妥善地安置在柜子里，牙膏毛巾摆放在洗手间，一本关于格调的《格调》随意扔在床沿上，成为一个随时可以捡拾在手的道具，还有茶杯，这无比重要，就放在茶几上，并被注入了滚烫的水。因为这两只茶杯，被安置在两张椅子上的余向阳和苏钰，就比较合情合理。

于是这一个下午，有两只幸福的茶杯被余向阳和苏钰抱在各自的手心里，一起参与了这场秘密会晤。余向阳说话或吸烟，态度沉稳老练。苏钰微笑、摇头或提出问题，表情宁静自然。语言像三月里的小雨，淅淅沥沥下满了他们的天空。在雨丝的间隙，余向阳想：谁能保证像子弹上膛的步枪一样，随时随地一搂扳机就砰地一响？苏钰看着男人的脸，"我太紧张了"这句话仍在耳边铮铮作响，为什么呢？他受过伤害吗？可脸上并没伤疤，难道在心上？一道蛰伏在心口的伤疤！

　　到了傍晚，他们一起出去吃饭，在门口，有一家超市，苏钰说：我得去买点东西，余向阳点头和她一起往里走，走到里边一处货架前，苏钰笑了说：你看到男士止步的牌子了吗？余向阳站住，拿眼去瞧，并没什么牌子，琳琅满目都是这样或那样的女士专用卫生巾，他猛然醒悟，频频点头，并就此停住脚步，有一丝奇怪的表情，风一样无声刮过他的脸。

　　买完东西自然是去吃饭，关于吃饭这一章节略去不提，在此之前，余向阳说他能吃得下一整只羊，而实质上，他们吃得很少，喝了一点干红，气氛很好。出来的时候，在五楼等电梯，灯亮着，但电梯一直不上来，两人站得很近，侧一侧脸，几乎就咬着对方的耳朵，他们张开嘴，同时说：走？两人笑了，一起拐向楼梯，苏钰的手搭在余向阳的胳膊肘上。

　　在四楼的拐角处，余向阳将苏钰带进怀里，灯光暗淡，男人的脸和女人的脸都脆弱而迷茫，男人从侧上方看女人，她微合的睫毛如敛翅的鸟羽，震颤不已。女人从侧下方的位置看男人，倒有些像邰正宵，眼睛分得挺开，脉脉含情中藏着一丝忧伤，于是音乐的旋律升起来了，已冷的夜风中，是谁泪眼蒙眬？谁又为谁种下了九千九百九十九朵玫瑰？在漫天飞舞的玫瑰花瓣中，男人女人都是陷落的城池……

　　他们一起回去，在车上，紧紧握着手，到了酒店门口，男人说：你不用送我上去了，早些回去休息吧。女人的手已伸向车门，男人一说话，那手就变成一只中箭的鸟，跌在座位上。苏钰看着男人，张了张嘴，有句话到底没能说出来，其实她想说：如果你愿意，我可以留下来，但是这……这算怎么一回事呢？这不就是在表演投怀送抱吗？

　　出租车开始调头，车灯唰地扫出一片白光，苏钰抿紧嘴唇，对着车外的男人挥挥手，夜风真的冷了，冷寂的夜色里并没有玫瑰。

五

　　第二天，苏钰去看余向阳，苏钰的脸有些苍白，余向阳还是那神情，耷拉着眼皮吸烟，他微微歪着头说：昨晚睡得好吗？苏钰笑了一下，没说话，笑得有点苦。余向阳伸手摸了摸苏钰的手，那只手正支着苏钰的下颌，苏钰闭了一下眼睛，其实她希望眼前的这个男人能抱一抱她，可是余向阳只是摸了摸她的手，很绅士。苏钰长长叹了一口气，感觉有些雾蒙蒙的水气蒙上了她的眼睛。

时间在一点一点过去，苏钰看着余向阳，眼神是疑惑的，也是探询的，在话语的空间，她已布下陷阱，一点点搜集着她需要的信息，逐渐补充着一个问题的答案，直到圆满。到这天下午的时候，苏钰终于把问题想明白了，那就是：余向阳不行！

余向阳真的不行吗？我们可没想到会是这样，但苏钰想到了，苏钰不但想到了，她还有足够的理由说服我们：第一，余向阳说过他的妻子五年前去了美国，她不准备回来，他也不准备过去，就这样一边一个待着，不打电话，也懒得提离婚这回事……他说得好像挺轻松的，其实这是他心底永远的一道伤疤；第二，余向阳那天的表现也很值得怀疑，战斗打响之前，他磨刀霍霍、气焰嚣张，将备战气氛推向极致，但关键时刻却不战而退，且用一句"我太紧张了"来遮脸。这是一句什么话呢？在小说和电视情节里阳痿的男人都会说"我太紧张了"，这简直就是一句广告词；第三，在那些信里，他说"曾是完美的躯体如同一面薄脆的葵花镜，破碎在马路上，我破碎地躺着，想呻吟，但必须沉默，任凭雨打风吹、车碾人踩。可我不管破碎成什么样子，每一块残缺的镜面，都能装下一方完整的空间，我默默地躺着，耐心地等待着，总希望会有一天，一个穿红裙的女孩跑过，把我一一捡拾并拼凑起来"……这第三条不仅说明余向阳饱经感情沧桑，而且把他为什么千里迢迢来青岛的原因也说得清楚明白，难道不是吗？渴望一个穿红裙的女孩把破碎的葵花镜捡拾起来，不就是寄希望于一个女人能为他息痛疗伤吗？但是他的希望破灭了；第四……还需要第四吗？

苏钰说服了自己，再看着男人的眼神就起了变化，有怜爱，也有痛心。她想余向阳是这样的人：他沉稳，不动声色，将生活与理想分得很开，他把忧伤藏在心底，很少让自己陷进伤心的泥潭，但他又绝对不是那种粗糙的人，他有思想，充满情趣，也享受生活，对以后、现在或者以前都看得很淡……她看着他那张若有所思的脸，并不出众，可是很能打动人，这一瞬间，苏钰有些伤感，也有些悲悯，不知为什么，但肯定与爱有关。是的，这一年多来，她的文字早已与余向阳的文字盘根错节，深深根植于泥土，在许多的夜晚，她在黑暗中默默地想着余向阳，默默地流泪，这不是爱又是什么呢？

然而，现实是这样……难道我们只能在性停止的地方，开始交往吗？苏钰在心里问自己……后来她给男人讲了一个故事，她说：在很久很久以前，有一个人得了一种病，他听说遥远的地方有一种神药，于是他跋山涉水、千里迢迢赶去，可赶到以后，那儿并没有神药，他不知道那是个神话还是自己的一种梦想，于是他病得更重了……

当然，这个故事相当蹩脚，余向阳一点没听明白，苏钰问：你是不是很失望？余向阳说：什么？这跟我有关系吗？他凑过来看着眼前这个女人落寞的脸，看着看着就忍不住把手伸过去，苏钰捉住那只手，合在自己的两只手心里，紧紧地握了一下，然后把它送回男人的身边，她对男人扬起脸，笑着说：这样挺好的，咱们像两个圣人。余向阳笑着叹出一口气，身子一仰，靠在椅子上，神情愉快地说：是啊，咱们要不是圣人，就没人是圣人了。

接下来苏钰就充当起了余向阳的向导，全面而细致地为他介绍城市的政治、经济、文化和自然景观，她带着这个异乡人到水族馆看美妙的海底世界，到动物园看那头愚笨的白熊绕着一棵树不停地走来走去，他们还坐船到海上，看潮来潮往，看海鸥飞飞飞……

她越来越像一个职业导游，陪着一个看山看水看风景的游人，关于"请、谢谢、对不起"之类的礼貌用语被频率极高地使用着。他们一起吃饭，争着付款，礼貌地在酒店门口道别，一个回家，一个回酒店……总之他们很尽力，尽力使自己看上去比较愉快，为了这个目标，在第三天傍晚，苏钰开出了一张日程活动安排表，包括在哪儿吃饭，在哪儿玩球，玩累了去哪儿洗澡，到哪个山头去骑马，到什么地方去打靶，甚至还计划把活动范围扩大到大连和威海……

就是在这第三天的晚上，苏钰正准备和她的客人道别，余向阳终于忍不住说：时间还早，上去坐会吧。于是他们一起回到那个房间。

站在大敞而开的门口，苏钰停住了脚步，有一瞬的犹豫，余向阳侧身站立，手扶着门默不出声看着苏钰，昏暗的灯光薄薄打在他的脸上，神情莫测，好像进与不进，全凭苏钰自己决定，他决不干涉，结果也完全与他无关。

苏钰向着黑暗的所在迈进一步。

余向阳在她身后无声地关上门，他没有说话，直接进了洗手间，苏钰听见里面的水一直哗哗流个不停，他在里面待了很久，不知在干什么。

许久后，余向阳出来，脸上挂着水珠，头发湿漉漉的，他的眼神飘了一下，没过苏钰，神情似轻松自然，他说：你没看电视？这会儿有晚间新闻。

于是他们谈论了一些与新闻有关的事，与经济有关或者与政治有关的事，也谈了谈天气、人生以及别的什么，关于感情和那些信，只字不提。

余向阳靠着一张沙发，苏钰靠着另一张沙发，他们手扶着自己的额头，神情有些倦怠，或者黯然，他们在想什么呢？想这样的时刻，事情非常莫名其妙，或者陷入对类似一场往事的回忆？

到这时，所有的谈话都浮皮潦草，在身边的空气里浅浅地浮着，很难继续或深入。也许这样的夜晚，这样的场景，根本就不适合谈话，而最好是干点什么。

可是能干点什么呢？他们若有所思地看着对方，表情怪异而复杂。

隔着一张小小的茶几，余向阳的手伸过来，这只手在到达目标之前显得迟疑不定，也许它在主人还没想好之前便开始行动，所以不知道是应该奔向苏钰的脸，还是她的手。

最终，这只手还是停在苏钰的脸颊上，静默了一会儿，余向阳终于开口，低声说：今晚，不回家吗？他表情复杂。不像是说给苏钰听的，也不像是自言自语，苏钰心想：倒像他不这样说一说就对不起我似的，可是不回家还能怎么样呢？他又不行……这样的念头刚刚冒出来，她马上让自己打住，难道自己一直期待着余向阳很行吗？无耻！她自嘲地摇摇头，羞愧地说：算了……还是走吧。

她站起来向门口走。

余向阳跟在身后，在门口，他伸手摸了摸她的头发说：我以为今晚不回家了。

苏钰说：没用的，很快就过去了。是的，按照她的想法，留下来干什么呢？免得到时候动了真格的，两个人都脸上无光。

余向阳靠近苏钰，问：真的决定了？这张脸真的很像郜正宵，忧郁、伤感，还有些茫然。苏钰的心疼了一下，她闭了闭眼睛，点点头，胸中的刺痛慢慢扩散，痛得不能呼吸。是的，决定了，离开。她爱这个男人，不能把他的自尊放在炒勺里颠覆翻炒。

余向阳又摸了一下她的头发，他叹息了一声，自嘲地说：想说再见吗？或者我给你鞠躬。那只手缓缓滑过苏钰的长发，她的心被梳理得如丝如缕，眼泪忽然冲出眼眶，流淌在面颊上，她哽咽着说：真的，这样……我还是爱你……她说得很艰难，像咽一把沙子。

苏钰走了，一个人回家，默默地哭了一路，在楼下，眼泪还是止不住。她站在风中想一会，哭一会，后来她就想开了，事情这样发展或者那样发展对我们真的有什么帮助吗？没用的，都会过去的，对于真正的生活，这点小小的浪漫于事无补。

于是苏钰擦干泪开始上楼，推开家门的那一刻，电视屏幕幽蓝的光刺了一下她的眼睛，她看见屏幕上一对赤身裸体的狗男女，乱啃乱咬，连滚带爬，VCD机上的指示灯一闪一闪，像诡异的红眼睛。男人以苏钰习惯的姿势躺在沙发上，怀里抱着一个靠垫，他的两腿搭在茶几上伸得很直，女人进门时，他没动，也没说话，只把靠垫转了个方向，仍抱在怀里。

苏钰把鞋脱下来，轻轻地放好，然后她就进了卧室，进了卧室的这个女人停在镜子前，久久地看着镜子里的自己，然后她开始慢慢地脱衣服，一件一件，堆在她的脚下，后来，她爬上了床，盖上了毛毯。她要睡觉了吗？她哭了吗？我们不知道，但毛毯肯定知道，因为毛毯扭曲着不停地战栗。

好了，回过头我们去看看余向阳吧，余向阳在干什么呢？一个人沉默着吸烟？蒙头大睡？还是待在床上看香港的凤凰卫视？

结果都不对，余向阳在深夜的大街上，余向阳不仅游荡在深夜的大街上，而且对周围的地形还很熟悉，他知道在拐角处有一家音乐茶座，里面总是坐满了人，往前走二十米，是祖儿鲜花店，玫瑰五元一枝，百合一枝卖十五。他曾在那门口看见一对小恋人怀抱一束玫瑰，满身满脸都是爱的信号。再一直向前有家书屋，名字是"书迷书屋"，但里面并没有好书……

余向阳怎么能知道得这么多呢？

原来在此之前的三个夜晚，同苏钰分手后，余向阳并没有早些休息，而是一个人在街上走来走去，他慢慢地走着，慢慢地想着一些事，他想苏钰可能在这个店喝过茶，可能站在那个雕像前和谁说过话，这条街她可能经常走，一个人或者同别人一起，她总是那样吗？心事重重，欲言又止……

第四天晚上……第四天晚上跟前几个夜晚一样，余向阳又独自走在大街上，他的脚步有些沉重，他不明白那个叫苏钰的女人到底是怎么回事，她像劳教所的女教官一样理智冷静，总是及时把两人之间滋生的那点温情扼杀在萌芽状态。难道她不愿和男人亲近？有心理障碍？可她的那些信又怎么解释呢？或者……她只需要一种柏拉图式的精神之恋？

苏钰是一个有心理障碍的女人？一个厌恶和男人亲近的女人？

苏钰真是这样的一个女人吗？余向阳对自己说：肯定没错，绝对是这样，要不是这样，她那一套怪异的行为又怎么解释呢？你看，她的内裤上隐藏着一个带小翅膀的东西，而那上面并没有什么内容，她为什么这么做呢？其目的不就是竖一块"游人止步"的牌子吗？第二，唯恐我愚钝不化似的，她再一次带我去买女士专用品，以进一步明确她"只许看，不许动"的思想意图，还有她那些莫名其妙的话，说什么"这样挺好的，咱们像两个圣人"，以及"我还是爱你"之类……是啊，是啊，不挺好还能怎么办呢？怎么说我也是个男人，这点尊严还是要有的，总不能让她觉得我大老远跑来，就是为了和她上床吧……

当然不能！余向阳挺了挺腰，继续向前走。大街上空荡荡的，夜风吹过来，感觉竟有些悲壮，经过一棵芙蓉树下时，他停了一下脚步，想起前几天总看见三两个身形婀娜的女人在这儿游荡，她们有着狐狸一样的眉眼，指间夹着香烟，像鱼一样吐着泡泡。

现在……现在她们都去哪儿了呢？

萦绕或随风而至

长久以来，记忆里的一个人，始终固执地存在着，我用过各种方式，试图将他忘记，然而，事实上，随着时间的推移，他不仅继续存在着，而且越来越频繁地靠近我。

他总是选择在晚上，从紧闭的玻璃窗外向我靠近，我看见他苍白的脸和扑朔的眼睛紧紧贴在玻璃上，压紧再压紧，没有一点声响，玻璃碎片四散飞溅，像一些仓皇遁去的鸟，然后玻璃上出现了一个犬牙交错的洞，他就从这个洞口钻进来，悄无声息来到我的床前。

他黑亮的眼睛罩着雾蒙蒙的水汽，静静地端详我，审视我，带着一丝神秘的微笑，而他的身形非常庞大，就隐藏在黑暗中，跟黑暗融为一体，不能看清。他俯下身来亲吻我的面颊，我趁机伸出手去触摸他的脸，这张脸冰冷刺骨，森气逼人，额上有湿湿的冷汗。

每个早晨，我挣扎着醒来，他已离开，而我的掌心仍留着细细一层水汽。

他，真的来过？

我不能确认。许许多多的人，许许多多的表象都证明他已经不在了，他乘坐的车子、办公的地方，以及弥漫在空气中甜香的烟草味，都已消失殆尽，甚至连公安局的户籍档案上，他的名字也被销掉了，所有的一切，都在表明他不可能回来，他是一个已经不在了的人。

他真的不在了吗？

　　我觉得"不在了"是一个意义不明、模棱两可的词，它并不能明晰事情的真相，就好像我们到一幢房子里找一个什么人，刚巧那个人出去了，别人就会说他"不在"，我们很清楚此时的"不在"是指暂时的离开。那么"不在了"呢？这种离开会有多远？又会有多久？

　　我非常不明白，一个人，突然消失，从我们眼前，他去了一个我们或熟悉或陌生的地方，而后将永久驻留或者再去往别处。据说这个地方可能芳草鲜美，也可能凄风冷雨，所有的一切，我们的目力无法企及。而且这个人他在离开之前，不曾跟任何人打过招呼，离开之后，也不曾跟任何人透露过行踪，可是就因为如此，我们就认定他不在了吗？

　　我觉得这不够确切，不够真实，我非常怀疑这件事。

　　长时间以来，我一直被这件事情所困扰，对于它的思考使我头疼。于是，我打算原原本本地叙述这个故事。

　　在正式开始叙述以前，我要给这个故事中提及的男人起一个名字，我当然不能用甲乙丙丁之类来命名他，因为他不是我随随便便提及的一个人，他是一条黑夜里的河流，穿越了我整个的青春岁月，裹挟着我面颊的红晕、生命的碎片，以及许多的小情小调，蜿蜒向前，并一直流动。也许直到有一天，我老得再也动不了，而他依然在我心里蠢蠢欲动，在我的梦里梦外自由出入。这，不是一件令人愉快的事。

　　还是叫他格蓝吧，这个名字跟他有着一些的关联，也许他会喜欢。相信到此时为止，还没有人看出这个男人与我过从亲密，关系非同一般，但是我要说明，这并非一个纯粹的爱情故事，也并非纯粹地追忆一位死于华年的密友。从某种意义上来讲，我希望这种叙述能够超越故事的本身……

　　那一天晚上和以前的任何夜晚并没有什么不同，我和一个不相干的朋友待在一起，我们沉默着，喝茶、吸烟，偶尔说几句无关痛痒的话。我不知道这是为什么，和一个无话可说的人要待到这么晚，迟迟到午夜三点还不肯放他走。

　　我好像一直在等待什么，谈话断断续续、支离破碎，杯里的残茶疲惫地沉在杯底，跟心情一样。电话铃突然在这时刺耳地尖叫起来，我穿过满屋的烟雾向它走过去，在这时，我感觉到了，我一直等待的就是这个午夜三点的电话。

一个女人，是李悦，李悦超越了时空，以声音的形式出现在满屋的烟尘里，直视着我的眼睛，她说：你知道吗？格蓝走了，他不在了……格蓝真的不在了！

我不知道李悦的话是什么意思，在此之前，我们从来不曾就格蓝谈论过什么，我惊奇地听见"格蓝"这名字从李悦的嘴里吐出来，像绽放在夜空的烟花一样，遥远而夺目。话筒一直扣在我的耳朵上嗡嗡乱响，我看着那个朋友，看着他的脸被烟雾梳理得如丝如缕，我说：什么？格蓝……

李悦说：他真的不在了，他走了三天了……接着是李悦的呜咽声。

我还是不明白，格蓝不是经常不在吗？他不是经常离开家走到或远或近的地方去吗？可是这些想法肯定与李悦在午夜三点的这个电话里所要表达的意思有所不同。

烟雾在很长的时间里都在屋子里飘浮，它们一直逗留着缠住我，我的身上慢慢覆满了厚厚一层苔藓，而我的脑子里，依然记得格蓝在不久前的一个傍晚曾跟我说过的话，他说在这个不下雨的礼拜五，他要到我居住的这个城市来看我。

那个傍晚，有很美的夕阳，他说这话的时候笑了一下，露出很白的牙齿，我看着他饱满的脸上有一层浅浅的绒毛，呈现着安谧的金黄色。我也笑了一下，在相互注视的时候，我们都会这样淡淡地笑一笑，似乎什么都有，又似乎什么都没有。后来，他躺在我的床上睡着了，他睡的姿势很奇特，嘴巴张得大大地喘气，我极费力地给他合上嘴巴，试图让他用鼻孔来吸气。我不记得是谁说过这是一种短命相，我也不知道自己是不是相信这种说法。但是在今晚，李悦说：他不在了……我就站在格蓝所说的那个礼拜五的前一天夜里，时钟的指针指在三点，在这一刻，我听见李悦说"格蓝不在了"。

时间似乎还停留在那个夕阳很美的黄昏，我似乎还在努力地替格蓝合上他的嘴巴，我的手掌仍残留着他身体的温热……

在这儿要交代一下，李悦是格蓝的妻子，不，是前妻。而我与他们两人的关系都很复杂，像一团纠结不清的乱发，我一直试图将它们梳理清楚，但是不能。

现在，格蓝已退出了吗？

……

我要去看看格蓝！我要穿过这座城市到另一座城市去看看格蓝！

空气十分沉闷，八月的风竟然如此燥热，它鼓荡起我宽大的裙裾如大鹏振翅高举。我不知道为什么要穿这条裙子，它似乎没有经过我的双手或思维就自己跑到我的身上来了。当我踏进格蓝所在的这座城市时，我意识到这条裙子正是格蓝所喜欢并送给我的，燥热的风在裙摆里面黏稠稠地紧裹着双腿，使我走得磕磕绊绊。

没有下雨，只是闷热，可是我不知道去看格蓝的路为什么这般濡湿，黑色的沥青路面渗着大片大片的水渍，许多黄色的冥纸，在我走过时，如惊起的蝴蝶翩翅飞舞，它们围拢来簇拥着我。

街上的人离我很近，又离我很远，我不认识他们任何人，也听不见他们的声音，可是我看见他们的嘴唇在动，红润的嘴、苍白的嘴、粗糙的或者干裂脱皮的嘴，这些嘴像树叶一样在空气里飘浮，我看见一团一团的话语在树叶间绽放，说的都是这个城市的风云人物格蓝突然在他的豪宅里仆地不起，而在前一分钟，他正因为前妻杀死了他的一条热带鱼而大动肝火，一句诅咒的话还挂在他鲜润的嘴唇上，他突然就重重地摔倒了。

……

这个城市，这条街道，所有的人都离我很近，所有的人又都离我很远，在他们每个人的脸上，我都看到了格蓝，那就是格蓝的脸，那就是格蓝的笑，露着白白的牙齿，我执着地跟在他们身后，拐过一条街再拐过一条街……突然透过朦胧的泪眼映出的都是些诧异的不相干的人，我垂手站在正午十二点的太阳下，向着无底的黑暗坠下去，再坠下去。

那是在多久以前呢，格蓝和我坐在他办公室宽大的真皮沙发上，门紧锁着，电话铃一直在尖叫，格蓝说别理它。于是我们头挨着头，像两只小鸽子一样在嗓子眼里咕咕噜噜着，门不时被敲响，我们一起斜眼去瞥桌上那个监控显示器，所有的人经过了这个显示器的过滤后，都被剥去了尊严的外皮，他们头大脚小、尖嘴凸眼，模样滑稽可笑。当然这里边也不乏那种平时只在电视上才看得到的显赫人物，这些人物的出现使我们都感到了些微的兴奋和刺激，我们对着这些脸指指点点，极尽挑剔讽刺之能事。

后来李悦的脸就出现了，在显示屏上，这张脸好像只剩下两只鼓鼓的眼睛和一个硕大的鼻子，我看着她，突然就有一些心虚，格蓝的手伸过来，紧紧地握住了我，我把身体向他靠近一些，似乎只有这样，我们才能抵抗得住李悦那张奇怪的脸的逼近。

她开始敲门，执着而坚定，空气中有危险的云团迅速聚集到我和格蓝的身边，我在等待着李悦突然爆发出的一声尖叫，或者是猛烈的撞门声，甚至连门被撞开后有可能发生的一系列情节我都想到了，李悦多半会冲过来对着我的脸就是一巴掌，自然她有她的道理，因为她正在争取跟前夫复婚，而我竟然在这种危急关头乘虚而入，她能不给我一巴掌吗？然后呢……然后可能会发生更大的混乱，引来更多的人，在这么多的人面前，我和李悦该干点什么呢？也许我和李悦不得不紧紧抱成团扭打在一起，要是我们不这样，别人怎么会知道我们很在乎格蓝呢！

有的时候就是这样，好像谁最愤怒，谁就爱得更深一些。太文雅的方式不利于解决一些重大的问题，它只能使事情变得磨磨唧唧，拖泥带水。而一场混战很简单地就将我和我的问题交出去了，一切都由格蓝来做决定，要么跟李悦复婚，要么选择我。

最坏的也不过这样，而最坏的也是最好的开始，事情的两极在一个点上进行切换。想到这里，我长长地出了一口气，我对事情总是抱着最坏的打算，而且最坏的时候让我有一种死而后生的期待，所以我总是比较沉着。我开始看着格蓝，我眼睛里的坚定甚至鼓励他去打开门，因为打开门后的情形没准就是我所期待的。

格蓝开始向门口走去，他走得很快，似乎脚步一慢就会改变主意。在门口，他没有迟疑，直截了当"卡巴"一声拧开了锁，于是我看见了李悦，李悦也看见了我，她很惊讶，这是难免的，她就站在门口看着我，看着，眼睛一动不动，身子也一动不动，保持这种姿势站立的李悦是一颗枪膛里的子弹，只等一扣扳机，就嗖一声射向我。大约有两分钟的时间，李悦扭过头走了，走得极为从容，她的高跟鞋坚定而有节奏地敲击着大理石地面，表明她心里没有丝毫的慌乱。

就像一个各种尖端武器装备就绪的士兵突然被宣布解除任务一样，我感到索然无味，同时又因为避免了不必要的牺牲而心怀窃喜。

格蓝颓然地走回来，他没有再坐到我身边，而是坐到了他的老板椅子上，于是我们中间隔上了一张宽大豪华的写字台，这是一个相当重要的情节，这个情节说明了一些问题，其中一个便是：格蓝的心思发生了一些改变，这让我不安。我希望，他坐到我身边，哪怕不说话，就拍拍我的肩膀，也是一种同舟共济的表示。可是就连这一点他都没有做到，也许他是忽视了，他只是被李悦的行为搞糊涂了，我愿意相信这种解释。

格蓝坐在那儿，开始给我讲起他和李悦的一些往事，从刚结婚时的情深意切，到后来的举案齐眉，再到后来李悦的背叛，他原谅了她，给她改过的机会，可是李悦三番五次给他戴上闪亮的绿帽子，于是离婚了。但事情并没有就此完结，李悦又要求重归于好……关于最后这一节，格蓝是这样说的：我并没有亏待她，所有的财产都归她了，我就带了换洗的衣服。你不知道，那男的跪在我脚下求我饶了他，他说自己上有老下有小……有多少人想替我出了这口恶气，捏死他就跟拔掉一棵草一样，可我放过他了……

格蓝带着一种居高临下的优越感跟我叙说这件事，我发现，他好像并不十分生气，甚至嘴角还漫过一丝笑容。于是我想，格蓝并非宽宏大量，也许他只是喜欢自己在这件事情中所表现出来的那种姿态，以及由这种姿态所引起的公众反应。

这样的推测让我恐慌，因为照此推测下去的话，谁能保证格蓝不为了公众反应而与李悦复婚呢？如果是这样，他们的复婚就是一扇矗立的巨大铁门，将所有曾在我的面前闪闪烁烁呼之欲出的幸福关在门外，可是我又能怎么办呢？别忘了，李悦还控制着另外一种杀伤力极强的武器——两个孩子，而我，谁能相信不是出于别的什么原因，而是真心想与他白头偕老？真心不真心我又不能将它掏出来给人看。

　　假如格蓝是一个月薪几千，不很穷，也不富，已被艰辛的生活搞得心力交瘁正需要安慰的普通男人，那事情就好办得多了，我可以深入细致地研究一下烹饪技术，让他在品味美食的同时，想到我的种种好处。古人不是早就说过吗，食色，性也。品尝美味时的舔、舐、轻咬简直和性爱有异曲同工之妙处，当然我也可以经常用些小恩小惠逐步瓦解他的防线；可是面对这样一个被锦衣玉食所累、无所不能、呼风唤雨的男人，我只有观望等待。再假如我是一个聪明又颇有心计的人，我还可以用些小小的计谋扭转乾坤，可悲的是，我不仅不聪明，简直是有些愚钝。当然，假设从来就不存在。具有讽刺意味的是：如果第一种假设存在，格蓝根本就进入不了我的视线；如果第二种假设存在，我会在外围游走，而不伤害一丝皮毛。

　　我的愚钝有目共睹，就拿李悦调头而去这一举动来说吧，她一眼就瞅准了我的心思，我恨不得她冲进来大吵大嚷，好趁机将我和格蓝的关系拨开乌云见青天，而格蓝为了证明自己不是随随便便的，他一定会毫不犹豫地同我站在一起。聪明的李悦一眼就看明白了，所以，她调头而去，绝不给我制造机会。而我是多么愚钝啊，李悦在一瞬间就脑清心明，而过了好久我才想明白李悦那看似退让的举动实质上具有力挽狂澜的意义。

　　一件由于恐惧而不断被我设想的事，有一天终于变成了事实，那就是格蓝与李悦的复婚。在这之前，他们复婚的场景已在我心里上演了千百次，所以我并不惊讶，也不恨谁，我想格蓝有格蓝的理由，李悦有李悦的理由，而我，他们有理由，对我也并不完全是坏事，我爱格蓝并没有改变，我只是比以前更从容不迫。

　　在为格蓝奔丧的路上，我想起了格蓝与李悦复婚这件事，这件事使我心情复杂，也使我停下了跟跄的脚步。站在路边，我侧脸看着地上自己的影子，然后看我黑色的薄纱上衣、浅咖啡色的长裙，以及精巧的黑色细带凉鞋……这时的我，停在路边茫然四顾。我看见许多的眼神像鱼的白肚皮一样从我脸上滑过，他们探询地打量我，秘密地揣测我，甚至放慢了行走的脚步，他们随意想象着一位停在路边的女人，想象着她的种种可能性。

　　可是一定没有谁能想到，这个停在路边茫然四顾的女人是为了奔丧，为了与她的爱人见最后一面……停在路边，我看见，这个女人裙裾飘飘出现在会场，那一瞬，那些面目故作庄严的人们，表情诧异、惊奇、愤怒，或者漠然，他们会在心里迅速将两个女人进行比较评判，并密切关注着事态的发展，于是在众目睽睽之下这个女人与死者的妻子面对面，她们装作视而不见，或者仇恨地对视，然后，然后会出现什么情形呢……

奇怪，在这个时候，我完全忽略了这个场景中最重要的一个人物——格蓝，这很不对头，我好像把来这个城市的目的忘了。我是应该痛哭流涕、呼天喊地的，我怎么能这样呢？但是事实上我真的是想了一些完全不相干的事，与我以前在各类小说和电影电视中看到的完全不一样，这是怎么回事呢？我不明白，也许现实永远比虚构离奇，因为虚构需要服从可能性，而现实则不必。

但是这怎么可能呢？事实真是这样的吗？我那么在乎格蓝，为了他，我甚至不惜忍辱负重，不惜把我的命也给他，我曾多少次在心里对自己说格蓝就是我的一切，我怎么能失去他而无动于衷呢？这绝不可能！也许是因为时间过了很久的缘故，当今天回忆起来时，我可能把当时的情形都忘记了，我只记得我当时穿的衣服，而忘记了我的心情。这种解释也是说得过去的。不是吗？

不管怎样，有一点可以肯定，在奔丧的路上，我很悲伤，我有理由比所有的人都悲伤，但是我为什么不哭？我一直流不出眼泪。

我没有看到格蓝最后的样子，他停留在我记忆里的始终是一副生动的表情：眼睛会眨，睫毛抖动，嘴巴在说话，我无法把格蓝在脑子里演变成另外一种我完全不熟悉的样子。

我想李悦是故意的，她故意让我看不见也摸不到格蓝，故意等到追悼会都开完了，格蓝已化为灰烬，才让我知道这件事。

格蓝去了哪里呢？

我被带到了一个地方，一个所有人都无力拒绝的地方，这个地方使血肉化为尘灰，喧嚣归于宁静。

空气中充满了焦煳的香味，许多粉末状的微粒被黑烟裹挟着，从一座高大的烟囱里爬出来，它们在空气里游动，擦过我的头发时发出噌噌的轻响。

一个女人提着大串钥匙，叮叮当当从走廊尽头走过来，那些钥匙像些串在一起的活鱼，它们挣扎碰撞发出刺耳的尖叫。我跟在女人的身后，走在长长的走廊里，拐过一个楼道，又拐过一个楼道，在一扇紧闭的门前，停住。我听见从紧闭的门缝里泻出许多细碎的声音：叹息、哭泣、欢笑、私语……我去看女人的脸，她表情模糊，无动于衷，钥匙碰着铁锁的瞬间，屋里的一切突归阒寂。

门吱吱呀呀地开了。

我看见一满屋的铁架子，它们被分割成许多排，又划成无数的小空格，每一格都放着一个小小的盒子，盒盖上贴着照片。

在开着的门口，一缕阳光斜斜照着的地方，一张女人的黑白照片蜷曲着躺在地上，轻微地抖动，似乎因为没有来得及藏匿而发出低低的窃笑。挂钥匙的女人奇怪地自语：咦！明明是放在那里。我看见照片上的女人向我眨了眨一只眼睛。

我径直走进去，感觉到有许多眼睛在注视着我走进去，穿过两排铁架子，我向前走，再向右拐，无须指点，冥冥之中有人在牵引我，在第五排第三个空格处，我翘起双脚抱下那个紫漆檀香木盒。

我把格蓝抱在我的怀中！

这真是你吗？格蓝，你既然指引我来见你，又怎么忍心舍弃我在这凄冷的世间磕磕绊绊地独行？

你既然与我有过约定，又怎么忍心化作掠过之影从我生命中穿越而过？

我把格蓝抱在我的怀中，檀香木盒上有隐匿的火焰在闪烁跳动，它们噼噼啪啪燃烧的声音深深灼痛了我。我寻觅这些火焰，寻觅她的隐匿所在，我追寻的目光发现她逃遁在敞开的窗子一角，那是一丛炫目、艳丽的刺梅花，衬着三五片墨绿的叶子，探头在窗子的一角摇曳。

在八月的一天，这丛血红的刺梅开得如此恣睢、放纵……

只此一次，格蓝，我再也没有去看过你，我没有到你的墓前去送过花，我没有保留你的照片，我没有再踏进那个城市，我也从不跟别人谈起你。

格蓝，我真的想忘记你，我知道，只有忘记你，我才可以继续活下去。

当他们所有的人都认定了我的薄情，当他们所有的人都过起了快乐的生活，格蓝，我才能流出眼泪。在醒时，或是在梦中，我能感觉，你还在，你就在不远的地方注视着我。有时你笑，有时你对我皱眉头，我总是看着你，或者跟随你，懵懵懂懂去握你的手，你就远了，突然从我视线里消失。我不知道，是我的眼睛出了问题，还是有另外一种事实存在着。当我转过身准备离开，却感觉肩膀被轻轻拍了一下，我听见你轻声说：我还在，等着我回来。

这句话就像一句咒语，时时在我耳边炸响，每一次房门被敲响，我都以为是你来拜访。

当又一个夜晚来临，夜色悄无声息笼罩了我，我看见我的脸，我的胳膊闪烁着蓝幽幽的微光，惨白而缥缈。后来，蓝幽幽的夜色晃动起来，变成了海水，在无边无际的水中，有一只眼睛，是左边的一只眼睛，硕大、空洞，这只眼睛漂浮在水中，一眨不眨地看着我，这是谁的一只眼睛？是谁？有些陌生，有些怪异，看着看着，竟看出一些熟悉来……

泪水轰然而下，不可阻止……不，我在梦中告诫自己，这不是真的，格蓝已经不在了，可是……可是这只眼睛为什么还在？我挣扎着自梦中醒来，一身的汗，一脸的泪。蓝幽幽的夜色里，白色的落地窗帘呼呼翻飞，像风中谁的长袍，欲脱身而去。就在这时，夜色里有暗香潜度，愈来愈浓，层层将我包围，于是，我看见了，在枕边，一朵白色的栀子花，她静静躺在我的脸畔，夜色里，美得诡异……

格蓝，我不明白，你为什么总是在这个地方和那个地方的接壤处徘徊，你有什么话没有说，就不要再说了，你有什么事没有做，也不要再试图去做了，所有的一切都让它戛然而止，不好吗？我一点都不喜欢你这样，这种弥漫不散的苦痛，渗透到生命的底层，不是我愿意承受的……

这种生活让我疲惫，且面目怪异。我真的不知道是自己出了问题，还是有另一种我无法破译的事实存在着。于是，我想，也许长久以来，我是一只黑色的乌鸦，一直停靠在格蓝的树梢上，我幻想着黑夜来临，蓝汪汪的月亮升起，格蓝替我梳洗蓬松的羽毛。然而直等到羽毛扑簌簌落下，我再也没有了飞翔的翅膀。

怎么办？怎样才能逃离格蓝？

按照传统，忘掉一个人的良方有两个：一是追求事业，二是拥抱爱情。当然事业不是一两天就能弄成功的，短期内它只能令人疲惫。爱情更如奇世珍宝，我们的口袋里只有口香糖就够了，哪有力气去探宝。

照此看来，只能退而求次之，找一个可以说话的伙伴总可以吧，这也许是最好的方式。

放纵自己是多么容易，又多么理直气壮，随时随地都可找到呼应者。来吧，喝酒，然后我们就跳舞，昼夜狂欢，你看不清我的脸，我也看不清你的脸，可是这有什么重要，在这一瞬，我们可以抱紧了对方取暖。

就是这样也无法逃离格蓝，他的眼睛默默地注视着我，不论我睡着，还是醒着。我感觉到他空洞的眼睛注视着我，无所不在，他就在我坐着的椅子上，在我洗脸的水盆里，在我梳理长发的梳齿间……

巨大的恐惧需要借助一个具体存在的人获得释放，需要一个人，让他填满我所有的空间，让活人的气息团团围绕着我，屋子里充满了嘈杂而庸俗的声音：油锅滋滋爆响，水龙头滴滴答答，孩子尖叫哭喊，大人高声责骂——我是多么渴望这些活人制造出来的声音啊。我是多么渴望有一个人成为我的国王，他操纵我，控制我，掌管我，而我就是他的臣民，绝对的忠诚、绝对的信服。

找个人把自己嫁出去，成了刻不容缓的问题。要不，我真的保不住哪一天控制不住，就会从楼顶飞出去。当我站在窗前向下俯瞰，总有一种遏制不住要飞出去的眩晕。恐惧和兴奋，互相滋生，更迭交替，在一瞬间，我总看见自己飞速向下坠落，重重砸在楼下乘凉的老太太们身边，溅得她们一身的血。直到今天，我不敢靠窗户太近。

可是到哪里去找这样的一个人呢？

我希望逃离的企图从未得逞，当夜晚来临，白天的喧闹像鱼的内脏一样渐渐被挤出，格蓝又黑又亮的眼睛宝石一样悬挂在半空，他静静地端详我，审视我，嘴角挂着微笑，我伸手去触摸他的脸，冰冷刺骨，寒气逼人，额上有湿湿的冷汗。

一个人走了，去了我不知道的地方，而他是知道我的，在我停留的这个地方，不管以前、现在，或是将来，他都知道。我感觉到他空洞的眼睛注视着我，无所不在，他就在我坐着的椅子上，在我洗脸的水盆里，在我梳理长发的梳齿间……

我说好吧，好吧，格蓝，只能这样，我们彼此注视，我还能怎么办呢？我知道黑夜不能阻挡你，墙壁和门也不能。我已经习惯了你在各种场合自由出入，我们就像一个人的左脚和右脚一样，各行其道，又不离不弃。

时间过了多久呢？我都不记得了，有一天，在一家商店的干花柜台前，我发现了一丛沉默的麦子，它们是赭石色的，生命的汁液被挤掉后，竟然变得如此高贵而美丽，它们沉默着，不像在麦田里那样兴风作浪，也不像那些干花自怜自爱。我看着它们，有一瞬，竟然不敢走上前去，细细端详。

就是在这时，我看见了一个男人，确切地说，是在这之前，我已经注意到了他，当我看那些麦子时，他在看我，隔着一段距离，我们彼此注视，没有说话，也没有靠近。

第二天，我又去看那些麦子，没有人打扰它们，与那些艳丽轻佻的干花相比，它们落寞而自重。前一天看到的那个男人，还站在原来的地方，看麦子，也看我。然后，他向这边走过来了，他的嘴微微张开，有一句话马上就要从他的嘴唇跳出来了，他会对我说什么呢？

格蓝的眼睛在这时又飘过来，沉默地注视着我，我说，就这样吧，格蓝，你已经消失，我也将消失，现在，让我们一起来听听这个男人说些什么，好吗？

我为谁守身如玉

一

有一些事情，我是非常愿意做的，比如一生只爱一个人，只与自己相爱的人住在一个地方，我所使用的书桌衣柜之类也一直是原来的那个，摆在原来的地方……这些我都是愿意的。但是，不知道因为什么，我总是从一个地方走到另一个地方，从一些人的身边走到另一些人的身边，如一只行走的漏斗，整个世界以沙子的形式与我触碰，挤掉一些旧的，涌进一些新的。

当新旧更迭交替，或急或缓，源源不断地沧桑流变，我已忘了自己最初的模样，最初的情怀。沙子不停地涌来，我是一只拥挤的漏斗。但最终，我知道，当喧嚣逝去，我终究是一只空空的漏斗。

总是要遇到一些人的，总是要经过一些事的。

任何时候，任何地点都可能是一次新的开始。

在那天早上之前，我从没注意到这个男人，或者说，在我这个年龄，已经很少有男人可以引起我的注意了。当然，我的意思不是说自己已经老到耄耋，像幅员辽阔的俄罗斯，具有悠久的历史，却并不令人向往。我没有那么老，但肯定也不年轻了，27岁，也许习惯的说法叫：风华正茂，但是我们这一代的人，都开始得太早，刚刚在春天的时候，就已经将火热的夏季挥霍尽了。

这不是一件令人快乐的事，它多少表明我们对这个世界的兴致也不大了。当然这种说法肯定有问题，以偏概全是不客观的，肯定会有相反的情况，用我妈柳惠心女士的话说：你从未看清自己，更不可能看清别人。

好吧，事已至此，鉴于我以前的所作所为，也许我应该相信她的说法。

有段时间了，我一直待在艺术馆的集体宿舍里，没有回家看望我妈，也没有和什么男人约会，更没有泡在哪个酒吧里，等着缘分煽动它的小翅膀，徐徐向我靠近，按照道理，这有些不大正常。

但事实上，我的生活就是这么简单明了，白天躲在工作室里干活，晚上回到宿舍，扒个窝就钻进去睡大觉。偶尔也失眠，或想点前尘往事，但基本上我的睡眠状况良好，脸上连个小火痘都不长。

你千万别就此以为我是一个心如枯井的人，受过世界上最沉重的打击，我没有。我不过是只喜欢独处的动物罢了，像那些在沙滩上挖个洞钻进去的小沙鳖一样，愿意单独待着。

一个人单独待着，没什么不好的，我不理解为什么人们总爱给单独待着的家伙扣一顶大帽子，上面写着"脱离群众"。幸亏我是个搞艺术的，人民群众跟搞艺术的家伙不怎么计较，认为搞艺术的不是疯子，就是神经病，像凡·高，或是兰波什么的。

我当然达不到那个境界，还远着哪，至多也就是行为有点怪异，这很稀松平常，你到大街上随便去看看，不怪异的人没几个了，所以这没什么大不了。

不能理解的是我母亲，她总是夸张地把这笔账统统算在我父亲头上，一口咬定说，她是失败婚姻的第一个受害者，我是第二个。

我说过无数遍，这种说法带有太多的主观性，不足以令人信服，我知道她很受伤，至于我，不能说一点影响没有，但他们若生活在一起，肯定更不利于我的成长。当然，这些都是陈年旧账了，是是非非要分清很不容易，要一笔勾销也是不可能的，最省事的办法是：各打五十大板了事。

因而，我一向觉得被家庭阴影牢牢罩住的是我的母亲，她就像法海照妖镜下的那条白蛇，褪尽所有的华美仍嫌不够，非得压在一座塔下，永世不得重见天日。而我，不过有些像那条青蛇，躲在暗处冷眼旁观，还有一点小小的幸灾乐祸。

说到我在艺术馆的工作，有必要详细交代几句，艺术馆里确实人头攒动的都是艺术家，唱歌的、演戏的、跳舞的、画画的、剪纸的，各路神仙都有。我就是那个剪纸的，而且是艺术馆唯一一个搞剪纸的。有时我比较犹豫，不敢确定自己是不是真的和艺术有关系。

这样的疑虑，画画或唱戏的艺术家肯定不会有，人家的祖师爷是张大千、梅兰芳之类的人物。若再向高处找找，更有毕加索之类的珍宝来撑腰壮胆。而我若溯本求源，没准会发现自己的根原来是一个瞎眼的老太婆，她的整个艺术生涯不过是给邻居剪剪窗花和鞋垫样。

当然我若换个角度来想这个问题，结论就会完全不一样，《国粹》杂志上不是明明写着嘛——"剪纸是一种源远流长的民族艺术"，再说全国也没几个我这样的艺术家，用我们馆长的话说："柳翘翘为剪纸事业做出了巨大的贡献，她使这一民间艺术走出国门、冲向世界，不仅赚取了外汇，获得了外国友人的赞赏，更为我们馆赢得了荣誉，基于她的突出表现，市里授予她'荣誉青年'称号……"

也许我妈说的没错，不管你干什么，关键要干得有声有色；不管你说什么，说的对还是错，关键要说得理直气壮。我妈是这样教导我的，也是身体力行这样去做的，她虽然总是埋怨我父亲毁了她一生的幸福，可是这种不幸从没有阻挡住她拥抱生活的双臂。老实说，我妈值得我学习的地方实在太多。

因为以上种种，我还是承认自己是一个艺术家吧，这不管对谁来说都是有好处的。

当然，不管是一个艺术家，一个农民，或者一个乞丐，从本质上讲，他们都是复杂的。我始终相信，每个人都是博大精深的，而且深得像大海，没人可以把大海看得一清二楚，而像我这样的弱智，似乎更不可能，所以还是绕回到那天早上吧。那天早上有一些有趣的事情发生，这比研究人的问题要轻松得多。

那天早上，时间大约在九点，我站在艺术馆一楼等电梯，指示灯始终在六楼到十楼之间闪来闪去，我站在那儿大约等了一刻钟，它总算下来了。

电梯门打开，我迈步进去，在两扇门即将合上的瞬间，我看见一个男人的身影闪过来，他的脸在我眼前仓促一晃，我听见他喊了一声：嗨，等一下。我随手按一下开关，门唰地又开了，男人向我笑了一下，点点头，我并没有看清他的脸。

电梯开始向上升，我与那个男人一边一个，默默地站着。

事情是突然发生的，也许在五楼，也许在六楼，我听见咯噔一声响，眼前突然一片漆黑，然后就什么也看不见了。意外来得太突然，完全是下意识的反应，我惊叫了一声，靠在电梯壁上。

这时，我听见男人说：没事，电梯出故障了。

他口气轻松，好像还在笑，但是怎么会没事呢？我曾经读过一篇关于电梯伤人的调查文章，那里面列举了很多可怕的事实，有双腿被夹断的；有从上面直坠下去的；有被挤压成肉饼的，总之每一事例都令人毛骨悚然。

我努力想让自己镇静下来，但是那些可恶的事例偏让我不得安宁，它们图文并茂，用了最快的速度在我脑子里一一复生。我浑身冰冷，头顶冒汗，腿脚软绵绵的，不能站稳，好像所有的元气都在一瞬间从汗毛孔里跑走了。

黑暗中有一只手突然摸到了我的头上，非常抱歉，我又叫了一声。男人说：真要命，你吓了我一跳，警铃在你头顶，我总得让外边知道有人被困在这里吧。他的手从我头顶划过去，衣服袖子蹭着我的脸，拂来拂去。我呼一口气，心里祷告说：上帝啊！这个铃可千万别坏了啊！

但是好的不灵坏的灵，这个铃真的是坏了。看，我的乌鸦嘴总是这么灵。

我感觉到一小堆一小堆的炸药，迅速向我身边凝聚，它们很快就堆满了整个电梯间，空气被一丝丝挤出去，我感觉有些头晕，喘不上气来。

在这个短暂的瞬间，我仓促回想了一下我的一生，也浮皮潦草地想了一会儿我妈柳惠心女士，想到今天就要和这个世界告别，再也没人和她相依为命，她是多么不幸；而我，比她更不幸，我的一切还没有开始，就这样草草收场……

　　我使劲攥住电梯的扶手，像一坨坠在细线上的铅块，慢慢向水底沉下去，在沉下去之前，我绝望地问黑暗中的那个男人：我们会被憋死吗？他短促地笑了一声，说：没事，会有办法的。

　　我长叹一口气，对男人的话非常怀疑。他沉默了一下，轻声说：你很害怕吗？先让自己放松，别在嗓子眼里呼吸，用胸腔，放平缓了，你试试。按照他说的，我试了一下，果然好了一些，平时我也知道些遇到突发事件时的自救措施，可是这会儿统统抛到了九霄云外。

　　他的声音又响起来，是低沉的、关切的，他说：你照我说的做了吗？是不是好多了？我向他点点头，想想他并不能看见，自己也觉得好笑。就补一句说：幸亏你也挤上来了，否则，我还真不知道怎么办好。在这个狭小的黑暗的空间，我对这个还完全陌生的男人竟然没有防范。

　　我们离得非常近，他就站在我身边，我能感觉到他的气息，而他的笃定，他的沉着，多少使我恢复理智。他竟然开起了玩笑：没准我不挤上来，这电梯就不坏了呢！他笑起来的时候，声音向上扬，有些发飘，我想这样喜欢笑的一个人，肯定长着漂亮的牙齿，或者他很年轻英俊？

　　我听见啪的一声响，有一团微弱的光亮起来，是手机，他打开了手机，开始拨号，他一边拨号，一边叹气说：真笨，我早该想到，然后他和那边的人说：我是徐毅，快找人来看看，我被困在电梯里了……

　　我舒出一口气，闭了一下眼睛，心里说总算有救了。

　　再睁开眼睛时，见那一团微弱的光还亮着，他的脸隐在暗影里，模糊不能看清，他冲我扬一扬手机说：这回不黑了吧？我迅速扫了他一眼，身形高大，是魁梧挺拔的那种，至于他的脸，我不能看清，那一团模糊的亮光，并不能将一切都照亮。

　　他一直用手指按住数字键，借助手机上那一点点的光来驱散黑暗。

　　并没有我想象的那么漫长，也许只是几分钟，电梯工就将门打开了，我们重见天日，在跨出那个人间地狱的瞬间，我有些悲喜交加，身子不禁一软，他搀了一把，将我带出那个危险的所在。

　　抬头扫了那个陌生男人一眼，并不是想象中那么年轻，也许有三十七八岁，微笑的嘴角有浅浅的一道纹路，可是并不难看，倒平添了些许淡然与笃定。我心里咯噔一跳，竟然不知道说什么，而他，也正看我，眼神柔柔的，像扣眼细密的网，罩过来。

所有的这些，也就在脚步顿挫的一瞬间，我低下头来，匆忙走开，连再见也略去不提，可是我记得他的名字，他叫徐毅。

二

我突然特别希望再见到那个叫徐毅的男人。

你最好不要问为什么，一个年龄相当并不缺心眼的姑娘，她有一万条理由对一个陌生的异性充满向往。而这种向往，来势凶猛如山倒，轰隆一声将我压在山底下，别说是伸出胳膊挡不住，就算我拔开飞毛腿，好像也是逃不掉了。

我把脸捧在两只手掌里，苦苦地反省自己，后来总算多少有些省悟，可能是因为很久都没有恋爱的感觉了，也可能是因为好了伤疤就忘了疼。总之，我想见到这个男人，愿意和他说说话，至于其他的，我并没有想太多。而且，就目前来说，我坚持认为，这跟爱情没什么关系。

但是至少在过去的四天里，这个叫徐毅的男人再也没有出现，他就像阳光下的一块碎玻璃，耀了一下我的眼睛，就闪过去了。

在最初的两天早上，九点钟左右，我都曾在一楼大厅走过，装作无事地四处扫了一圈，意料之中的，他并没有出现。在进电梯的瞬间，在门将合未合的那一刻，我有一种错觉，觉得那个声音马上就要响起来了，那个陌生的声音会说：嗨，等一下。

但是门已关上了，并没有谁要求等一等。我又想他准是晚了一步，就晚了一小步，他此刻一定就焦急地站在门外，我心里知道这不可能，但我的手似乎已脱离大脑的控制，我无奈地看着我的手，它像个准备红杏出墙的小寡妇一样，迅速果断地按了一下开关，门唰地开了，但是，门外真的没有人。

在电梯间的镜子上，我看见我的脸，就像一个遭人抛弃的怨妇，隐含幽怨。这让我很生气。我嗖地一下转过来，背对着那面镜子，并挺直脊梁昂起了头，但是，我马上看见自己的脸被压得扁扁的，平贴在头顶的电梯壁上，像经过仪器初步处理过，造型怪异、轮廓模糊，眼白部分像两团破棉絮。

另外两天早上的情形要好得多，我没有折磨电梯门反复地开了又关，关了又开，而是脚步轻快地走进我的办公室，但在坐下来的同时，我极为可耻地发出了一声叹息。

我坐在椅子上，貌似安静，其实理智和欲望是藏在心里的两只怪兽，它们挥拳踢腿、刀枪剑戟，都试图打败对方，甚至能将对方彻底消灭，无奈双方力量不相上下，谁也不能占些上风。

我自己也知道，这很不对劲，他不过是一个陌生人，我不知道他的任何情况，也许他不过是偶尔到这栋大楼来办事，与我擦肩而过，然后我们各奔东西，永远都不可能再碰到一起。我有什么必要惦念着他？可是……他的眼睛，那样柔和的一双眼睛，好像藏着很多的秘密，而且在那个黑暗的电梯间，我曾经感受过他的气息，还有……还用得着太多理由吗，我想，这已经差不多了吧。

感情的奇迹不总是从这些不经意的瞬间拉开了紧掩的大幕吗？电视剧里可都是这样安排的：男女邂逅后，女主角在办公室正埋头工作，突然花童抱一大束玫瑰送进来，花是如此美丽多情，可是她并不知道多情人是谁。在这时，桌上的电话铃恰到好处地响了，一个男人磁性的声音传过来，他深情地呼唤着女主角的名字，他说：不要告诉我，你不知道红玫瑰代表什么。

这一幕一幕，我们是多么熟悉，又多么令人心向往之，那男人不仅有着你梦中情人应该有的一切，地位、权势、潇洒、温柔体贴、甜言蜜语等等，就连你没想到的，他也具备，比如福尔摩斯惊人的推断力，施瓦辛格过人的勇敢什么的，也统统不在话下。前者使他轻而易举获知你的芳名、你的电话、你的芳踪，完全不必担心一时疏忽以致音信全无，而永失我爱。后者则随时保证你的安全，就算你不幸沦落到魔窟里，他也能在关键时间横空出世，把牛鬼蛇神打得落花流水，也许到最后，他也光荣倒下了，但你连一根毫毛都决不会损失……

很过瘾，是吧？但这是艺术。谁要是梦想这种艺术会在生活中重现，那她一定是个花痴！

可是我……我为什么还是心猿意马呢？我是多么不甘心，被这样一个陌生的男人左右了心思。

我去找樱桃，决定解放自己，管他徐壹、徐贰的，都统统抛在脑后。相思是一个让人挺不好意思的词，好像《西厢记》里那个不安分的莺莺小姐经常用得着，至于我柳翘翘，还是免了吧！

樱桃原来是我的同事，我们都在艺术馆上班，她唱京剧，我搞剪纸，这两个行当虽风马牛不相及，但不妨碍我们成为朋友。当然，是一定意义上的朋友。

她原来是馆里的台柱子，每次演出，不管规模大小，她总要站在台中央放歌阿庆嫂那一段：来的都是客；全凭嘴一张……后来我们馆长把她弄到广播电台去主持节目了，关于这件事，馆里很多人说樱桃除了凭着嘴一张，还凭了别的东西……

这些可能是真的，也可能是假的，都和我没关系。反正樱桃从没就此事说过什么，她只是对这份只闻其声不见其人的工作越来越恼火，她愤怒地说：这是一种羞辱，我的脸经得起十亿人民的检阅！

作为女人，作为朋友，我很能理解，电视台的节目主持人才是樱桃的理想，她正在向着这个目标进发。当然正在向未来进发的樱桃已经不住在我们宿舍了，她租了一套不错的两室一厅，那地方我去过，她总说房租太贵，希望我可以和她同住并分担些许房费。

去见樱桃的那天，她正在机房里做节目，是文学类的节目"读书时间"，尽管她本人很少读书。她一本正经和她亲爱的听众们说：我们写东西／像虫子在松果里寻找道路／一粒一粒地运输棋子／有的时候是空的／有时集中咬一个字／是坏的／里面有发霉的菌丝／于是就又咬一个……说到这，她龇着牙，对着我的方向，像猫一样虚咬一口，然后接着再说下去。

我喜欢这只装腔作势的小虫子。

朗诵完诗歌，樱桃让她的听众欣赏歌曲，插空和我说话，她放的是《单眼皮女生》，那个叫喳喳的单眼皮嚣张地说："喜欢我就快点大声说出来……"我知道这证明她心情不错，不高兴时，她会放贝多芬的《命运交响曲》，或者巴赫的《第五大调》，总之一悲伤，连音乐也跟着大气起来。但是你千万别以为她本人多么有灵魂，樱桃会不高兴的。

下班时，樱桃约了她的男友武晋，我们三个人一起去吃晚饭。

武晋是个内科医生，个子有点矮、皮肤有点黑，眼睛有点小，我们已见过多次，他腆着微微鼓出来的小啤酒肚，彬彬有礼地向我点头并握手，好像在进行一场外事活动。我笑笑，故作郑重和武医生握手，心里想：这个人，沉稳、严谨，若做手术，选他绝对没错；要做情人，则太缺乏情趣了吧。

真不明白，樱桃怎么会和这种人走到一起，也许他们两人需要这种性格互补？

在布鲁斯音乐餐厅，就座的多是一对对含情脉脉的小恋人，绿格子桌布、白色椅子、白色小花瓶里怒放着一朵玫瑰，一个长发白色布裙的女孩，抱着一把吉他在弹唱《味道》，淡淡的伤感、淡淡的惆怅，让人怦然心动。

我看着那女孩，长发掩着半边脸，眼睑微垂，透出隐隐风尘的疲惫，不知道为什么，心情竟然莫名地恍惚起来，"想念你的笑，想念你的味道，想念你白色袜子……"这样的句子，一个字一个字地敲打在心上。我并没有谁值得想念，也禁不住这样的敲打，拿一手撑住头，慢慢地喝着蓝带，一杯又一杯，不觉已有些微醺。

樱桃坐在旁边，歪着头，耷拉着眼皮，嘴角挂一抹沉静的微笑，我看不懂那笑的内容。而他的男友武医生，沉默地靠在椅背上，一言不发，他的目光投向屋子的一角，长长地驻留在那儿。可是那儿什么也没有，墙上甚至没有一幅画，也许那儿有一个蜘蛛网把他的目光粘住了。

有那么两回，我以为他或许睡着了，但是他总是及时给我和樱桃的杯里续上酒。然后又一言不发地看着墙角。我曾经把目光移到他的脸上，像一只小小的虫子，在他脸上轻轻地舔了一小口，心里想：这个沉默的人倒也沉默得有趣，他并不因为沉默，而让人觉得无礼。哦，想起来了，这个武医生，他从不在我们面前说喝酒有害健康，他也从没给樱桃送过玫瑰，但是那首《九百九十九朵玫瑰》，他唱得特别好，一点都不比邰正宵逊色。

　　夜色里，我喝得半醉，一个人摇晃着回宿舍，走进灯光昏暗的走廊，看见与我同住一室的刘姑娘，慢慢走在前面。当然，叫她姑娘有点勉为其难，事实上她已经四十二岁了，独身，住在艺术馆的女宿舍里。有人说她离过婚，在乡下有一个十岁的孩子；也有人说多年以来她始终和馆长保持暧昧关系，但刘姑娘对此不承认，所以我们暂且相信她是一个规规矩矩的姑娘，从未和桃红色发生过什么关系。

　　搞戏剧的这个刘姑娘很少待在宿舍里，她经常去"慢慢地酒吧"喝酒。有一次樱桃神采飞扬地告诉我说：我看见老处女了，她和一个陌生男人在"慢慢地酒吧"调情，她的脸，啊，灿若春花……

　　不止是樱桃，许多人都把搞戏剧研究的刘姑娘称为"老处女"，哪怕他们正在说她的那个孩子如何如何时，也总是老处女长，老处女短的。我很不明白，在"处女"前加上一个"老"字，这个词组就具有了特定的意义，它已经和处女没什么联系了，它就是指一个没有婚嫁的扭曲的女人，这也是有意思的一件事。

　　我笑一笑，自嘲地想：今夜，我和老处女同为天涯沦落人。

　　我走得并不快，但也赶上了老处女，她穿着宽大的黑色风衣，嘎嘎地笑着，双手撑着墙壁，看起来像只受伤的乌鸦，在慢慢绕着墙角盘旋。看见我，她突然停住脚步，眼睛瞪得像两只变质发黄的卫生球，然后她突然把胳膊有力地向空中一挥，高呼一声：打倒李明堂！打倒李明堂，把反革命分子李明堂押上台来。

　　李明堂就是我们艺术馆的馆长，老处女对着我喊这句话完全没有意义，我原来是准备扶着她回宿舍的，她好像真的喝多了，但是她的这句话使我一溜烟地跑远了。

　　这已经不是第一次了，老处女经常醉酒，每次醉酒都会开批斗会，毫不留情地把某个人打倒。但是我向前跑了不远，就站住了脚，因为今晚我也有幸被押到了台上，罪名是：打入人民内部的狗特务——柳翘翘。

　　我站在走廊上旁听了一会儿，也许因为喝了酒的缘故，我并不是很生气，觉得柳翘翘跟我没什么关系，好像她是很多年前我曾经认识的一个什么人，至于长的什么样子，身高体重什么的统统不知道。总之，那天晚上，这个叫柳翘翘的人犯下了许多不可饶恕的罪过，像背叛革命、背叛党、欺上瞒下、营私舞弊、一手遮天什么什么的，听得我脑袋一圈一圈地扩大。潜意识里觉得姓柳的这个家伙挺不简单的。

后来走廊上的人越来越多，都是自发来参加批判大会的。我已不能再坚持下去，凭着最后一些理智回到宿舍，爬上床去睡了。

第二天早上起来，才知道自己因罪恶滔天，昨晚已被人民群众执行枪决。

这一天，我的脾气莫名变坏，不时有人嘻嘻哈哈地对我说：把反革命分子柳翘翘押往刑场，执行枪决。到中午去餐厅吃饭的时候，我已经死过很多次了，可是盛菜的大师傅并不因此就放过我，他毫不客气地让我又死了一次。

怒火是一下子就烧起来的，我在餐厅里寻找老处女，她独自盘踞着一张桌子，专注地对付一盘炒芹菜，咯吱，咯吱，像老鼠在啃木头。我端着一碗鲶鱼炖豆腐，沉着地向老处女走去，对准她苦难的脸哗的一声泼了下去。好吧，权当我早就死了，今天又做了鬼回来。

傍晚，我致电樱桃，告诉她我的遭遇，她喜滋滋地问：有没有我？我也被打倒了吗？我说：那当然，怎么能漏了你，你的罪名是：不学无术、投机取巧的"万人迷"。

其实最后这一条是我即兴编出来的，跟老处女没关系，樱桃却信以为真，她笑得像串挂在风中的破铃铛，乐颠颠地说：老处女真的叫我"万人迷"？声音快乐，全无心肝。

我决定搬出集体宿舍，就此跟老处女一刀两断。

搬到樱桃那儿的当晚，许是因为劳累的缘故，我睡得无比香甜，看不见老处女在宿舍里四处盘旋，也听不见她吭喀清嗓子的声音，真是眼聪目明心亮堂，就连夜复一夜缠着我的那个怪梦也没有来骚扰。

第二天早晨起床的时候，我拉开窗子呼吸着外面的新鲜空气，心里想：那个怪梦一定是被我甩在艺术馆的女宿舍里了，当晚它找不到我附身，一定急得团团转，最后没准就和老处女相伴相随了呢！

我曾经听说过这样的故事，一个被黄鼠狼附身，总是妖妖道道的人，唯一可以解脱的办法就是趁着月黑风高的时候，迅速搬家，而且千万不能告诉任何人。只要话一出口，不管隔多远，黄大仙都能听到，它用不了一袋烟的功夫就能重新找到你的家。

可是我高兴得太早了些，在第二天的晚上，那个梦就找到我了，我又开始抱着一部白色的电话，不停地给什么人打电话求救，我的手指一按上去，那些号码就模糊了，我想拨5，却按了8，我想拨0，又碰了重拨，我一边哭，一边摸索那些号码，但是无论如何都不能将它们看清……

这是一个很多年都和我相依相随的梦，永远都是在给什么人打电话，但是从来没有打通，不是看不清号码，就是按不住那些键。偶尔也有例外的时候，一番挣扎，终于拨通了，有一个男人在对我说话，他在说着一些很重要的话，可是那边非常嘈杂，我一个字都不能听清……

我不知道这个梦代表什么，我也从没兴致把它说给樱桃之类的朋友听，她们都是弗洛伊德的支持者，决不放过身边任何一个证明那套理论的机会，我讨厌用性来概括一切。当然，谁要是由此认为我无知或者愚蠢，那也随便，我不反对。

三

那个男人，在我把他忘得差不多了时，他竟然又出现了。

也是在一天的早上，我正穿过一楼大厅，迎面过来一个人，眼光闲闲地扫过去，本是无意地一瞥，却猛地被锁住了，这不是……那天电梯里那个男人吗？

真的是他，身型挺拔魁梧，肩膀端得很正，他向我走过来，步子迈得大而稳健。他叫……嗯？我明明知道他的名字，怎么这么快就忘了呢？

他已经迎面来了，看见我，也面色一凛。我们都认出了对方，却谁也没有说话。马上就要擦肩而过了，我心里怦怦乱跳，突然很害怕就这样与他失之交臂，我紧紧地抱着怀里的文件，像抱着我快要破裂的心脏。

不，也许我应该松开手，让怀里的文件飞到地上去，这样他就会弯下腰，替我拾起来，然后一切就好说了，琼瑶的爱情故事可都是这样开始的……可是事实上，我的双手紧紧地抓住文件不放，它们贴在我的怀里纹丝不动，动的是我的脚步，还有他的脚步，所有的一切都在眼神愣怔的片刻。

就这样过去了，也许永远都这样错过了，我低着头向前走，心里一下子被掏得空空的，可是我不能回过头来，有些事情，我还是希望男人采取主动，比如说追求。

追求！竟然用到了这样的一个词，我咧着嘴角，自嘲地笑了一下，还是算了，就这样吧。挺直腰杆向前走，竟有些万念俱灰的感觉。

但是，那个声音，我又听见了，像那天早上一样，那个低沉的声音说：嗨，等一下。我以为一定是耳朵出了毛病，但……不是，他真的在说话。

我停在原地，他向我走过来，步子不急不缓，脸上有浓浓的笑，我看清了，他的牙齿真很好看，细密洁白，像某种食肉小兽，跟我想象的一模一样。

这个男人一直走到我身边，他看着我的脸，低声说：柳翘翘，你的凉鞋真漂亮。

他知道我的名字，而且早就知道。

这不是奇迹，因为叫徐毅的这个男人竟然是我艺术馆的同事，搞的是舞蹈研究，市里几次大型演出的舞蹈节目，他都参加了编排指导，每周至少有两天的上午，他都会到单位来转转，其他的时间，自由活动。

我觉得这有些好笑，这个曾经让我想了又想的男人，他不是天上掉下来的，原来他一直就在这栋大楼里自由出入，他甚至还知道就在不久前的某一天夜里，我被老处女枪毙了的事，这和我脑子里的种种浪漫完全不相吻合。

站在办公大楼一层大厅里，我的这个男同事快乐地对我说：改天一起去喝茶，好吗？

我说：好。然后很不好意思地问：你叫什么名字？他看着我，眼睛瞪到了额头上，好像我的脸是一部精彩电影，然后他说：你真幽默。

也许是两天以后，也许是三天以后，他打来电话约我。

坐在兰桂坊茶座里，我四处张望了一下，发现周围多是一对一对的男女在窃窃私语，目光里都在忙着搬运宋丹丹所说的那种"秋天的菠菜"。

小姐把茶、瓜子与爆米花送上来了，我又点了一客名叫"火舞冰山"的冰激凌，徐毅在旁边补充了一份"驿动的心"，他冲我说：这个味道也很好。

两个冰激凌都送上来了，"火舞"的那个放在他面前，"驿动"的那个在我面前，他伸手把自己的那个送到我面前，我心里一热，很多男人都是这样的，他们自己什么也不吃，但是愿意看着女孩子吃，正想着呢，人家把那个"驿动的心"取走了，开始用小勺子专心地挖，当他含住一小球冰激凌时，一脸幸福地轻轻呵了一口气。

我赶紧低下头对付自己的"冰山"，心里想：幸亏没来得及说谢谢，否则多没面子。

因为没有什么话说，目标专一，那一团冰激凌很快就被消灭得差不多了，徐毅捏着那柄小木匙问我：你还想要什么？我用餐巾很淑女地抹一抹嘴唇说：不要了。

他拿过餐饮单，一边仔细地看，一边漫不经心地说：那也不能光喝茶呀，亏大了，他们这儿是四十八元随便消费的。要么再来两个冰激凌，你那个"火舞"味道怎么样？他唤来小姐，一会儿，两个冰激凌又端过来了，在小姐把其中的一个送给我之前，他说：慢着。然后伸出手把两个冰激凌都放在了自己的面前。

那个小姐笑了，我没有笑，我觉得这一点都不好笑，我绷着脸，让自己安静地坐好。要不是因为我是一位有教养的女士，我绝对会拂袖而去。真的，我想，我的确是生气了。

徐毅两手各持一把木质小匙，左右开弓，在两个小盒子里开始切割，我顽强地看着他的两只手，我想我得把这场表演看下去，这种勇气我应该具备。他将两个小盒子里的东西都分成了两份，然后在我还没有明白过来是怎么回事的时候，他让它们你中有我，我中有你。

他抬起头冲着我笑，兴奋地说：你看见了吗？这是一份新的冰激凌，叫它"冰山驿动"怎么样？他把一盒冰激凌推到我面前，说：尝尝，这是我亲手为你做的。然后他就像个期待夸奖的厨子一样，笑眯眯地望着我。

我不能说那笑庸俗，真的，那笑实质上坦荡、绵长，或者有一股巧克力的味道。

我有点不能说清我的心情了，它有一点复杂，或者有一点迷乱，总之，徐毅让我大开眼界，在吃零食或甜点这个问题上，我觉得男人基本上都是偷偷摸摸、扭扭捏捏的，心里想着，嘴里犟着。曾经就有一位绅士严肃地跟我说：我从不吃甜的，甜的让我想吐。可是我的这位同事——徐毅同志，他不仅吃甜食，而且还吃得心安理得，磨牙喷齿。我不能说他吃相不雅，他没有不雅，他只是吃得香甜，吃得恣睢而幸福。

这是我们第一次一起坐坐，当然，不是最后一次。

四

我很少走进位于少年路中段的"宝莲娜"。

"宝莲娜"这个名字听起来有点像家首饰店，其实不是，它卖的是奶油蛋糕。我不喜欢所有的奶油制品，包括奶油式的男人或者女人。但是今天，在下午四点的时候，我坐在蛋糕店的一张白色椅子里，看着点心师把我的爱凝聚成一摊一摊白色或粉色的奶油。

这个凝聚着爱的蛋糕是准备送给我母亲的，今天是她五十岁的生日。

虽然我一直觉得五十岁就开始大庆有点为时过早，现在是新社会，活到一百岁的老寿星一抓一大把，我可没少见那些七老八十的家伙在寒冬腊月欢蹦乱跳地去冬泳。我妈虽不冬泳，也没骑着自行车去北京参加申奥，但她活得比我精神。日日闻鸡起舞，穿白色彪马运动装、白色耐克运动鞋，长剑在手，指东画西，剑尾红绸舞动得猎猎生风，看得我总是一愣一愣的，心里想：真不简单，五十岁也能重获新生。所以我妈庆寿之类的活动，再推迟十年为时不晚。

当然这是我的想法，和我妈没什么关系。

　　她早就放出话来说：五十岁我一定要好好庆祝一下，到时你们可得来给我捧场。"你们"指的是老年舞协的那些"老来俏"们，他们和我妈一样，退休在家，无所用心，无所寄托，就把满腔热情都投入到了舞蹈事业，并在长期的革命实践中，结下了深厚的阶级友情。

　　我很不愿意回家看见那些老脸，和他们有共同语言的是我妈柳惠心女士，又不是我，但今天再不回去，我妈恐怕会不高兴。

　　提着奶油大蛋糕，我站在家门口，长长地按铃。母亲来开门，看见是我，并不欢喜，她脸上的皮肤起起伏伏，好像底下有一小股水流暗暗经过，她忽闪了一下眼皮说：以为你不回来了。说完闪身让我进去。

　　奇怪，屋里静悄悄的，并没有老年舞协的那些"老来俏"们，我随在我妈身后进去，一个男人从厨房转出来，腰里系着围裙，手里拿着锅铲，讪讪地对我笑。

　　我妈说：这是你唐叔。我哦一声，冷眼旁观，并不是阿兰德龙式的男人，愈老愈显出魅力。他头发灰白，肌肉松弛，不笑时尚且说得过去，一笑，满脸都是陈旧的灯芯绒褶子。再看他言行举止，似乎与老妈交往不薄。怪不得呢，屋里没有别人，原来是老唐当关，万夫莫开。

　　我再冷眼看我妈，酒红色紧身上衣、黑色长裙，脖子上挂串白珍珠，脸上一团粉红，心里也承认她并不老朽，她只是寂寞，可是寂寞的人就该干愚蠢的事？

　　老妈与我说几句，赶紧与男人进厨房。我怔怔地在客厅的沙发上坐下来，看室内布置已和上次不同，猩红的天鹅绒落地厚窗帘，豆皮绿的花地毯，一只鼓肚大花瓶插着三株向日葵，黄得热烈而盲目。

　　探头再看我母亲的卧室，更是吃惊不小。床罩也换了，一种不干净的紫，开着粉白色的花。床头柜上摆着一个小镜框，里面镶着一对童男童女仰望星空图，男童的小手搭在女童的肩膀上，看得我连连皱着眉头，手心开始冒汗，这到底是什么意思？自小到大，这个家要置点什么，添些什么，母亲都会和我商量，可现在不声不响变成这样，这真是……什么意思呢？

　　再听厨房，铲勺叮叮当当，夹杂窃窃私语，我禁不住扒在门边向里偷窥，见一对老男老女，眉来眼去，极尽小儿女之神态，看得我心中一片纷乱，好像有谁在我的胸腔里放养了一群小鱼苗。

吃饭时，我妈与那唐姓男人频频举杯共饮，眼神里蕴含层层秋波，要互相传递，又怕中途被我劫走，于是躲躲闪闪，声东击西。我低下头来反省自己，如果不是我这个超大号灯泡在发光发热，人家二位恐怕要点起蜡烛弄一个烛光晚宴。

一顿饭下来，我的胃里好像塞满了沙子，好容易挨到饭后，我坐在沙发上，打开电视。灰发男人与我妈在厨房里说话，我心里想：你吃也吃过了，喝也喝过了，这下总该走了吧。正想着，他却走过来，气闲神定地在沙发上落座，自己倒了一杯茶，跷起二郎腿，悠闲地品着，一副长住沙家浜的架势。

我皱了一下眉头，真是越来越不对劲了，我离开家才不过两个月，就这样面目全非。我妈到底怎么想的？心里厌恶，就不耐烦地换着电视频道，换到央视四套时，男人突然说：嗨，这个《黑洞》好，不知张峰今晚死没死？

竟然是自家人一般的口气，我心下不免一惊，却只装作没听见，口不应声，手也不停，心里挺小人地想：这是我的家，二十几年来，我与我妈相依为命，怎么轮到你说话？

当然，相依为命是我母亲的习惯说法，不管我是不是同意，反正事实上自父亲离开，我们就一直在一起。想到这里，我笃定下来，锁定地方台播放的《流星花园》，安心看那个叫"干瘪酸菜"的女孩和道明寺少爷荡气回肠的爱情。

我妈收拾妥当，端一盘樱桃过来放在茶几上，拿手一挥老唐说：吃啊，这可是好东西。又转向我替老唐讨功说：你不是最喜欢吃这个吗？翘翘，你唐叔买的。

我挺直腰，对着电视屏幕的方向点了一下头，表示我听见了。那些樱桃又红又圆，每一个都有海棠果那么大，我觉得嘴里水汪汪的，有无数欲望的小手从嗓子眼里钻出来。现在才三月，市面上根本看不见这东西，看来这个老唐为讨我妈欢心，也是下了一番苦功啊。可是再想：舍不得孩子，套不着狼，我妈不是已经被收买了嘛！

我妈在我身边坐下来，一边香甜地吃着樱桃，一边说：怎么不看《黑洞》，陈道明演得真不错。

我与男人都不吭声，气氛有些不妥，我妈总算觉察出来了。她就樱桃的问题又说了一堆废话，她是这样说的：老唐，这樱桃六月才上市吧，现在都贵疯了啊，两百块钱买一斤，也太离谱了，以后可别买了。老唐不失时机地说：喜欢就买呗，难得有个你喜欢的东西。

我听出来了，其实废话不废，我妈是想让我知道这个老唐对她有多么贴心贴意。可是她这样一表现，倒像我有多么不孝似的，像《家庭》或者《知音》那些烂故事里边的年轻人，自己搂搂抱抱什么事没有，要是父母搞搞黄昏恋什么的，好像天就要塌下来了。其实我怎么能和那些人一样呢？自己放火不许人家点灯之类的事跟我没一点关系。只是我妈提前总该给我一点准备，我的意见虽不重要，但参考一下总可以吧。

我赖在沙发上，一副将无聊进行到底的架势。男人终于站起身要离去，我妈出门去送他，我在沙发上欠一欠身，连"慢走"二字也略去不提。

就是得煞一煞他的威风，不能让他太得意了。我妈瞟我一眼，眼神中的含意我明白，希望我尽量装得有教养一些，免得丢了她的老脸，我也统统装作没看见了事。

我妈去了多时，仍不见回来，我兀自坐着，突然想，以后再若回家，须提前打个电话征询人家是否方便了。想到这里，无声地笑了一下，为自己的幽默。

我妈她老人家在门外起码待足了两刻种才回来。

终于，我们母女有机会对坐下来，是我妈先开的口，对于我今晚恶劣的表现她只字不提，直奔主题说：我正有事找你商量，你三个月没回家了，三个月发生很多事。

我更正她说：是两个月。她说：都差不多。我说：差得很多……她打断我：我要跟你说的是正事。她神情严肃，一副外交谈判的架势。

我的忍功到底修炼不够，忍不住说：怎么？是我爸浪子回头，要和你重归于好？口气里的讽刺连我自己也听出来了。我妈神情郑重，并不计较我的态度，她说：不，是我要结婚。

你？柳惠心女士，我瞪大眼，指着我妈的胸口，缓缓站起来说：你要结婚？我妈面不改色看着我说：对！我要结婚，我身体结实，至少再活三十年，三十年我不能孤零零一个人过。

我想也不想，打断她说：你还有我，怎么是孤零零？说完自己也觉得有些心虚。果然我妈脸上划过一丝笑，飞快地说：那不一样，你实在闲着没事，才来看看我，并不能一天三餐都伺候在我的身边。

一日三餐侍奉左右？这样的要求未免过分，这样的大话我也不敢说出口，可是……我到底不甘心：你已经错过一次，不要好了伤疤忘了疼，就不怕重蹈覆辙？你总告诫我一辈子错一次已经嫌多，自己说过的话都忘了？

我妈沉着地笑：怕？我有什么好怕？你和我不一样，我又不是十八岁的黄花少女，既没有美色，又没有钱财，至多不过打回原形，还会比原来更糟吗？我妈思维敏捷，气宇轩昂，一副风刀霜剑严相摧残逼出来的老辣。

看着我妈那张脸，线条刚毅，愈觉得陌生，我嗫嚅道：那我怎么办……说完自己也觉得后悔，这种话我怎么说得出口？我是从来不依赖她的，现在怎么突然有了失去依靠的恐慌。这真的是我？

我妈并没有被我一时的虚弱蒙蔽，她叹了一口气，再抬起头时，口气依然是清醒地说：你从小到大都很独立，你什么时候依赖过我，我不过是你的摆设。

我的目光从我妈脸上移开，她说的是事实。我从未依靠过谁，也不敢依靠谁，这个世界上根本就没有谁是可以靠得住的，不管是生的时候，还是死的时候，我们都是一个人……所有的这些我都是知道的。

我盯着电视屏幕，那些男男女女依然在哭哭笑笑，他们的脸实在是滑稽有趣，像一群疯子，也不知怎么回事，我突然说：我爸呢？他就真的从来没有和你联络过？

我妈警惕地抬起头来：你什么意思？

我说：还能有什么意思！其实心里想：与其冒险弄个陌生人回来，倒不如……柳惠心女士是何等聪明的人，立刻看透我的心思，反咬一口说：你和陈世雷可以重修旧好吗？

我长长叹一口气，她什么时候能不用陈世雷来打击我，我们的母女关系一定会重新改写。我跟她不止一次声明过，永远不要再提这个陈世雷，他是我的一个劫数，如果我是孙悟空，他一定是如来佛，我从没有翻出他的掌心。可是我妈总是把"陈世雷"这三个字像暗器一样藏在牙齿缝里，时刻准备着向我发射。

其实她用不着这样，我不过是想和她说说话罢了。

我妈一定觉得我不怀好意，她斜眼看着我说：你可以去找他，那是你亲爹。口气里已不只是刻薄。我索性说：是啊，他当然是我亲爹，我早就想去找他了。我妈冷笑一声，打断我，眯缝着眼睛说：你以为他是从香港或台湾荣归故里呢，拿出银子好好打点我们母女？要真那样，我也既往不咎，给他留点老脸。他现在来找我们，是因为他老了，没人管他了。哼！希望他早死早投胎……

我说：你怎么这样，你的风度呢？你最近不是对佛挺感兴趣吗？难道佛祖教你冤冤相报？她向我翻了一下白眼：你少来这套，不许你去找他，我们母女是相依为命走过来的，你想抛下我不管？！

相依为命？怎么又是这一套！我笑笑，站起来向卧室走，边走边嘲讽道：不怕，谁抛下你，都不怕，你现在有老唐，这个老唐和你情深意切，恐怕棍棒都打不开了。

在家住两日，老人家不辞辛苦，天天外出约会，唐姓的灰发男人在楼下迎来送往。人家倒也没抱怨什么，是我自己醒悟，不该侵城掠地、不知好歹。

撤吧！

五

如果不是樱桃让我等她，我没必要一个人坐在咖啡厅里。

坐一会儿是可以的，但是像我这样，一坐两个多小时，别说自己感觉不对劲，就是别人也会有想法，他们会觉得我要么是在钓鱼，要么就是刚刚遭受过什么致命的打击。

　　我感觉到那些探寻的目光，乱纷纷地落在我的周围，当我去看他们时，那些目光就像搬家的蚂蚁，乱糟糟地退开了。我心中暗自好笑，看在别人的眼里，我抱着咖啡杯，就像抱着自己破裂的心怀，我啜饮着涩咖啡，就像品尝着自己悲苦的心情……老天，他们最好别把我当成一个刚刚遭人抛弃的怨妇才好。

　　其实就目前来说，我的身心健康得很，我只是有些不耐烦，我不知道樱桃还得多久才能回来，至于她去干什么了，我不知道，或者说，事情有些复杂，我不能说明白。

　　事情的经过是这样的：今天晚上，樱桃与我，还有几个搞房地产开发的人一起共赴晚宴，至于晚宴的奢华与丰盛，没什么可多说的，我从不屑于把每道菜的具体做法描述得一清二楚，一是因为我不知道，二是唯恐被人误以为我的前身是厨子。另外我也没必要在这儿朗朗报出菜名，那是恭候一边那个侍应生的职责，与我完全没关系。

　　值得一提的是，出席晚宴的这些女士和先生们。前者自然都是些令人赏心悦目的年轻女孩，她们年轻、美丽、活泼，看着她们，男人就回到了自己的年轻时代。后者范围比较广泛，不能以年龄或长相加以划归。在宴席开始前，樱桃曾经郑重向我介绍过他们的情况，都是些丛总、多总、王总、刘总什么什么的，具体是哪儿的"总"，我都没记住。

　　在席间，樱桃左右逢源、妙语如珠，吸引了全场人士的注意，那个丛总对樱桃赞不绝口说：你应该到外面去发展，在这个小地方，屈才了，想没想过去北京？樱桃眼睛闪闪发亮，很豪迈地和她的知音胳膊勾搭着胳膊喝了交杯酒。

　　而那个刘总则持不同意见，他的观点是：北京满大街都是饿得脸色苍白的精英，与其去那儿当根凤凰尾巴上的毛，不如就在这儿做个鸡头。樱桃马上蛇随棍上，撒娇说：真的耶，只要我能突破八十万经济创收，就可以晋升广告部主任，就看刘总你帮不帮我了。

　　刘总认真地说：没问题，喝完跟我走吧。

　　樱桃立刻跟人换了一下位置，坐到刘总身边去了。

　　众人挤眉弄眼地鼓掌欢呼起来……

我笑笑，并不往心里去，该吃就吃，不客气；该喝就喝，不推让。当然不该喝的，也决不主动要求喝；不该说的，则坚决闭上嘴巴。这样的风格，可能也是樱桃喜欢带我进入她的交际圈的缘故。

可是只过了一会儿，当大家呼唤这些"总"的声音一遍又一遍在我耳边响起来的时候，我突然发现了一件很好玩的事，你注意到了吗？把这几个男人的称呼连在一起，非常滑稽。我知道自己没有醉，可是老听见一个声音在耳边语重心长地说：多留（刘）葱（丛）种（总），多留葱种。

从发现这件事的时候，微笑就挂在我的嘴角。我对着每一个人笑，笑得自己心花怒放，也笑得他们莫名其妙，面面相觑。我甚至忍不住想对着樱桃做口型，像一个老农那样告诫子孙要多留葱种，明年才会有个好收成。

我知道这很恶俗，赶紧站起来去洗手间，樱桃紧随在我的身后，跟进来。站在宽大的镜子前，她忧虑地看着我，足有一分钟后，我的朋友樱桃义正词严地说：你要检点你的行为，男人没个好东西，你有必要勾引他们吗？

我很想从镜子里看看樱桃的脸，可是那上面蒙了一层细密的小水珠，我伸出手，把镜子上的水珠抹去，樱桃和我就站在镜子里了。我看见她的脸粉白粉白的，薄薄的皮肤，像脆弱的瓷器，一碰就碎。

我低下头，拧开了水龙头，开始洗手，可是在这时，樱桃突然从后面靠上来，她紧紧地抱了我一下，脸飞快地在我脸上一贴，我感觉到一颗水滴样的东西落到我脸颊上，缓缓地滑下去，停在腮边上。

樱桃一句话都没有说，我也没有，她松开我，走了。

等我再回到宴席间的时候，他们依然在推杯换盏，樱桃笑得很灿烂，花枝乱颤着。

后来，这一个欢乐的夜就慢慢地阑珊了，大家开始胡言乱语着散去，相约去唱歌，樱桃和那个刘总走在后边，不知道他们在说什么，过一会儿，她过来挽住我的胳膊，摇摇晃晃地跟另外那几个人说：我不行了，我要和翘翘回去。于是刘总自告奋勇开车送我们。

可是上了车，樱桃就没事了，忘了是他们两人谁提的意，我们三人一起去丽园大厦喝咖啡，但是只有樱桃和我进了咖啡厅，刘总没过来，我以为他在后面停车。过了片刻，樱桃的手机响了，她嗯啊了两声，跟我说：

我有点事，你等着我，我快去快回。

临走之前，樱桃又交代了两件事，一是让侍应生把我的一切费用记刘总的账，二是嘱咐我一定等她回来。她眼神蝴蝶一样乱飞，看着我说：你一定等着我，翘翘，咱们一起回去。可是我觉得她根本就没有看见我，她要是看着我，肯定能看出来我有话要说，或者她是故意的，她不需要我说任何话。

……

事情的经过就是这样，我不是千里眼，也不是顺风耳，接下去的事情我肯定不知道，反正樱桃走了，刘总没有来，而且，我估计他不会来了。

他去干什么了呢？或许是和樱桃在一起商量什么事情吧，而这些事情，别人都不方便在场，比如说：樱桃的广告赞助，樱桃的工作调动，或者樱桃的未来发展什么什么的，这些都是有可能的。对此，我没什么好说的，如果一定要说，我也只能说：我的朋友樱桃，她是多么敬业，多么热爱她的本职工作。

而且，她在开展工作的时候，考虑得多么周到，她说：你一定等着我，翘翘，咱们一起回去。

她为什么一定要和我一起回去呢？这也是一个问题，但是并不难以回答。答案有两个：一是她担心我独自回去害怕，二是她担心武医生发现她不是跟闺密在一起，而是跟别的什么人在一起……这是我能想到的两种答案。

当然，我认为后一种说法比较接近标准答案，因为此前樱桃曾多次告诉我，如果武医生问起她的行踪，就说和我在一起。虽然樱桃愿意帮我设置一些细节的问题，我还是有些勉为其难，不是我不够仁义，实在因为我是一个迟钝的人，不具备随机应变的本事，这对我的智力是一种考验。

好在武医生从没有难为我。大概他也看出，我不善于做脑筋急转弯之类的游戏。

好了，如上所述，这就是午夜我独自坐在咖啡厅里的原因。我没有别的要求，只希望樱桃能像她自己说的那样：快去快回。

一个人坐在咖啡厅里，我是不会寂寞的。我说过自己是喜欢独处的动物，况且咖啡厅里有许多风景，是在别的地方看不到的。

比如说今晚，在丽园大厦五楼咖啡厅，我捏着一柄小小的银匙，慢吞吞地搅着咖啡，神情淡漠，心情如水，看人也被人看，就是一件有趣的事。

打量咖啡厅的布局设置，可以看见人生的际遇：铜制落地钟不卑不亢地站在墙角，摇晃着他黑色的指针，时间被拉得又细又长，似乎随时都可能断掉；灰紫色镶布木椅，绕着圆桌团团拢在四周，像一圈又一圈不动声色的陷阱，待君入瓮；而那些半圆形磨花玻璃灯，则如贴在墙上半开半闭的眼睛，将懒洋洋的眼神抚在你的身上——这样的地方，这样的氛围，那些不是很旧的往事，往事中那些扑朔的眼睛，总如一些飞不远的鸟，在眼前盘旋着乱纷纷落下。

我伸手拿起糖袋，给咖啡里加糖，小银匙在杯里缓缓地旋起来，那些鸟儿就飞走了。滑进往事的陷阱，对我没有任何好处，我始终认为：遗忘其实比记忆更重要。

还是看一看周围的那些绅士淑女吧。

邻桌的男人，英俊倒是英俊，可是那五官的轮廓，也过于圆润柔和了，尤其是额头，竟长着一个美丽的桃花尖，像张国荣在《霸王别姬》里程蝶衣的造型。他眼神暗淡、倦怠，似过尽千山万水。而他身边的女人，尖尖的杏仁脸，皮肤雪白松弛，也算是迟暮的美人，穿着考究，却一脸迷茫，她依恋地看着男人，不停地轻声细语，似在婉言相劝，又似在切切哀求。

从这儿数过去第四桌的女人妖冶风骚，艳光四射。而那男人却猥琐如过街老鼠，看人时侧眼斜视，不像只正经鸟。

我正揣摩别人，有一个男人走过来，弯着腰，假装绅士地说：小姐，我可以坐下来吗？

我笑笑，没吭声，心里说：你随便吧，老兄。

男人自己坐下来了，我扫了他一眼，立刻泄气，这个男人长着一只猪脸。我怎么从来遇不到皮尔斯·布鲁斯南那样的男人？靠上来的尽是些阿猫阿狗，为什么小说里那些美眉们碰到的总是梦中的白马王子？

他于对面，向我探着脑袋说：你怎么了？失恋了？我说：谁说的？我很好。他眨巴着眼睛说：那不对，你要是很好的，还捏着个小勺子搅来搅去的，喝完早抬脚走人了，要不我陪陪你？

我说：去，去，去，我不用你陪。他说：反正我也没事，雨天打孩子，闲着也是闲着，就陪陪你吧。我说：那也行，你看见门口那个领班了吗？那是我丈夫，我们可以一起等他下班。

这个男人抬头向那边张望了一下说：你真的，还是假的？我说：真的如何？假的又如何？他磨蹭了一会儿，看我实在也不是个有趣的货色，撇撇嘴走了。

其实，我倒愿意走过来陪我喝一杯的是那个领班，他穿着月白色的制服，迈着稳健沉着的步子，身型高大俊朗，好像他不是在一个咖啡厅里当差，而是在检阅三军仪仗队，他伟岸庄严得让人想为他朗诵诗歌，但是这样的一个人，脱掉制服，回到家里，是不是也要被老婆指着鼻子骂作窝囊废呢……

樱桃一直没有回来，我很困，不住地张嘴打着呵欠，打她的电话却关机，我有点生气，又不敢回去，万一那个武医生在门口等着，我怎么替她解释这件事，我又累又困，又急又恨，后来竟然趴在桌子上睡着了。

不知道时间过了多久，有人推了推我，我睁开眼睛，看见一名女侍应生站在我面前，她说：小姐，你醒醒，你没事吧？那个伟岸的领班竟然也站在面前，他冲我说：发生了什么事情，小姐，需要我们帮忙吗？

我有些窘迫，站起来，向外边走。那领班随在我身边，他说：小姐，你真的没事吗？我摇摇头，那个小姐在旁边碰碰他，小声说：她好像挺不开心，是有什么事想不开吧。我瞄了她一眼，这个善良的姑娘，她看我的眼神无比担忧。

我自嘲道：我看上去很像个想不开的人，是吗？想知道我的情况，请你们留心明天的报纸，上面极有可能刷出这样的大标题：午夜徘徊咖啡厅，少女轻生为哪般。说完，赶紧拔腿逃走，免得再耽误一会儿，被他们捉起来送往精神病医院。

出了金碧辉煌的酒店，站在外面的黑暗中，夜风一吹，我就开始生樱桃的气，她要以潘金莲同志为榜样，那是她的事，干吗要拉上我，我厌恶替潘金莲在外面放风的那个老三八婆，不过得了几两碎银子，害得贴上了一条老命，实在不值得。

扬手拦了一辆出租车，我很干脆地打道回府，心里想：横竖随她去吧，不是我不帮她，实在因为她太过分，不懂得节制，若不幸落入武医生的法网，那也完全是应了一句古话：多行不义必自毙。

六

有些日子没见徐毅了，他好像最近挺忙的，上次见面的时候，他说租了一个地方，要开个酒吧，显得踌躇满怀的。过了些日子，他说装修好了，到时候请我去喝酒。我正等着他开业呢，他又说所有的玻璃和家具都被人砸烂了，得重新整，可是他家连买菜的钱都拿不出来了，也不知这家伙现在怎么样了。

我拨通了他的手机，他说正在办公室谈点事，我说：好久不见了，一起去喝茶？他支支吾吾，似有苦衷，我说：你要不方便就算了。他说：也不是不方便，只是，真不好意思……

我估计他身上可能没带钱，又难以说出来，就笑了：没事，今天我请客。还在老地方。他沉吟了一下，答应了。

我们分头从各自的办公室出来，在楼下大厅相遇，只是彼此点一点头，就先后出了大门，然后在距办公大楼一百米远的地方坐上了同一辆出租车。其实完全不必这样，我们之间并没有什么见不得人的事情，但是做起来就是有点偷偷摸摸的意思，或者是在我们各自的心里，藏着一些隐隐约约的东西吧。

依然是在兰桂坊，不知道为什么，那天的气氛有些特别，空气厚厚地压下来，有点喘不过气来的感觉，我并不介意谁付钱，但是徐毅窘迫的神情，让我心酸。

他坐在我的对面，眼睛看着前方一动不动，不知心里在想什么。他的头发是凌乱的，有些长，有些枯槁，早就该修剪了；还有神情，也是疲惫和木然的。小姐送上东西时，他长长叹了一口气，把饮料送到我面前，我说：怎么了？有什么事吗？

他苦笑了一下，竟然说：你工资和我差不多，一个人挣钱一个人花，多潇洒，看我，上有老，下有小，中间有老婆，昨晚我家孩子又去医院了。

我说：现在呢，没事吧？他摇摇头，又是苦涩地一笑。在这时，我看见他 T 恤衫的袖口已开线，上一次，他穿这件衣服，我已经注意到了，洗过一次，再穿，这个地方依然是开着线的，他的妻子并没有替他缝起来。这就是一个颓废的中年人的生活，我拿起面前的杯子，叹了一口气，不想再看见他开线的袖口。

各自捧着一杯茶，静静地喝着，如水的音乐静静地流淌，是班得瑞空灵缥缈来自天籁的声音，呼啸的风声与排笛的苍凉交错萦绕，一种来自生命深处的迷乱与心碎，瞬间让世界变得雾气蒙蒙。

是徐毅打破了沉默，他说：说个故事你听听吧，是我自己的。

他的声音低沉喑哑下去，看着屋子的一角，那儿矗立着一只巨大的鸡雪红的瓶子，他的目光在这只瓶子上滑上滑下……

我看着徐毅，看着面前这个有些颓废的中年人，惊讶地发现，他的目光渐渐明澈起来，像月光下的水潭，网着一抹幽蓝，他开始慢慢地讲述他的这个故事：

一些日子以前，在一天深夜，他们一家人正沉沉地睡着，电话铃的尖叫声突然把他惊醒，他抓起电话，听见一个女孩的声音说：还有两天，我就要出嫁了，你能来看看我吗？

妻子在这时翻个身，沙哑着嗓子问：谁？因为妻子的存在，他不可能跟那个女孩说别的什么话，只是淡淡地说：哦，我知道了。

在接下来的夜里，他整夜没睡，他想到跟这女孩的一段往事，他也想到了明天怎样跟老婆撒谎，怎样跟单位请假，当这一切都计划好了的时候，天就快亮了，他跑到大街上，给那女孩打了个电话。

于是，清晨，他从自己居住的这个城市，经过一天一夜的跋涉，风尘仆仆赶到了两千里外，在一家宾馆，他见到了打电话的那个女孩，他们紧紧地拥抱在一起……

……

徐毅停下来，看我，没有再说下去，我说：后来呢？他垂下眼睛，低声说：她一直趴在我胸前哭，不肯让我去洗手洗脸……

徐毅的眼皮抬了一下，他又开始看着那只瓶子，眼神伤感，好像那只瓶子就是那个一直在哭泣的女孩，他点点头，缓缓地说：嗯，当然了，我很爱她。他的声音依然真诚，他的眼神依然明澈，但是没有来由的，我有点想哭，突然觉得那个女孩就是自己，不是因为爱，也不是因为不爱，有些委屈，有些耻辱，还有些不甘心……

徐毅没有注意我，好像他的眼里只有那个红色的瓶子，他缓缓地说：那晚，她没有回家，一直让我抱着她，不让我看电视，不让我吃饭，就让我一直看着她的脸……第二天早上，我陪她去婚纱店取婚纱，我骑着她的车子，她坐在大梁上，两手搭在我的手背上。早晨的太阳一点点升起来，照着我们的脸，我看着她的手，那样细白娇嫩的一双手，合在我的手上，我们的手啊，手背贴着手心，我的眼泪一滴一滴落在她的脖颈上……

徐毅的声音渐渐低下去，听不见了，他转过脸来，拿手在脸上掩了一下，等他再抬起头时，声音里有了一些伤感，他说：如果我能给她幸福，我会带她走，但是，我什么都不能给她。

我点点头，再点点头，我是知道的，爱情在每个人的心里，一生只爱一个人，一生只握这一个人的手，这些，我们都是愿意的。可是……也不过这样吧，手心和手背的故事。

也就是那天，在茶坊的门口，我们正挥手作别，猛听得身后有人大喊一声：徐毅，你站住！我们两人当即被施了定身术，一动不动钉在原地。

只见一个矮胖的女人拖着一个五六岁的孩子，雄赳赳地冲过来，指着我高声问徐毅：她是谁？

看架势必是徐毅的妻儿无疑了，那孩子被拖得一路趔趄，跌跌撞撞来到面前。我猝不及防被这女人喝住，不免有些慌乱，可是随即也就镇静下来，我和徐毅并没有什么，不过是经常一起坐坐的同事，心念及此，也就定下神来，冷眼看住这女人。

徐毅的脸唰地就变得通红，靠近他老婆，弯下腰，低声说：你别在这给我丢人，有话回家说。他老婆一扬脸，微微眯起眼睛质问他：回家说？你能说得清吗？她是谁？那目光挑衅地上下打量我，好像随时都会冲上来拼命。

徐毅看看我，又看看他老婆，嗫嚅道：她？她是我同事……不待他说完，他老婆断喝一声：有一起喝茶的同事吗？

我愣一愣，是啊，有经常一起喝茶的同事吗？一语点醒梦中人，也许，我和徐毅之间真的有什么东西在悄悄萌发，也许再经过一段时间，温度湿度都合适了，再有存身的土壤，就真的会发出芽、长出稚嫩的小苗来。我被这样的想法震住了，一时不能说出话来。

徐毅弯腰抱起孩子，拖了他老婆的手，急急地掉身向前走，他低着头，没有说话，甚至没有看我一眼，倒是他老婆，被徐毅拉着一边跟跄向前走，一边不甘心地回头向我怒视。

走到一个路口那儿，他们站住不动了，开始激烈地争论着什么，两个人都转过身来，对着我的方向指指点点。我看见他们的嘴唇在飞快地动，可是听不见他们说的话，只有那个孩子的声音传过来，一声一声妈妈、妈妈地叫着，声音里带着哭腔，而他的妈妈向着我的方向，做出要奔过来的样子，一次又一次，都被徐毅拉回去。

我转过身来，再也没有看他们一眼，飞快地走了。

当天晚上，徐毅的电话打过来向我致歉，请我别跟他老婆一般见识。我说：没关系，她是对的，哪有经常一起喝茶的朋友，喝着喝着，问题就出来了。他在那边顿一顿，再说：我知道你不高兴，她这人就这样，看见我跟个女的在一起就紧张。

我说：我没有。他固执地再说下去：我们经常因为这些事吵，她经常偷看我的传呼、手机，遇到她认为可疑的号码就坐立不安，非得弄明白了不可，唉，我真是没有办法……

听着听着，我就听出一些诉苦的味道来了，他本来是安慰我的，现在倒变成我安慰他了，我说：你得试着体谅她，他在那边挺生气地说：我还要怎么体谅她？传呼上有段留言，她就认定是接头密码；我跟对门邻居笑笑，她就一口咬定是暗送秋波；我若到街上去转转，那势必和情人约会去了……

我憋住笑，心里当然明白，越是这种中年女人，越是有危机感，一门心思就是盯牢自己的男人，省得一错眼珠的功夫，就被哪个小狐狸精摄了魂魄。那些月薪两万的白领丽人才没这等闲功夫，你这厢刚刚试探着迈出一只脚，人家早就扭头而去啦，连衣袖都不带挥一下的。

徐毅在那边继续控诉他的种种苦难，他说：我从不好意思跟别人说，可是再憋下去，我非疯了不可，她那样子，你也看见了，我真是受够了，改天吧，我们一起坐坐，我真的有很多话想说……

我支支吾吾，寻个理由赶紧挂了电话，心里说：仅此一次，已足够。也许省下喝茶的钱，他可以带孩子去肯德基，或者给妻子买件削价的新衣服，这些措施，都有益于增进他们之间的夫妻感情。

同时，我心中也暗自庆幸，幸好和徐毅仅此而已，倘或真的和他水乳交融，而被捉奸在床，恐怕就没这么容易脱身了，非得掉一层皮不可。况且，就算我们愿意深入下去，又能怎样呢？不过又一出手心和手背的故事罢了。

还好，还好，这个女人及时从天而降，终于使我在悬崖边上勒住了马的脖子。

至于徐毅的遭遇，我当然深为同情，可是同情有什么用呢？账单不会少付一张，钞票不会多出一毛，他妻子不会变成薛宝钗，更不可能一夜之间中了六合彩，所有的一切，还得他自己去担当。用红楼梦里贾宝玉那句话说：谁也替不了谁！

七

我妈多日没有消息，估计是与那个老唐紧锣密鼓筹备婚礼。我间或打过几个电话回去，不管清晨还是夜晚，每次都是老唐同志亲自接听，由他再转与我妈，单听我妈的声音，也知道柳惠心女士目前极为幸福。

我告诉她有事尽管开口，她说：不用，不用，你也够忙。听得我心底悲凉，自从这个老唐插进一只脚来，我妈对我是日益一日地客气起来了。我三个月不回去看她，她也不会气势汹汹找上门来，最多一句"不回来拉倒"了事。

若在以前，她但凡有一点事，必得支使我在前边鸣锣开道。而今，人家不麻烦我，我倒又不习惯了。本来还想说：自己孩子有什么客气的。可是想想，越发显得见外了，索性闭上嘴巴，按下心思，等母亲通知我她的婚期。

这一天，我妈的电话终于来了，却不是请我参加婚礼，而是告诉我她在市立医院，让我赶紧过去。

她声音悲苦，似在强压呜咽，这种情形实在出乎意料，吓了我一跳，问她怎么回事，她吸一下鼻子，没好气地说：叫你过来就赶紧过来。

我十万火急赶往医院，在二楼候诊大厅，我刚一露面，我妈就从黑压压的人群中扑过来抱住我，并立刻放出悲泣，似乎眼泪早就准备好了。大厅里那么多的人一齐看着我们母女微笑，好像我们在拍悲情电影。

我低下头来，拉着我妈躲到一根柱子后面，在椅子上坐下。那个灰发老唐一时间也不知是从哪儿钻出来的，抱着我妈缀满亮片珠子的背包，拿着矿泉水，缩头缩脑地跟过来。

我扫他一眼，皱起了眉头，真是，这么大年纪的人了，还老葱装嫩，头戴小凉帽，身穿背带绿短裤，打扮得像个学龄前儿童，就差额头点上小红点了，简直太不自重。我恶声道：你把我妈怎么啦？

老唐连翻了几个白眼，好像我这句话是一块热年糕把他噎住了，他气呼呼把手里的东西往椅子上一撂，两手握拳，摆在左右腰间，冲我说：我把你妈怎么了？我把你妈怎么了？你妈有肝病，她都没告诉我，还我把她怎么了。

他一屁股墩在椅子上，鼻子呼哧呼哧地喷着气，把脖子扭向一边。我妈按一下鼻子，抬起脸，眼泪汪汪地说：老唐啊，我真不知道，我要知道，能不早点治病吗？我还不想死啊……随着这个"啊"的尾音，我妈又放开了悲声。

那个老唐大概也觉得有些过火，叹一口长气，靠过来，拍拍我妈的肩膀说：好了，知道了也好，抓紧治吧，咱商量商量，赶紧住院。

我这才知道，我妈是肝炎病毒携带者。

别说我大吃一惊，就是我妈自己，也完全被这飞来横祸震懵了。要不是办理结婚证必须过健康查体这一关，她根本就不会到医院来，可是她这一查，就查出毛病来了，这个酶高，那个酶也高的，医生要求立刻住院。

可是在此之前，她不但什么症状也没有，还整天和老年舞协的那些"老来俏"们唱啊、跳啊，活得有声有色，就是今天早上她和老唐走进医院这个大门时，还觉得生活充满了阳光呢！

但是现在，不管说什么都没用了，她一抹脸就变成了一个病人，一个传染病患者。

我马上想到了樱桃的男友武晋，他是二医院的内科医院，如果我妈住在二院治疗，有熟人照应着，各方面都会方便很多，于是赶紧给樱桃打电话，把我妈的大致情况告诉了她，并让她联系武晋。

樱桃真够朋友，直接替武晋大包大揽说：没事，就找他，他这时再不帮忙，什么时候帮忙。你等着，我让他在那边安排一下，你们直接过去。

放下电话，我松一口气，坐下来，一边宽慰我妈，一边等樱桃的电话，也许只是五六分钟的时间，电话就响了，是樱桃，我还没说话，她上来就开口骂武晋，骂他冷血、心黑、没人味什么什么的。

我一听心里就明白了，肯定是他不肯帮忙，把樱桃惹火了，她说：不肯帮忙就明说，硬找借口说他们医院治疗肝炎没把握，还是在市立医院效果好，我就不相信，他们医院做广告时，可是吹得天花乱坠……

我不想再听下去，挂了樱桃的电话，呆了一呆，想到"世态炎凉"四个字。

一番忙碌，把我妈在医院安顿下来，已是三个小时以后，护士进来给我妈挂上瓶子开始输液，我与老唐都坐下来安兵歇马。正喘气休息，进来一个微胖的中年男医生找我，我并不认识他，他介绍了一下自己，说是武晋的朋友，让我有事直接找他。

然后他问了一下我妈的情况，把那些药看了看，让护士撤了两种，我不知道里面有什么猫腻，但这肯定就是他对我们的关照，也是武晋对我的关照，这小子，哼哼，还算没有把事情做绝。

改天，武晋的这个朋友又把我妈换进了一个单间。想必也是武晋的关照。

在我妈住院期间，头三天老唐日日过来，也帮不上什么忙，只是坐在一边垂着头，唉声叹气，偶尔给我妈递递勺子，送送碗，也是屏住呼吸，将脸稍稍侧向一边。

三天后，他不怎么露面了，偶尔来了，也是待一会儿就急忙回去，据他自己说他的事情挺多的，又是小孙子，又是小外甥的，哪件事都离不了他。我妈的目光似捕捉飞虫的网拍，总想把老唐拿住，但老唐就像只受惊的蜻蜓一样，躲躲闪闪、惊惶失措，神情再也不像先前那样坚定了。我很有远见卓识地想：我妈的黄昏之恋已气息奄奄，用不了多久，老唐同志矍铄的身影，我们将难得一见。

果然，有一天，我在单位开会去得晚了些，我妈一个人歪在床上生闷气，看见我，埋怨道：怎么才来？你不知道你妈快要死了啊！

我放下手里的东西说：老唐呢？他今天又没来？我妈面色一变，沉下脸子，低头不语。我见情况有异，赶紧闭上嘴，准备溜出去给她洗点葡萄吃，她却突然说：老唐的女儿今天来了。

我等她说下去，她却停住了，缓了一口气，很生气地说：她一口一个我爸老了，我爸老了，好像我非得赖着她们家似的，什么东西……她拿手掩住嘴，想要忍住哽噎，眼里的泪水却一串一串地滚下来。

我拿了一条毛巾递过去，她接了，整个遮在脸上，哭得身子都抖了起来，我一时间有些不能适应，我们母女这样流露真情的时候并不多，我倒宁愿她像往常那样骂骂我出气。

她自己哭了一会儿，慢慢止住了，有些木木地坐在床上，我说：你想吃什么？我去买。她皱了一下眉头，好像在考虑，过了一会儿，没有抬头，小声说：给我买束花吧，从来没人送我这个。

她说得酸溜溜的，我赶紧嗯了一声答应下来，端了盆里的葡萄向外走，花一不能减轻痛苦，二不能填饱肚子，还是先让她吃点新鲜水果比较好。我妈却喊住我，板着脸，很是不快地说：我是个病人啊！

我说行行行，放下东西，马上跑下楼，买了一束红玫瑰回来。我妈把花抱在怀里，像抱孩子一样搁在臂弯上，嘴唇嚅动，面孔扭曲，神情悲喜交加，继而，她把脸埋在花丛里，过了片刻，鼻音很重地说：我恨老唐！

平时电影电视里为了感情哭哭笑笑的，都是些奶毛没干的家伙，今天有满脸褶子的人现身说法一次，我实在不知如何应对，劝吧，有些不妥，要不劝，似乎更不妥了。

我扭扭捏捏在床边坐了，一时不知该扶着她的肩膀，还是给她递块手绢，毕竟她是我的妈，用她自己的话说"我是个病人啊"。我狠狠心说：你别这样，恨别人等于拿着人家的错来惩罚你自己。

我妈拿手按一下鼻子说：我就是要恨他，这个无情无义的东西。

我尴尬地闭一下眼睛，听听这腔调，越发的失去理智了，平时还总说我幼稚，轮到自己还不一样乱了方寸，弄得这样，老不老，小不小的，真是。我心里暗忖，却不敢说出来，病人从不需要逆耳忠言，这不利于恢复健康，我妈需要的是安慰，我放柔了声音说：你应该体谅老唐，人家和你非亲非故，没义务来照顾你。

我妈抬起头来，有些委屈地说：他原来不是这样的，他说他会好好照顾我，说的比唱的还好听……她青灰的脸衬着鲜活的玫瑰百合，还有葱绿的相思草，简直令我不忍目睹，万一查房的护士在这时进来，我会很不好意思，这又不是拍电视剧，图个热闹。

我锁了眉头，告诫自己对待病人要有耐心，可到底修炼不够，忍不住说：你怎么能这样呢？原来你是准备和人家成双成对的，老唐对你寄予厚望，可你都这样了，人家哪还敢胡言乱语，稍一不慎，后半生的幸福就葬送在你手里了。

我妈迅速抬起头，剜了我一眼，说：你注意点，你对病人什么态度？

我妈一病，实在把我折腾得不轻，我又没有别的亲人，谁都不能靠上来帮一把，几天下来，我已元气大伤，腿也软了，脸也黄了。

那一天，难得我妈心情还好，我决定好好犒劳一下自己，寻了一家酒店，去补充营养，阳光大厦的甜脆银耳盅与神仙鸭子都不错，它们对我的皮肤与身体都实在极为必要。

正是晚饭时间，酒店的生意极好，每一张桌子都是满的，我在大厅里四处巡视，突然就看见了武医生，他们三个人，看样子已经吃完，正在喝茶说话，看见我，站起来冲我扬扬手。

我就高高兴兴地走了过去，武医生和我说话，可是他并没有看我，他看着我的身后，目光似线，愈拉愈长，越过众人，在整个餐厅绕了一圈，像布下一张捕猎的网。

我说：看什么呢？他把目光一截一截地收回来，笑着说：一个人吗？我说：一个人，你呢？没和樱桃一起？他看着我微笑，可是那笑实在渺茫，像老女人脸上的脂粉，虚伪得可怕。他很快地说：樱桃说她今天和你在一起。

我吸了一口冷气，猛地醒悟，原来他之所以四处张望，是以为樱桃会在我的身后出现，难道樱桃又在跟他玩金蝉脱壳？她准又跟他说：没办法啊，亲爱的，翘翘要考试，或者说翘翘得去看妇科医生，再或者说翘翘她妈被她气疯了什么什么的，总之那个不懂事的柳翘翘非得在今天把他们拆散了不可。我知道樱桃，她肯定是这么说的，这样的黑锅我背了不是一次两次了。

这个可怜的人，这个故作镇静的武医生，此刻他一定是忍受着巨大的悲痛吧？他的心里……对，小说里可都是这样形容的，"心如刀绞"或者"万箭穿心"。我低下头来，虽然错的不是我，可是我依然很内疚，我很希望能做点什么，以减轻他的痛苦。

要命的是，我还没有想好怎么安慰他，可恨的嘴巴已经迫不及待地张开了，我听见一个很不动听的声音说：哦，樱桃……他向我点点头，微笑了一下，我想他一定在等着听下文，可是我并没有准备下文，又必须说下去，于是硬着头皮再说：我们……刚刚分开……说完马上觉得不对，我刚刚还问他怎么没和樱桃一起。

我的脸唰地红了，简直像个上了台才发现拿错了道具的小丑，而这个武医生他还是那样向我点点头，在这个瞬间，他的反应让我有一种错觉，好像我不是在某个餐厅，而是在医院的妇科检查室里，他是我的主治医生，而我是一名病人，为了一种难以启齿的病症，扭扭捏捏。

我强作镇静，看着他的眼睛，因为说谎的人才不敢正视，我还想轻松地向他笑一下，以证明我说的是真的。但是他的眼神，像一把锋利的剔骨刀一样，慢慢把我挑开了，所以我的笑根本没有达到预期的效果，它只是嘴角的一下抽搐。值得庆幸的是我坐在椅子上，才不至于晕倒在地。

当然，我也希望武医生不要突然晕倒才好，遇到这样的情形，谁也免不了看今朝，心潮澎湃；忆往昔，乱箭穿心。但是就算他此刻欲哭无泪，动也不能动了，最好也别在公共场所失去理智，坏了风度。忍一忍吧，找个没人的地方去埋藏忧伤，或者把那个小贱人揪出来，狠狠地揍一顿。

但是这个武医生，他两腿微微分开，像"大"字的那一撇一捺，结结实实地踩在大地上，他沉着地向我说：你说完了吗？那我走了。好像他站在这儿，不是因为想知道女友的行踪，而是出于对我的一种礼貌。然后他就真的和那几个朋友一起走了，微微昂着头，迈着四方步，一副睥睨天下的架势。

我抬手摸了一下额头，竟然湿湿的，都是冷汗。

看着他的背影，一股很奇怪的柔情涌上了心头，突然觉得他的小眼睛并不难看，虽然小，可是小得聚光，小得含蓄，小得让人怦然心动。还有那微微鼓起来的啤酒肚，我竟然也是喜欢的，我甚至在心里说：没有肚子，那还叫个男人嘛！

总之，我看着这个有点丑、有点冷、有点胖的男人，竟然觉得他蛮有味道。

八

我没想到徐毅还会来找我，这完全出乎我的意料。

那是一个周六，我闲着没事，没有约会，也没有应酬，一个人关在屋里睡了一整天，醒过来时，已是傍晚。

黑沉沉的夜，正一点点压过来，屋里静得令人窒息，樱桃不知疯到哪儿去了。我窝在床上给我妈打了一个电话，她说她正在广场上遛狗，广场上有很多人在跳舞，小贝贝可高兴了，围着她蹦啊跳啊的，然后我听见我妈说：贝贝，贝贝，快叫姐姐。

我妈大概把手机放在她小女儿的嘴边上，我听见那狗东西冲我响亮地汪汪了两声，算是认下了我这个姊妹，我妈在旁边美滋滋地说：你听见了吗？贝贝可懂事了，我喜欢的人她就喜欢，我不喜欢的人，她连理都不理。

我暗自庆幸，幸好买了这只宠物狗送给我妈，否则她的日子不知有多难过，原来她有好多铁杆舞友和牌友围绕着，人家要请她跳个舞玩个牌什么的，她还挑三拣四的，可自从她自己成了一个肝炎患者，人家就离她远了。倒是有一个人不嫌她，愿意和她跳，可那人有一只眼是斜的，我妈虽说现在落魄了，这点骨气还有，不愿降低了自己的标准，干脆和谁也不跳了。

我嘱咐她坚持吃药，感觉不舒服，马上告诉我，我妈不耐烦地说：你要不提醒，我都不知道自己还是个病人。正和她说着，听见门铃响，我和我妈道别，起身去开门。

可能是樱桃回来了，这家伙经常懒得掏钥匙，也可能是武晋，若是他的话……

趴在猫眼上，我偷偷向外面瞅了一眼，这一眼让我心下不免大吃一惊，门外站着一个人，竟是徐毅，他怎么来了？自从上次和她老婆有过短暂的会面之后，我们再也没有见过，他倒是打过两个电话，都被我搪塞过去了。关于这件事，我已及时想明白了，就算寂寞，也没必要去招惹他，一个肩负着家庭重任的男人，并不是好的消遣对象。

我打开防盗门上的小窗，将脸贴过去问：咦，徐毅，你怎么来了？他靠在窗口，一张脸被小窗上的雕花图案切割得支离破碎，他似乎极为苦闷，沮丧地说：翘翘，让我进去坐一会儿。

一股浓重的酒气立刻扑了过来，我向后退了一下，隔着门，在昏黄暗淡的廊灯下看他，已完全没有情趣，面色青暗晦涩，泪囊显得极大，而那些雕花图案纵横爬在他的脸上，使得整个人无比的怪异落魄。

我没有打开门，倘或我爱他，我会让他进来，我不计较门前的事与非，欢乐是需要付出些代价的。可是现在，我对他真的一点感觉也没有，连最先的那一点牵挂与不舍，也早就消失殆尽。

他拿手轻轻敲打着门，声音里带了一些哀求，说：翘翘，你开门啊，我想见你。这样暧昧的态度使我心里涌上一丝厌恶，好像我们之间真的有过什么，我强压着不满，小声说：回去吧，让人看见不好。他仍固执地贴在门上，说：你不想再见到我了吗？你不喜欢我了吗？

我砰一声拉上窗，再啰唆下去，他恐怕连爱也会说出口来，真不明白，他是凭什么觉得我喜欢他的？他也许会说：凭我们经常一起喝茶，所有的感情不都是这样不经意开始的吗？

我狠狠咬了一下嘴唇，或许，他没错，错的是我，他老婆是对的，哪有一起喝茶的同事？

他没有离开，仍伏在门上，一声一声地叹息。我最看不得这样，就算喝了酒，也是要对自己的行为负责的，倘或我是他的亲爱的，那则另当别论。

再一次拉开门上的小窗，我说：别让我看见你这样，你不觉得这样很丢脸吗？

他拿手一遍一遍地抚摸着防盗门，嘴里哧哧地笑着，笑声里夹杂着哽咽，他说：门里……门外，这就是咫尺天涯啊！

我拿手使劲捂住耳朵，他的手摸在门上发出一种可怕的簌簌声，让我浑身一阵一阵发紧，感觉一层又一层的汗毛，浓浓地从皮肤底下钻出来，似乎用不了多久，我就出没在神农架的原始森林里了。

也许是在半个小时之后，也许是更长一点的时间，我听见徐毅沉重的脚步声，终于踉跄着离去了。

打死我都不敢相信的是，第二天早上，徐毅的老婆竟然押着他找上门来。

门铃响了的时候，我还以为是樱桃从哪儿偷欢回来了呢，我穿着睡衣，赤脚踩着拖鞋去开门，一个又白又胖的女人堵在门口，她拿手戳着我的脸喊：姓柳的，你说，昨晚徐毅是不是在你这儿过夜？

徐毅？我的脑袋轰一声就炸开了，危险来得太突然，我完全没有反应过来，只是本能地想把门关上。女人敏捷地推开我，一脚门里，一脚门外，小型泰山一样横在门口，她冲着走廊下边一挥手，喊道：徐毅，你给我过来。

徐毅缩头缩脑在我眼前出现，向他老婆弯着腰，低声下气地说：没有，我们真的没在一起过夜。她老婆拿手揪住我睡衣的领子连声喝问：你说，你快说，到底是不是？

我气得浑身发抖，却无力挣脱，只能恨恨地问：徐毅，这到底是怎么回事，你要这样害我？

她老婆在旁边冷笑一声说：别给我演戏，装得还挺无辜。徐毅坦白了，他说昨晚你们在一起……

一口恶气堵在喉咙，我觉得眼前发黑，浑身瘫软，徐毅急急转向我，苦着脸说：真对不起，我跟她解释不清……他掉过身想走，她老婆飞身上前，一把揪住徐毅的领子，另一手揪住我的领子，冷笑一声说：想跑，门都没有，今天不说清了，谁也别想走。

我听见楼上楼下的门锁都有了反应，也有了脚步声，可是没有人出来规劝，我横下心来，猛地低头撞向这个母夜叉的胸口，她噔噔向后退了两步，依然紧紧抓住我的领口，我听见衣服哧的一声被撕开，我拿手去掩，她趁机对着我的脸就是一巴掌，并将我推下楼梯。

我只觉得脚下一空，人就跌了下去，幸好慌乱中伸手去抓楼梯，没有完全滚下去，顺着楼梯翻了两番停住了，一时间，只觉得脚踝处钻心般的疼痛。而那个勇敢的女人并不就此放过我，她再一次扑过来，对着我抡起了巴掌，就是在这时，我突然看见了武医生，他从我身后一步窜过来，对着徐毅的老婆顺势一推，那女人就扑哧一声跌坐在了地上。

徐毅原本在旁边惊慌失措地哭丧着脸，这时见他老婆摔倒在地，马上冲武晋喝道：你敢打人？你凭什么打人？匆忙间竟然一捋袖子。武晋淡漠地看着他说：打了又怎样？再闹事，我连你一起打。他挺直腰杆昂着头，蔑视地看着徐毅。

我松了一口气，完全没有想到抡圆了巴掌替我说话的，竟是这个冷酷的武医生。想要趁机站起身来，可是我的脚好像扭伤了，趔趄了一下，又坐在地上，这时才看见脚踝处一摊一摊的血涌了出来。

我心下一凉，再看徐毅，他并没有冲上去跟武晋拼命，而是赶忙伸手把他老婆从地上扶起来，而他的老婆呢，紧紧地抱住了徐毅，把脑袋靠在他怀里，万分委屈地放声哭起来，徐毅拿一条胳膊护着他老婆，仇恨地盯着武晋……

我在旁边看了，不禁又好气又好笑：人家到底是原装正版夫妻，关键时刻，立马掉转枪口，一致对外。我并不嫉妒，我只是不能看下去，我说：你们要表演夫妻情深，请回自己家里去。

徐毅看着我，愣一愣，在一瞬间他的脸上血色上涌，有些红了。他松了手，退后半步，微微垂下脸，他老婆仍然紧紧抱住徐毅的胳膊，带着哭腔冲我嘟囔：你说，昨晚是不是和我们家徐毅在一起？

在这时，我听见武晋说了一句话，他冷静地说：她昨晚跟我在一起，你管得着吗？

我心里咯噔一声，也不知为什么，竟然抬眼去看徐毅，完全是下意识的自然反应，而他竟然也飞快地扫了我一眼，那眼神竟然是仇恨的、鄙视的，混着些许的屈辱，他用这种复杂的眼神只扫了我一眼，就闷闷地掉转身，一言不发，飞快地走了。

他老婆恶狠狠地瞪了我一眼，前去追赶，一边追，一边声声呼唤，徐毅，徐毅……这两个字今天听来，竟是如此刺耳惊心，可就是这两个字，也曾令我觉得温馨……

我愣在原地，无声地笑，笑纹从我的嘴角扩散开去，像水波一圈一圈地向外荡漾，这可真有意思啊，昨晚我到底和谁在一起，这很重要吗？徐毅为什么要用那样的眼神看着我，就算我昨晚真的和别的男人在一起，与他又有什么关系，他竟然有脸对我仇恨？这世界真是乾坤颠倒，我一不是他老婆，二不是他养的小娇，三不是他的未亡人，他有什么资格对我仇恨呢？

我咯吱咯吱地咬着牙，使劲憋住眼里的泪，这可真是天下最好笑又最可气的事。走廊里静了下来，我的心又沉了一沉，武晋救我时的急迫已过去，现在他留在这里，徒增我的难堪与屈辱，我瞄了一眼他不动声色的脸，也许他真的会认为我和那个鸟人混在一起吧，我气呼呼地冲他说：我昨晚真的和他在一起，又怎么了？

他愣了一下，眼神飞快地在我脸上一闪而过，垂下眼皮，无所谓地说：不关我事。

我扭过脸，有些绝望。撑着楼梯栏杆，我想要站起身，可是一阵刺痛袭来，我哎呀一声，又坐在了地上。他伸出手来扶我，我把他的手推开，可是怄气实在解决不了什么问题，我的脚很不争气，它并不配合我。

最终，武晋搀扶着我回屋，我在沙发上坐下，他在我面前蹲下来，说：让我看看。我赶紧向旁边挪了挪身子拒绝他，这个人，我们从没有靠得如此之近。他瞥了我一眼，没好气地说：我是医生。口气是平静的，也是坚定的。

我呆一呆，服从了他，提起睡袍的一角，他蹲在我的脚边，伸出两个指头，捏住我的踝骨，问：疼吗？疼吗？我咝咝地吸着气，这个家伙真够狠心的，手劲这么大，疼，当然疼，我额头都冒汗了。他淡淡地说：外皮这个伤口没事，养养就好，筋肯定是扭伤了，去换件衣服吧，咱们去医院拍个片子。

我坐着不动，拿牙啃着手指甲，樱桃到这时都没回来，不知她在哪里欢乐。他说：怎么了？别耽搁时间。我支支吾吾说：你不等樱桃了？他把脸扭向一边，我看见他的腮帮骨倏地一突，眼睛看着墙角，不吭声。片刻，他转过脸来，气冲冲地说：管你自己吧。

我单脚跳着回屋去换衣服，拿过一件白色T恤时，武晋紧紧咬着嘴唇的样子在我眼前飞快闪过，我突然特别想哭，用T恤蒙住脸，眼泪就下来了。这一次，不是因为脚上的疼痛。

九

武晋陪我在医院拍了片子，骨头没事，只是扭伤的筋骨需要休养，我跟单位请了长假，武晋帮我弄了一副拐杖，樱桃给我借了一大堆影碟和书，我开始在家休养。每天睡到自然醒，肚子饿了叫外卖，钱少花，事少办，人少见，话少说，生点小病，我是愿意的，日子过得多么充实啊！

在家养伤的第二天，我妈与我家新成员柳贝贝也来看我，进屋就一惊一乍说：这屋子结构不对，我说呢，最近咱家怎么这么多倒霉事。那个柳贝贝耳朵上扎着蝴蝶结，脖子上挂着小铃铛，身穿黄色小马甲，在屋里转来转去，装模作样，像个风水先生似的。

我跟我妈说：你大热天给它捂得那么严实，小心生痱子。我妈说：平时在家不捂，出门的时候，才打扮打扮，这一打扮就是好看，走在路上，人家都看我们娘俩。

我听着实在刺耳，连连撇嘴说：不就是一条狗吗？穿上马甲就跟我姓啊！我妈严肃地说：你别不服气，咱家贝贝可高傲了，她只和徐亮亮玩，他们两个特别要好。

我纳闷地问：徐亮亮是谁呀？我妈说：徐亮亮就是广场上最漂亮的那只小公狗啊……我笑得差点背过气去，我妈接着又骄傲地说：徐亮亮他爸你知道是干啥的吗？他爸是公安局长。我感叹：啊！那祝贺你，你小女儿终于攀了门高亲。我妈乐滋滋地笑，美得像朵花似的。

我妈希望我回家去住，我说算了，我三天两头得换药，武医生可以帮忙，若回家去，他又不能跟着过去。

可是到了那天晚上，武晋就和樱桃闹翻了。那是一个晴朗的夏夜，屋外斜风细雨，细密的雨丝，打在窗子上沙沙沙地响着，空气微凉，恬静而湿润。我在卧室里抱着一本书看，客厅里传来低低的说话声，是樱桃和武晋。

但是，突然之间，樱桃的声音拔高了，尖利又刺耳，她说：姓武的，分手吧。我吓了一跳，该来的到底是来了。我竖起耳朵，想听听武晋的声音，可是这个家伙一声不吭，好像他又睡着了，倒是樱桃又恶狠狠地叫了一声：听见没有？我要和你分手。

她好像是真的生气了。我抓着椅子的扶手犹豫，拿不定主意是不是该劝劝他们，正左右为难，我终于听到了武晋的声音，他平静地说：你再想想。樱桃忍无可忍地叫：有什么可想的？我都想了两年了，这两年我天天想，现在终于说出来了，真他妈痛快……

我不得不拄着拐杖走出来，我说：你们都冷静点。

他们两个人都奇怪地看了我一眼，樱桃是一个恶狠狠的白眼，武晋是淡然地一瞟，他从椅子上站起来，双手插进了裤兜里，说：那好吧。他甚至还向我欠了欠身，然后昂着头，从容不迫地走了。

樱桃抓起桌上一个镜框摔在地上，那是他们两人的一张合影。

第二天傍晚，门被人嘭嘭敲响时，我正在客厅看VCD，樱桃过去拉开门，我听见她"哼"了一声，甩手向里走。武晋进来了，提着个简易急救箱，他没看樱桃，直接向我走过来，简单地说：换药。

他放下箱子，戴上了胶皮手套，然后俯身在沙发边，开始解我脚上的纱布，他这一套动作把我和樱桃都搞糊涂了，不过好在他平时就是个挺奇怪的家伙，我心里想：这小子，挺有一套，借这机会给樱桃道歉呢！

我偷偷去瞅樱桃，她虽然目不斜视，可抿着的嘴角也挂着一丝得意，武晋的道歉方式倒是别开生面。

武晋手脚利索，稳、准、狠、快，在五分钟的时间里，已把新药棉包在我脚上。他褪下手套，把它与换下的纱布一起，扔进垃圾桶，又旁若无人去洗了手，回来提起箱子时，他说：后天我再来。然后就挺着胸脯扬长而去。

自始至终他没有和樱桃说一句话，甚至都没有看她一眼，樱桃和我一样目瞪口呆，她恼羞成怒地奔到门边，使劲踢了房门一脚，骂：什么鸟人？装酷！

武晋隔天再来的时候，樱桃不在，我不知道她是故意的，还是真的有事。

那是个傍晚，晚风从敞开的窗子徐徐吹进来，我眯着眼睛看窗外，西边的天空，夕阳是一抹令人心碎的血红，武晋就是在这时来的。

他依然沉默地给我换药，一张脸是沉静的，似乎波澜不兴，而他的手熨帖、微凉，在这个闷热的夏天的傍晚，像风吹冷的一片树叶，轻轻贴在皮肤上，清爽而舒服，有一点杂念，淡淡地涌上心头，可是……

我眨一眨眼，逼它退去了。再看他的脸，这样的一张脸，像沉船后静静的海面，可是我想，曾经的那些不平静，海面还是静静地记着吧。我说：是为了樱桃？

他淡淡地笑，用镊子夹了棉球沾上药水说：你是病人。我说：街上需要救助的人很多。心里希望他能看着我的眼睛，可是他不看我，他看着手中的棉球说：我又不认识他们。然后把棉球压在我的脚上轻轻地抹着。

我依然盯着他的脸，这张脸实在让我有太多的迷惑，不飞眉，也不舞眼，不悲伤也不喜悦，可是他刚刚和女友分手，怎么会这么平静呢？他突然抬起头，稳稳地接住我的目光说：你在研究我是吗？你想知道什么？

倒是我不敢再跟他对视了，微微侧了脸，我问：你一点都不伤心吗？和樱桃。

他无声地笑了一下，把棉球扔进垃圾筐，换一个新的再沾上药水，眉毛和眼睛又垂下来，像敛翅的鸟羽，我不甘心地追问：真的，一点都不吗？他停住了，淡淡地看着我说：伤心有用吗？过去了的，就是往事，不要再提了。

我沉默下来，心里知道，我是有些喜欢这个武医生的，也许这有点不大好，但是这个世界上，还有什么事情是非常好的呢？

也就是在这一天，当武晋给我换过药，提了药箱准备离开的时候，我叫住了他，他站在门口，侧身站立着，夕阳从他头顶的方向斜斜地打过来，他的一张脸网在一片灿烂的金色里，我不能看清他的眼睛，但是我叫住了他。

他站在门口，我坐着沙发，在我们的中间，隔着整整一间屋子的空气。我说：你想过结婚吗？他说：想，怎么不想。我妈五年前就把订婚戒指买好了。可是戴戒指的那个人，谁知道在哪儿呢？他嘴角绽开一抹笑，有很浓的嘲讽。

我静静地说：我呢？你看我怎么样？

他看我，随即一扬眉，说：这也开玩笑？太不礼貌了吧。

我一鼓作气说下去：是真的，你看我，有大学文凭，算不上美女，也还凑合；没有下岗，也不待业，艺术馆的工作发不了财，可混口饭吃不成问题；另外我母亲有退休金，不用我救济她，所以，我条件还说得过去。

他认真看我，我接着再说：我没什么坏脾气，不愿和人争长论短，洗衣服做饭，我都会，相夫教子我也能做好，我们可以试着开始，你说呢？

他好像慢慢回过神来，憋着笑说：柳翘翘，你一直都很幽默。

不知道为什么，我有一点委屈，还有一点心酸与不甘，雾翳蒙上了眼睛，我仍然逼退它，我说：这很不礼貌是吗？但是，我打定主意，就这样不礼貌下去了，你是不是愿意考虑？

他依然站在门口，看着我，不笑了，过一会儿，小声问：为什么是我？我是樱桃的前男友。

我掉脸看着窗外，窗外的夕阳无比的绚烂，它有些刺痛了我的眼睛。过了片刻，我说：有什么关系呢，你不是樱桃的前男友，也会是海棠、茉莉什么的前男友，不是吗？

沉默着，我们仍各自待在原地，静静地看着对方，屋子里的夜色有些浓了，片刻，他伸手去拉门，在走出去之前，他说：我明天过来，你喜欢什么花？玫瑰还是百合？我说：鸢尾。

他看了我一眼，轻轻地笑了，点一点头，轻轻带上门走了。我靠在沙发上，慢慢地想着，一个男人，是不需要说的太多的，一个男人，也是不需要长得太好看的，但是他要懂得幽默，经得起品味。

十

这是我和武医生的故事，我决定把这个故事告诉樱桃。

那一天晚上，难得樱桃没有应酬，也不急着休养生息，她拿着一件金光灿灿的小内衣跑进我的卧室，向我展示她的内衣秀。我承认她的身材和面容都是一流的，这天生注定樱桃不能安分守己，这不是她的错，真的。

想了想，我这样跟她开始，我说：武晋这几天都在这里，他来照顾我。

樱桃怔一怔，很快说：不错啊！她把那织金小内衣贴在胸前，仍在镜子前照来照去。

我再说：我想和他约会。樱桃终于停止了摇晃身体，她保持那样的姿势站了一会儿，转过身来看着我，眼神凌厉，说：武晋在追求你？

我摇摇头，说：不是，先追他的是我，不可以吗？樱桃很认真地上下打量我，也许她想装得镇静一点，但到底忍不住吃惊，质问地：为什么是他？

我说：为什么不可以是他呢？他年龄适宜，有正经事做，不是俊男，但是说得过去。另外他是医生，若是半夜突发急病，也不用慌慌地拨120，好处实在很多。

也许这真的出乎樱桃的意料，她喘息了一下，说：就为了这些？为了这些，你就和他约会，那不是有一卡车一卡车的人都符合条件？你是为了感恩？可你不是一个容易感动的人，一点点好处就要以身相报，古代的人才会动不动就对她的救命恩人说：小女子无以为报，唯有以身相许。你太不自重了吧！

我坦然：谁不自重？我是看好了他的铁石心肠，说恋爱就恋爱，说失恋就失恋，第二天早上起来，照样洗脸刷牙，挺着胸脯去上班，饭不会少吃一碗，觉不会短睡一会儿，多么珍爱生命。将来有一天，就算他另有新欢，也是抬脚就走，不会缠缠连连。我要是红杏出墙，他最多也是皱着眉头，挥挥手，随我去了。你看，不管将来，还是现在，都是干净清爽，多么好……

樱桃打断我，仍然是审视的目光：为什么？你以前不这样，你一直守身如玉。

我笑：这么高的评价，我并没有像你说的那样，守什么？为谁？

樱桃掉头而去，砰的一声甩上门，她一定是恨不得把门狠狠甩在我的脑袋上。也许，我就此失去最后这一个朋友。

樱桃拂袖而去，但马上又在门边探出头来，恶狠狠地说：我早该知道我是引狼入室，他竟然给你送鲜花，这花是他给你送的吧？樱桃再一次冲进来，扑向那些无辜的花朵，把它们从花瓶里拉出来，摔在地上，恶狠狠地用脚踩着，一边踩，一边骂：我让他送花，我让他送花……

发了一会儿疯，她跌在我的床上，顺势躺下来，拿双手掩住脸，声音颤抖地说：这个死人从没给我送过花，你们是什么时候开始的？你一直在跟我资源共享，是不是？

樱桃哭了，有些伤心，也许是为了武晋以外的什么人，或者什么事。我沉默地看着她，她可以发脾气，没关系，我并不愧疚，关于武晋，我没有跟任何人共享，我现在使用的这一部分资源，是我自己开发出来的。

隔些日子，我的脚好些了，可以一瘸一拐着走路，就带着武医生回家见过我母亲。她坐在家里，闷闷地看着VCD，竟然是《流星花园》。只是人似乎比平时老迈了许多，我还是喜欢她活跃在老年舞协时的样子，英姿飒爽、神采奕奕。

我说：怎么不出去走走？没事和隔壁阿姨搓两圈也好。

她的眼睛盯着电视，像个哲学家似的说：我越是和人接近，就越是愿和我的狗亲热。

我看了一眼武晋，他似笑非笑的，表情暧昧。我觉得这不大好，她怎么能这样，不是在这个极端，就是在那个极端。

三个人都坐下来，喝着茶水，看电视。那个集金钱、地位、荣誉、英俊、痴情等等等于一身的道家大少爷，为了爱情，不怕刀山火海，甚至连命都可以不要，只因为爱一个人，就绝不放她走，这样的爱情真是令人荡气回肠、心向往之。正看得过瘾，我妈突然指着那个男主角道明寺说：啊，这个人，他长的可真像陈世雷啊！眼睛像，眉毛像，笑起来更像……

我瞪她一眼，不作声，怒气憋在心里，胸脯一起一伏，像一只加了盖子的茶壶。武晋奇怪地看着我说：陈世雷是谁？我紧紧地盯着我妈，希望我的眼神能像黑色胶纸一样，结结实实封住她的嘴巴。

我妈不看我，她不但毫无顾忌地张开了嘴，在说话之前，还不怀好意地瞥了武晋一眼，眼神意味深长，有揭发我一段风流艳史的意思，她这种故作玄虚的模样引起了武晋的好奇，他的面颊掠过一丝讶异，说：陈世雷是谁呀？你们家亲戚？

我妈飞快地掉转脸，摸了摸缩在她怀里的柳贝贝的脊背，漫不经心地说：反正你也不认识。她闭上了嘴，开始认真地看电视，再也不说一句话了。

我重重叹了一口气。看看，这就是我的妈，不仅狡猾，还有些阴险吧。

武晋离开时，我没有和他一起走，决定留下来陪母亲一个晚上。听着他的脚步声在走廊上渐渐远去，我问我妈：你觉得这个人怎么样？

我妈撇一下嘴，说：你一向自己拿主意惯了，我说也等于没说，可是……她顿一顿，看住我，认真地再说：你快乐吗？

快乐？我笑一笑，又不是小孩子，怎么问出这样的话来。

她再问：怎么突然想到了结婚？

我毫无意义地叹一口气，说：不结婚干吗呢？我又不是歌星演员，成年到头赶着出唱碟，或是飞来飞去拍片子，也不研究学问，更不可能夜夜笙歌在酒吧里买欢乐，不结婚干吗呢？

她突然飞快地笑了一下，说：我也是这么想的。

站在窗前的阳台上，我看着楼下武晋的影子，朦胧的夜灯下，他沉稳地向前走着，并回过身来，向我挥一挥手。也许他笑了一下，也许没有，黑暗中，我不能看清他的脸。夜风掀起了他衣服的一角，飒飒地翻飞着。

我静静地看着走在路边的这个人，心里知道，世界是更大的汪洋，与人相拥沉沦，总比一个人溺水好得多。

有一点温暖，有一点感伤，还有一点淡漠，这个男人，我也是有一点喜欢的，至于爱情……还是不提了吧。

燃烧的是什么鸟

一

这是远事。

远在十年以前。十年以前我大约二十岁，二十岁是个奇怪的时期，会发生很多不该发生的事，我们就先从那个春天开始吧。那一个春天，满树满树的梧桐花都开了，淡紫的花朵，喇叭形，一串一串掩在宽大的叶子下，不用风来，空气里也洋溢着微微辛辣的香味。

我喜欢所有开花的树，不管是梧桐，还是芙蓉，或者是可以长成树的栀子花，总觉得开花精致了树们的心思，而树的挺拔又使花添了些骨气，于是花不是花，树也不是树了。所以那一个春天的早上，我走在梧桐树下的林荫道上，心情尚好。

当然，尚好而已，不是快乐。快乐这东西总得我自己亲自去找，要么兜头罩上来的都是些惆怅或伤感之类的玩意儿，这类玩意儿有益于成就诗人或作家什么的，但它对正常人的生活绝没好处。

我什么家也不是，以前不是，现在也不是。二十岁时，我住在这个长满梧桐树的小城里，在新华书店上班。每天早上顺着这条路去书店，每天晚上再顺着这条路回家。

我步行，没有骑车，因为我妈宁肯给我买一件几百块钱的呢子大衣，也不愿给我买一辆新车。她的理由是：如果我的衣服能让人眼前一亮，那么他就有可能看看我的脸；如果他肯看看我的脸，那他就有可能和我交心。既然都要交心了，他根本不会在乎我骑什么样的车……最后，我妈这样反问我：你看见谁因为有一辆凤凰或飞鸽就交了好运吗？

我当然没看见，但是你也发现了她的话里藏着一个问题，那就是绕来绕去那个人指的是男性。对！的确是男性，我妈是勇敢的知识女性，她不需要隐瞒自己的观点，多少年来，她就是等待着这一天，等待着我钓个金龟婿回家，以洗刷她曾经遇人不淑、终遭抛弃的耻辱。

当然了，这是她的想法，她把自己的人生当成一例失败个案，分析研究再总结，为的是避免我拉着一辆破车从她的老路上仓皇蹚过。应该说她的愿望是好的，但能否和她配合好，我没有把握。

其实，我们家有一辆凤凰牌的新车，女式，无大梁。它的模样跟它的名字一样高贵美丽，但那是我妈的坐骑。

归我的那辆是我爸留下来的大金鹿，从我爸离开家，它躺在储藏室已经有十五个年头了。这十五年来，它主人的名字倒是经常花样翻新地被我妈紧紧咬在凌厉的牙齿缝里，至于它，则完全被人遗忘。直到有一天，我提示我妈是否该再添一只"凤凰"时，这个阴魂不散的家伙突然化作一道灵光，从我妈的脑子里闪过。

于是，我妈指挥我把它从那个黑暗的世界扒了出来，晾在阳光下，它就像一匹快要饿死的骆驼一样，瘦骨嶙峋、奇丑无比。

在它归我麾下的第一天早上，我骑着它招摇过市，当我踩左边脚蹬时，我的右脚悬空，当我踩右边脚蹬时，我的左脚悬空。更要命的是它还唯恐别人不知道它重见天日了似的，发出吱吱的欢叫声，一路上吸引了众多纷纷扰扰的目光。

于是，在那一天晚上下班时，我走得极晚，当夜色降临，路灯也亮起来时，我才去车棚里推这个讨厌的家伙。整个车棚空荡荡的，好像它早就等得不耐烦了，我刚一伸手，它就悲喜交加地唱了起来。

我憋着一肚子的气，出了书店大门，就飞身上车，拼命向护城河边奔去。到了河边，看看四处无人，两手顺势一推，它就一头钻进了冬青堆。趁这个可怜的家伙还在稀里哗啦乱叫时，我一溜烟地跑了。

至于我妈，自然要用谎言来打发，反正说真话她也不一定相信。这次我是这样跟她说的：不知道是哪个缺德鬼，也不怕烂了爪子！我怎么找都找不到，连看大门的大爷都在帮我找呢。我们书店挺乱的，丢车的事经常发生。

我妈就把我前三年后五年的种种罪行都翻出来骂了一顿，反正就算我不做错什么，她也是要骂的，否则她读了那么多名著，学了那么多好词，不用一用实在可惜的。我早就习惯了，另外那么多新鲜的词一时都用在我的身上，到最后，我妈忘了是因为什么骂我，我也觉得骂的根本就不是我，既然都不是我了，我还有什么好在乎的呢！

自此以后，我妈倒是添了一样新习惯。每每看见大金鹿，都要盯着仔细看看，好像她真能看出个究竟似的。我心里想：你就别浪费时间了，都十五年没见了，别说是辆破车，就算我爸现在突然站在面前，你也未必就能认出来。

这样一说，你大致就明白了，因为以上种种原因，我步行去上班。闻着空气里梧桐花的香气，听着自己的高跟鞋咯噔咯噔地敲打着红砖地面，我的心情也微微荡漾着。

继续向前走，在前面不远的地方，我遇到了陈世雷——众多我爱过的男人中的一位，一个不安分的人，一个危险分子。但是我的确爱过他，爱过这个渣滓。搞不懂为什么，我跟这些危险分子，就像磁铁的阴阳两极，不管中间隔着多少敦厚老实的人，我们保证会啪地吸到一起，紧密拥抱。对此，我从不接受经验教训，我总是毫无办法地看着这些危险分子把我撕碎了，踩在他的脚底下。

我妈柳惠心女士曾经说过：你总是招惹些地痞流氓，好男人从不把你当真。这话具有高屋建瓴的重要意义，算是她对我与男人关系的概括性总结。

至于我和陈世雷的相遇，没什么好说的，完全是小流氓勾引良家妇女的那一套伎俩。其实当时我一眼就看出来了，街头跟我搭讪的这个家伙不是什么好鸟，但是他火热的眼神多么动人心魄，他挺拔的身材多么风流倜傥，还有，他跨在摩托车上的风采，天啊，简直比成吉思汗一统天下时，还要威风，还要雄壮……

我还等什么呢？如果我现在不投降，也许他的摩托车再往前飞五十米，就会遇到另一段缘分，所以，我心甘情愿、心花怒放地爬上了他的贼船。

你看，爱情就这样来了，谁说一生只等一个人？我敢说，除非你痴呆，要么二十岁时，在你身前身后，左左右右，磕头碰脑的都是缘分。

就是这样，我的爱情在那一个早晨从天而降。陈世雷飞驰的摩托车送我去书店上班，我的手松松地扶在他的腰上，而我的心情和我的长发一起，像乱箭一样凌空射击，将我孤单走来走去的惆怅，放飞得无影无踪。

在未来的若干日子里，我将打着冷战，一遍又一遍地回想起这一个早晨，回想起陈世雷那张脸，还有他阴冷的眼神……我一再地迁怒于那些盛开的梧桐花，我觉得是这些诡异的花朵蛊惑了我，乱了我的心智，蒙了我的眼睛。

二

接下来的日子，陈世雷开始护送我上下班。他总是将我送到书店大门口，而后飞驰离去。

那一天早上，我进了大门，经过传达室时，看见林鸣阴郁的脸，一闪而过。关于林鸣，我不得不交代两句，他本人是仓库的保管员。他父亲是教育局的局长。听说我们书店的秃子经理打算让他干业务部经理，又准备让他干办公室主任，可是他什么都不干。他就愿意钻在仓库的书堆里，灰尘越多的地方，越是他喜欢的去处。他就像条泥鳅一样，在一摊混浊的泥水里自得其乐。

在以前，他每天早上都会在传达室的门口站着，和我说话，告诉我他又在仓库里发现了什么好书，但是自从陈世雷送我来上班后，他再也不站在门口和我说话了。

不说就不说吧，我并不觉得损失了什么。所以我走过去，没有回头，也没有丝毫不安。我知道，他喜欢我，再也没人能像他那样默默地关注着我，喜欢着我，可是我从不喜欢他。

不！这样说也许是不负责任的，在陈世雷出现之前，我们曾在一起探讨过鲁迅的《药》，也探讨过惠特曼的诗集，以及《罪与罚》之类的文学作品。他的小眼睛总是在厚厚的镜片后面闪着光，唇边软软的黄胡子激动地颤抖。他就像一块从核里开始燃烧的煤一样，散发出看不见的热量，而我是冬天的一小堆湿柴火，慢慢地被他烘干，被他暖热，不幸的是，在热度就要达到燃点的那一刻，林鸣的克星从天而降……

对此，我很抱歉。不过，林鸣也没什么好抱怨的，我保证，在另外的什么地方，一定会有另外的什么人，给我与他完全相同的礼遇。比如说，人生不管中间经过怎样的周折，到死去的时候，我们都只能是一个人。相信上帝吧，他老人家是公正的。

到此为止，你肯定也相信了，在这一个早上，林鸣并没有破坏我的情绪，我的脚步像小猫咪的梅花掌一样，又轻又快地踩在走廊上。

来得早了点，整个三楼一个人影也没有。在掏钥匙开财务室的门时，我听见走廊东头的洗手间有哗哗的流水声，我探头张望了一下，看见修丽丽穿着睡裙，赤脚趿拉着拖鞋，一嘴白沫，正在刷牙。我笑了一下，她已经起来了，这倒是不多见的事。

我进了门，就开始整理卫生，先把修丽丽桌子上乱糟糟的东西理顺整齐，给她擦桌子，洗杯子，像一个心怀怨恨又貌似恭敬的奴婢。

正干着，听见修丽丽在走廊上大声喊：柳翘翘，柳翘翘，你耳朵聋了吗？我赶紧跑出去，看见她站在宿舍的门口，很不高兴地冲我招了招手。

我赶紧跑过去，她一边向脸上擦粉，一边说：快去把垃圾倒了，这屋里的味没法闻。她不说，我都没好意思提，这屋里的确有一股内容丰富、成分复杂的怪味道，什么香水、炸鱼、烧鸡、烟草、微膻的生花生味……

生花生味？不！是像生花生的一种味道，是男人在某种特定时刻喷发出来的一种液体的味道。这些味道混在一起，暖烘烘、膻乎乎、乱糟糟的。

混乱的不止这些，满地都是烟头、果皮、纸袋和吃剩的鸡骨头，窗台上是蒙了一层黑灰的化妆品的瓶瓶罐罐，难为她就是靠着这样一些瓶瓶罐罐，每天照样把自己整得山清水秀。

我拿了笤帚把地扫干净，又拖了一遍，然后提着垃圾筐向门外走，修丽丽这时正在换一件深蓝的薄呢裙，对我连哼一声都没顾得上。

值得一提的是，她暂时还是光脚穿着拖鞋，这是一双在当年颇为时髦的鞋，鞋掌心里布满了红色的软刺，据说这些软刺具有按摩活血的作用。修丽丽的脚趾安静地趴在那堆红色的刺上，如几只鲜活的小鸟蛋。

你肯定想象不到，就是这双颇为时髦的鞋，再稍过片刻，将发挥它的另一个作用。至于什么样的作用，你就接着往下看吧。那个时刻马上就要来了。

把垃圾筐放在门口，我进了办公室，准备把办公室的杂物也一起拿下楼去倒掉。等我再转过身时，就看见一位中年女人蹑手蹑脚地出现在门口，她一言不发，也不看我，眼神向屋里四处乱扫，神情紧张、小心。好像她在找自己的一只猫，唯恐闹出一点声音，那猫就倏的一下窜没了。

这样一个女人难免显得有些不懂规矩，而那时的我是极懂规矩，且做人极有教养的。我很友好地问她找谁，这个女人扫了我一眼，脸上竟突然绽开一抹笑，笑得太仓促，还没完全放开，又收起来了。

她看着我，因为脸绷得有些紧，人就显得有点不怀好意，她说：你是新来的？以前没见过你。

我很不好意思地说：我来了差不多有两个月了，你找谁？我已经都认识他们了。她又看了看我，压低声音说：修丽丽呢？你知道她吧？

哦，原来是找修丽丽的，修丽丽我怎么能不知道呢？我们不仅在一个办公室上班，我还跟她学会计呢。这样一说她都能算我的前辈啦。我跟那女人说：当然知道了，我带你去吧。

那女人却站着不动，转动着眼珠，眼神时而柔和，时而阴冷，好像她的眼球是一个冷热水阀门，而她正在调节水温。我征询地看着她，等待她点头或者摇头。她突然又开始说话了，好像喷头就在我的头顶，一股又一股温吞水唰唰向我淋过来。她说：我一看你这小姑娘就挺好的，打上眼，我就信任你。你肯定是个特别善良的小姑娘。她这样一说，我的脸就红了。

我也不知道怎么回事，在二十岁左右，我是一根莫名其妙的火柴，好像四周都是干燥的磷片墙，在哪儿轻轻擦一下，我都能呼地烧起来。

火柴这个角色，让我疲惫又厌恶，就算换了你，动不动就让你烧一下，你也会烦的。所以我很希望女人能说些别的。奇妙的是我这样一想，女人话锋一转，竟然就有一股冷水淋下来了，她压低声音问：找修丽丽的电话多吗？有没有一个男的？

我皱着眉头想了想，想的不是她的问题，而是这个女人怎么回事？当然，你也看出来了，我是一个心地善良的人，我不可能想得太远，太复杂，我只是比较适应固定的水温淋浴，冷热水切换得太突然，会不大舒服。

尽管有点不舒服，但委屈自己，成全别人，是我一贯的做法。所以，我还是在前边带路，把这女人引到了修丽丽的宿舍。

修丽丽已打扮妥当，她正在对镜自赏，心情看来蛮不错，还哼着歌。我走到门口，听到其中的一句是：一天到晚游泳的鱼……鱼的尾音刚刚刮过，中年女人自我身后探出头来，修丽丽的眼睛立刻瞪得像铜铃，她羚羊一般弹起来，扑向了房门。而我身后那个女人则像一头狮子猛扑了过去，她厚重的身子撞开门，扑向她的猎物。

这一切发生得太突然，她们的反应把我搞糊涂了，我本能地要挤进门去。但是女人回身一脚，门被砰地踢上了。紧接着，我听到屋里传来一阵狮子与羚羊激烈的搏斗声，夹杂着修丽丽尖利的号叫……

对于各种战争场面，我一贯不善于把它们描述得有声有色，栩栩如生。对于眼下这场战事，站在门外的我，同样显得无能为力。不过从女人的叫骂声中，我还是知道了有关细节，比如：修丽丽的脸好像太厚，也太硬，打疼了女人的手，于是女人用修丽丽那双时髦的拖鞋来代替手，希望对修丽丽脸蛋的结构有所改变。还有，拖鞋可能比手更能胜任扇耳光的角色，所以它制造出了惊心动魄的视听效果，使修丽丽的号叫更像濒临灭亡的小兽。

接下来的事情，自然是这样的，陆续来上班的人都聚到门口，有人在议论，有人在拍门，有人在幸灾乐祸，但是没有一个人能把门弄开。直到我们的刘秃子经理来了。

刘秃子经理敞怀穿着一件黑色的长风衣，昂首挺胸，双手插在衣兜里，像一位黑社会老大。用今天"漂一族"的话说：哇！简直是酷毙了！

刘秃子经理威风凛凛地站在门外，威严地问：怎么回事？

有人说：刘东老婆在打修丽丽。

刘秃子立刻皱起眉头，他拍了拍门，嘹亮地报出了自己的大名，严肃地对里面的人说：刘东家的，你开门，我保证会严肃处理修丽丽。当他说这句话时，我看见那些围在门口的人，神色都变得极为有趣，他们抿着嘴，憋住笑，眼皮垂下来只看着自己的鼻子尖。过了很久我才知道，原来修丽丽是秃子经理的情人。

后来，那个女人就走出来了，随着刘秃子去了经理室。关于刘秃子这个人物，在以后会详细交代。而在这一天早上，我对他所知极少，好在来日方长，我很快就会知道的，而且会知道得越来越多。

这个早上发生的一系列意外，使修丽丽没能到办公室来。于是这一个上午，她再也不能用那些"借呀贷啊收支啊平衡啊"什么的来弄乱了我的脑袋，并趁机讽刺打击我。我的心情极为放松。

我看着自己的手指在黑色的算盘上，蝴蝶一样翻飞起舞，听着那些油亮的算盘珠子噼里啪啦地唱着，嘹亮又欢畅。我的心花在这欢唱的鼓荡下一层一层地绽开，在这些花瓣徐徐绽开的间隙，修丽丽的脸在花瓣上停留，像一颗早晨的露珠，慢慢地，慢慢地滚动着，突然就啪的一声滚到地上跌碎了。

大约在十点半左右，刘秃子经理突然进了我的办公室，我的手指正在跳舞，我的算盘正在欢唱，我的思绪正携着陈世雷四处飞扬。他的突然到来，使这一切戛然而止。

我飞快地站起来，恭恭敬敬地看着我的秃子经理。说：经理你好。因为声音太小，唯恐他没听见，说完一遍又说：经理你好。可是第二遍声音又太大，他对这个声音没什么反应，但这个显得过大的声音刺激了我自己，我听见哧的一声，一团小火苗飞过来蒙住了我的脸。我很懊恼，虽然在同我妈的斗争中我积累了一定的经验，但是你肯定也觉察到了，这还非常不够。我有很多的空白亟待填补。

刘秃子经理没吭声，也没看我，他看着我的桌子，桌子上放着一摞书，最上面是《会计原理》，再下边有《会计法规》，再接下去还有《席慕蓉诗集》之类的，秃子经理靠过来，伸手去拿那些书，拿一本放到桌子上，再拿另一本……每拿一本，他就向我这边逼近一点点，而我不能弯腰向后挪我的椅子，一弯腰，肯定就碰到他身上了，所以我只能站得笔直，用腿顶着椅子向后让一让。

他一共拿了五六本书，在这个过程中，我听到我的椅子吱嘎、吱嘎响了五六次，而我的脸，你可以想象我的脸，它已经不是一簇小火苗，而是一个通红的火球。

这个火球，眼看就要把火星迸溅在秃子的头发上了，奇怪，为什么人们背后都叫他刘秃子，可是他的头发乌黑浓密，葱茏旺盛。我能闻得到他头发上散发出的桂花油的香味来了……这种香味让我眩晕，在我以为自己就要砰的一声晕倒时，秃子经理突然抬起头，从他下垂的眼皮里射出一道坚硬的目光，紧紧地咬住了我的脸皮，他不动声色地说：你还能退到这个屋子外面去吗？

我清清楚楚听见他是这样说的，可是我愣着，完全不能明白这话是什么意思。他好像也没有要我明白的打算，把书放在桌子上，迅速走到我的对面去了。

那是修丽丽的位置。很奇怪，他一站在那个位置上就很像一个经理了，不只是神情，还有说话的语气。他说：修丽丽这几天要休假，财务这一块你先管着，我看你学得也差不多了。

然后，他就走了。

我在那又愣了一会儿，我很纳闷，他为什么不让于会计，或者那个见谁好像都有气的老牛会计接呢？他们就在隔壁，况且他们比我懂得多。

当然，我也想了，没准经理对我印象不错，准备好好培养我呢。修丽丽出了这样的事，影响多不好啊。照今天早上的情形看来，她准是抢了那个女人的丈夫，她这样，经理还能让她再当会计吗？所以……肯定是这么回事，天上掉馅饼的事多了，这一回终于掉到我的头上来了。

我心情复杂地去宿舍找修丽丽，她的形象没什么好说的，当然是面目全非，脸腮上还挂着伤心的泪痕。在这种情况下，我很难开口，总觉得有点趁火打劫的意思。

但是，修丽丽好像已经知道这回事了，我一进去，还没开口，她就把保险柜的钥匙给我了。我支支吾吾地说：我也不知道经理是怎么想的，其实于会计和牛会计都比我合适，我……

修丽丽瞥了我一眼，我就没能再说下去，其实我的意思无非是想让她知道，我并不愿意做个落井下石的小人，这跟我没关系。

修丽丽是一个充满智慧的人，她虽然比我只大了三四岁，但是她有比我丰富一百倍的江湖经验。所以她一下就把我的心思看透了，她大概觉得这很好笑，也很幼稚，于是她的嘴角滑开一抹笑，复杂的笑，有点嘲讽，有点鄙夷，又有点不以为然。修丽丽的嘴角含着这样一抹怪异的笑，没头没脑地说：我信任你。

这是一句什么话呢？她把"我信任你"这句话说得漫不经心，又说得理直气壮，好像她的信任很重要，难道比刘秃子经理的信任还重要？

我不能确定这个"信任"所代表的含意，但是接下来，修丽丽突然拿出一条白色的丝巾，丝巾的下面垂着一些美丽的流苏。她把这条丝巾围在脖子上，问：好看吗？我说：好看，我从没看见这么漂亮的丝巾。我又说了一些"不是所有的人围着都好看，它最配你"之类的鸟语，这是我一贯的伎俩。修丽丽就突然要把这条丝巾送给我，我吃了一惊，慌忙拒绝。但是修丽丽说如果不收下，就不是她的朋友。

她这句话把我弄得很感动，在此之前，我一点都不知道，原来修丽丽早就把我当朋友看了。她这样一说，我随即就明白了，她平时之所以总拿那些"借贷收支"之类的词来压迫我，也是奔着"严师出高徒"的道理来的，既然这样，我就万分不好意思地把我们友谊的见证收下来了。

到此，我认可了这份友谊，修丽丽才给我交代了任务。她让我去打一个电话，找一个叫刘东的人，告诉他晚上八点，在老地方见。

当然，直到现在，我也不知道那个"老地方"到底在哪儿。但是，我保证，我把任务完成得极为圆满。另外，我也遵守了诺言，没有对任何一个人说过这回事，包括陈世雷。修丽丽看得一点没错，我是一个靠得住的好同志。

三

自此，我的好日子终于来了。我不仅拥有了陈世雷的爱情，我还拥有了修丽丽的友谊。

陈世雷每天送我上下班，他的摩托车一路轰鸣着，在街道上左冲右突，像一个喝得心旌飘摇的绿林好汉，狂放洒脱、风流倜傥，让我的脊梁背上了姑娘们重重叠叠仇恨的目光。

那时，他总是叫我小家伙，他的嘴唇，凑在我的耳朵上，一遍又一遍轻轻地说：小家伙，小家伙……直到现在，我仍记得他喊我时眼中的柔情，可是他的脸已经在我的记忆中模糊了，那张我曾经以为会爱一生的脸，再也无法再现，无法触摸。

关于这一段，我好像没什么可说的了，原来我以为我记得最多的，就是他给我的那些爱，每一个细节，都让我感动和流泪，都让我悲伤和绝望……但是时间的流逝，带走了爱，也带走了我所有的企图。真实的感觉已褪色，旧了，看不出原来的颜色，所以我只能让感觉空白。

但是，我和陈世雷的故事会继续，情节是真实可靠的，至于你相信，或者不相信，都跟我没关系。

四

修丽丽休了七天假，秃子经理的帕萨特轿车就把她接回来了。她的身心康复得极快，只是脸颊那儿还有一点青紫，不过多擦几遍粉，也不太能看得出来。她又开始大声说话，哗啦啦地笑，笑到极致处，还会拍一拍小巴掌。

　　秃子经理没有撤她的职，保险柜的钥匙我也没有还给她。她说我把出纳那一摊顺便接过去，改天我们对一下账就行了。她还说这也是刘秃子的意思。她确实把经理称为刘秃子，我从没听她称呼过一声经理，在别人面前她总是刘秃子刘秃子地叫。在秃子本人面前，她则直呼大名。我挺想问一下"秃子"这名字的由来，但是终究没问出口。

　　她仍然坐在我对面竖着一根指头指指点点。不过，因为特殊时期我们建立的那份友谊，她也经常拍打着我的肩膀，或者笑眯眯拉着我的手。甚至跟我共同分享一些话梅、果丹皮之类的玩意儿。

　　更为重要的是，她愿意我在她的宿舍里安顿下来，放一张床。我从没想过为什么别的宿舍都是两张或三张床，而且都在五楼，只有她在三楼独处一室。我真的没想过。

　　或者说我完全被修丽丽的这一个许可冲昏了头脑，我只顾得上想如果在这个宿舍里安一张床的话，那会给我和陈世雷的各种活动提供多么大的方便啊！首先我可以名正言顺避开我妈的种种干扰；另外我们在街上窜累了就可以回到这间屋子说说话，休养生息；当然，还有第三，第四……

　　每一条都足够让人欢欣鼓舞。

　　我像一只快乐的小蜜蜂一样，飞进飞出，把宿舍整理得纤尘不染。换了新窗帘，擦了窗玻璃，搬进了几盆绿色植物，我钻到床底下，把修丽丽几年前的破鞋乱袜都掏了出来，彻底清洗……总之连一个老鼠洞，我都仔细打扫，决不放过。

　　修丽丽抱着一本杂志，歪在椅子上，她不看我，但始终面带微笑。

　　到傍晚，终于万事大吉，屋里的空气都被我重新过滤了一遍。我像一只沉重的粮食口袋重重摔倒在床上。但是一抬眼间，我发现我的鞋，像故意捣乱的顽童，一横一竖，胡乱歪在地上。我赶紧爬起来让它们贴墙站齐了，这才放下心来。

　　那是一个全新的夜晚，我睡得无比香甜。

　　过了不久的一天晚上，我与修丽丽都在宿舍里，我在看书，她在织一件永远都织不完的毛衣，门突然就被轻轻敲响了。修丽丽很迅速地下了床，我知道敲门的人不会是陈世雷，他去外地出差了。修丽丽拉开门，却堵在门口，冲外面的人说：你，干什么？声音不是很友好。

我来看看你。一个男人的声音。修丽丽堵在门口，冷冷地说：这不是看了吗？走吧。

进去再说吧，我有个想法。男人的声音似乎有些诚恳。修丽丽的语气有强压的不耐烦：那是你的事，与我没关系。

他们突然就在门口撕扯起来，好像男人要进来，而修丽丽不同意，门激烈地关了两下，没关住，又开了。一个男人的脑袋忽然探了进来，他一眼扫到我，惊讶地停顿了一下，然后往后一缩就不见了。我听见男人压低了声音问：你屋里住人了？

修丽丽没吭声，突然一使劲把门卡上了。

修丽丽继续织毛衣，我继续看书，谁都没说话，空气闷闷的，我听见她的毛衣针嚓嚓地撞击着，好像要把这厚重的空气挑破似的。

她织得很快，但是好像织错了，她拔下了针，一圈一圈地拆，拆完了把针串上去，又开始嚓嚓地织，但是不一会儿，又拔下针，开始拆……如此反复了几次，她终于停了下来，重重叹了一口气。

随着修丽丽这一声悠长的叹息，舞台上厚重的红色幕帘徐徐拉开了，一出名为"交心"的剧目就这样鸣锣开演了。

我得承认，二十岁是个动不动就要和人交心的年龄，这样的年龄，我相信友谊，崇拜爱情。除此以外，我什么都不放在眼里。修丽丽在这样的一个夜里，愿意向我敞开她的心扉，这真是令人欣喜的一件事。

我们熄了灯，躺在各自的床上。朦胧的月光下，我们无法看清对方的脸，但是这样的朦胧恰到好处，正是最妙的布景。

她说：你得说一段自己的隐私，我就把我的事讲给你听。我说：和陈世雷的算不算？她说：当然不算。你们那是在谈恋爱，怎么能叫隐私呢！

她说的有道理，那的确不能叫隐私，那是光明的，经得起阳光照射。什么叫隐私呢？就是不能随便跟别人说的……我突然就想到了高中的语文老师，一想到那个又高又大的人，我的心情就变得复杂起来。

我看着自己的手臂，它网在一片幽蓝的月光里，青白、妙曼、凄婉，心情也就莫名地积着幽怨。好像自己是从江南蒙蒙的烟雨里移植到这儿的一个优伶。

我开始断断续续地说话，在我的叙述中，语文老师很帅，很有学识，我很爱他，我以前爱他，我现在爱他，一直到永远我都会爱他……其实在离开中学校园以后的日子里，我从没想念过他。他倒是曾经寄来一张卡片，画面上有一支粉色的莲花，衬着墨绿的荷叶，半开半合。在下面他写了一句诗：最是那一低头的温柔。当然这句话不是他说的，是徐志摩说的。不过在那年头，很多人都愿意把这个老徐说的话挂在嘴边上，冒充情调。曾经我很吃这一套，但是那张卡片在当时就被我撕碎了，因为我觉得送卡片的人不配说这话，另外我跟那朵莲花也风马牛不相及。

我从没爱过他，但不知道我的嘴巴是怎么回事，它充当了一个我完全不能认同的角色。

为了使这个故事具有说服力，我在那根早已枯死的树枝上，点缀了一些新鲜的绿叶，加上了枯萎的花朵，还把它竖起来埋在一堆泥巴里，使它看起来更像一株曾经开满了爱情之花的大树。

到最后，我完全被自己感动了，因为在莫须有的情节铺排中，他有了一个霸道毫无教养的未婚妻，他当然不爱这个女人，但是那女人一直缠着他不放，家人也给他施加种种压力。而我呢？我肯定是不愿意心爱的人为此受苦的，所以我宁愿选择离开……我的叙述用了很文艺的字眼，很文艺的腔调。

夜色有着奇异的魔力，它使我卸掉戒备与羞怯，慢慢游离出去，我不知道是什么时候，我把自己镶嵌进了一部蹩脚的言情剧里，充当起了多愁善感的女主角。泪水一滴一滴滑过我的面颊，这些煽情的泪水使凄美的画面徐徐展开，我一点一点绕进去了，在这个过程中，我竟然真的爱上了我高中的语文老师，为了这一段莫须有的感情肝肠寸断……

那个夜晚，在接下来的时光里，由修丽丽继续为我们的友谊添砖加瓦。她提到了刘东。提到了刘东给她寄来了一封信，里面夹了四百块钱。她说得断断续续，不像我那么声情并茂，但我还是明白了她的意思，就是她现在和刘东完全没什么联系了。他们之间的一切都已经过去。

她没有说明刚才门外的那个男人是谁，我是一个懂得尊重别人的人，所以，她不说我是不会问她的。但是，我觉得她有必要补充和刘东的有关细节。我问：你为什么把钱撕了呢？我之所以这样问，是因为我当时月工资才一百六十元，四百应该是一笔不小的数目。而且照我的想法，就算她不愿意收下，可以退给人家。何必撕了呢！

修丽丽冷冷地哼了一声说：我怕它脏了我的手。她这一句话让我觉得很惭愧，同时，也很佩服修丽丽，我觉得她比我高贵，比我圣洁。

我说：就这些吗？修丽丽说：当然就这些。

可是我觉得这很不够，这跟我期望的相差太远，它跟我所坦白的那个迷乱复杂的夜晚无法相提并论。我在黑暗中沉默着，觉得非常吃亏。

修丽丽大概也感觉到她的隐私分量太轻了点，内容也太清淡了点。在一阵沉默之后，她似乎终于豁上去了说：我告诉你吧，就在这间屋子里，我们待了好几个晚上。他老婆就是为这事发疯的。

我哦了一声，修丽丽好像很怕我展开丰富联想，很快补充说：他坐在椅子上，我坐在床上，总是这样，一坐一晚上。我很奇怪地问：你们坐着干吗呢？她理所当然地说：说话呀。

说话？那得有多少话说呀？你们都说什么呢？我觉得不能理解，我也有些越来越佩服修丽丽，我觉得她很了不起。另外我对那个叫刘东的男人也充满了好感。因为就我的经验来说，男人好像并没有很多话要说，他们更善于行动，他们也更愿意用行动向一个女人证明他们的身体状况。

我由此觉得那个刘东，那个我只闻其事未见其人的刘东，在我面前展开了一个奇妙的世界，这个世界是我感兴趣的。于是我叹息了一声。

修丽丽的语气柔和了些，模棱两可地说：当然了，他想动我……她顿住了，我等待着下文，她突然话锋一转，坚定地说：但那是不可能的！

这完全超出了我的经验和想象，我疑惑地说：那能行吗？她说：怎么不行！她用的是反问的句式，但口气是不容置疑的。

修丽丽再也没说话，朦胧的月光下，她沉默着，悄无声息，我看不见她的表情，我也不知道她在想什么。我像一个未能尽兴的观众一样，在台下耐心地等待着，等待着紧掩的大幕再一次拉开。但是，过了片刻，黑暗中传来了轻轻的鼾声，修丽丽已经退场了。

自此，在这间宿舍里，再也没有了复杂暧昧的气息，再也没有了吃剩的鸡骨头、歪倒的啤酒瓶子，更没有了可疑的烟头。

后来，我终于明白了，其实我入驻这间宿舍的作用等同于枪手牌杀虫剂。

五

梧桐花很快就落尽了，随着花香一起消失的还有清凉的春天，热气开始蒸腾，夏天来了。

我和陈世雷的关系进入一个火热的季节，到了须臾不可分的境地。有些情况你一定是了解的，比如：当一个人全心全意地爱着时，精力是极其有限的，不可能再分一些出来给别人。基于这样的原因，我已经有两个月没回家看望我妈了，甚至连电话关怀也免了。

我妈对我这种忘恩负义的行为大概已忍无可忍，在一个礼拜天的早晨，直接找上门来。而在前一天夜里，也就是礼拜六的傍晚，修丽丽没有回来，所以陈世雷理所当然地留在了我的宿舍里。他刚自南京赶回来，送了我一大堆雨花石，还有一顶漂亮的红色宽檐草帽，以及众多小别后的柔情蜜意。

出于某种众所周知的原因，那一个晚上，我们都极其疲惫。第二天门被敲响时，我们手拉着手，还在梦里睡着，门就是在这时，极不知趣地响了。

你可以回想一下你所遭遇过的最尴尬的事，如果你的想象力足够丰富，那你就一定能体会那天早上我的感觉。

陈世雷是个真正的男人，他拒绝了我把他藏在窗帘或床底下的提议，大义凛然向门口走去。在拉开门之前，他从猫眼里扫了一下外面的不速之客。这是他和我母亲正式会晤前一个小小的前奏。

关于这"一扫"之下的感觉，陈世雷在后来的日子，曾不止一次跟我描述过：我看见你妈那张恶狠狠的脸，脸上的肉是横着长的……在开始我是相信的，但是鉴于陈世雷后来的种种表现，我觉得他这种说法极端靠不住。

不过，就算他说的是真的，也没什么要紧的，陈世雷怕过谁呢？他既然走过去，当然是为了打开门。

门开了之后，陈世雷与我妈在门口有过片刻的对峙。

他们的目光与目光撞击，我感觉有闪亮的火星溅到我的脸上。我妈只瞥了陈世雷一眼，就转向了我，她很严肃地说：你没时间看我，我来看看你。声音像一把冰冷的剪刀，老练地向我逼近，我感觉自己像一块纹理细密的布，突然被这把剪刀裁开、肢解……

陈世雷挪了一下椅子，说：阿姨，你坐。我妈根本不看他，冲我说：让他出去。陈世雷又倒一杯水，说：阿姨，你喝水。我妈仍然不看他，冲我再说：让他出去。

我无奈地看着陈世雷，他的脸上始终挂着坦诚的笑。我惊讶他竟然有如此之好的涵养，这个涵养极好的人冲我妈说：阿姨，那你坐，我先出去了。

他在出去之前，飞快地揽了一下我的腰说：小家伙，我在楼下等你。

屋里静下来，我妈微微张着嘴看我的胸前，那儿有一颗纽扣扣错了位置，致使衣襟掀起，露出小片风雨肆虐过的领地。它像一块指示牌上阴险的箭头一样，把我妈的目光直引向我的胸脯。我伸手去纠正它，我妈的嘴角浮出一丝冷笑。

我等待着一句更难听的话从她的嘴里冒出来，像一块砖头拍在我的脑壳上，但她就那样微微张着嘴，然后……

然后出现了什么情况？你肯定没有想到，连我也没有想到，我的母亲，柳惠心女士竟然晕倒了。她的脖子一歪，两眼翻白，一只手扶着墙，身子软软地滑到了地上。

我非常惊慌，这样的情景只在琼瑶的爱情故事里发生过，它怎么可能真的出现？但是母亲让我明白：艺术来源于生活。

时过境迁，我自然可以用这样轻松的态度来对待我母亲的那次晕倒，但是在当时，事发突然，母亲的这一手完全把我镇住了。

　　我把她抱在怀里，又摇又喊，她没有任何反应，我没了主意，就把她放在地上，准备冲到窗前向外求救。但是，我刚把她放下，我妈就及时地有了反应，她哼呀了一声，慢慢睁开了眼，神色凄楚地看着我，看了一会儿，声调喑哑地说：翘翘，妈只有你啊！咱们娘儿俩相依为命啊……

　　我闭了一下眼睛：天哪，又是这一套。

　　陈世雷没有机会来帮忙，我妈已经醒过来了，当然，她难免还有些虚弱。她跟我说：回家吧，跟我回家。接下来的情况，自然是我乖乖地扶着虚弱的母亲回家，我再不是东西，也不可能拒绝一个刚刚晕倒的亲人吧。

　　那天晚上，母亲不厌其烦地把父亲从厚重的尘埃里又揪出来，刺杀了一番，并回首了她的从前，展望了我的未来。用"如果…就…"这一句式，展开了一连串的丰富联想。比如：如果我嫁给陈，就会和她一样遗憾终生。如果我不清醒且果断地斩断与陈的往来，将来必定生不如死等等，考虑到她白天曾经有过晕倒的历史，我顽强地坐在她的面前，听她一次又一次把我推进不同的火坑。

　　第二天一大早，陈世雷来敲门，在门外说：翘翘，我买了早点，你和阿姨吃点吧。母亲的话极为简练：不许开门。半个小时后，我被陈世雷的锲而不舍所打动，哭得像一只乱了程序的电动娃娃，不管不顾冲向门口。我妈也勇敢地冲过去，堵在门上。

　　我推她，竟然推不动，她昂首挺胸、巍然屹立，如一座小型泰山。我在门里压低了声，哀哀泣哭，陈世雷在门外轻拍着门，哀哀苦求，一声一声阿姨叫着，听得我肝肠寸断。而母亲始终是一堆拒绝融化的冰。

　　又过了半个小时后，陈世雷自我家门前离开。大约一刻钟后，他在对面七楼的楼顶出现，威风凛凛冲着我家的窗户高喊：翘翘，我在这里。

　　我和母亲都大惊失色，一起冲到窗前，抬头眺望。陈世雷在对面楼顶，脱下了上衣在手里挥舞，像一面替我招魂的旗帜。他一边挥舞，一边喊：柳翘翘，我爱你！我爱你！谁也不能阻挡！

　　楼下很快聚了一大堆人，大家一边津津有味地看，一边向我家这边指指点点。有一些买了早点的人，也省了回家，直接在楼下边吃边看。

陈世雷像位人来疯的歌星，一边在楼顶呼喊着爱的口号，一边激情挥舞着他的上衣，我浑身的血都涌上了脑门，眼前一阵阵发黑。我妈的指甲紧紧嵌进我的胳膊里，我听见她虚弱的声音说：我真后悔养了你。她嘴里的凉气咝咝地喷在我的后脑勺上。

对面楼顶的陈世雷正激情飞扬，他唯恐底下的观众寂寞似的，高喊着：爱情无罪！然后把上衣充当鲜花抛进了有些疲惫的人群。尔后，他又利用裤子，皮鞋这些道具，使这场闹剧涌动着持续不息的高潮。

后来，陈世雷穿着一条内裤，继续在对面楼顶上演他的行为艺术。七月的烈日欢畅地炙烤着他的皮肉，到傍晚，他像一只通红的烤鸭一样，滋滋地冒着油，并发出了最后的通牒：柳翘翘，你出不出来？你不出来，我就从这跳下去……

……在这样的情况下，我该怎么办呢？我既然不忍心看着母亲晕倒，难道我忍心看着爱人死在我面前吗？

我妈再次瘫倒在门口，哭得如一堆稀泥，哽噎着说：我命苦哇……我稀里哗啦甩了一把热泪在她身上就跑出去了，我听见她一声尖叫：没良心啊……

关于这件事，在我居住的城市，后来流传着这样一种说法：这个小狐狸精，逼得一个好好的小伙，从七层楼上跳下去了，当场就摔死了！

它的另一个版本是：那个小狐狸，害人精啊！小伙子提着猎枪上她家去了，七颗子弹打死了仨[①]，她姥姥躲在厨房的门后边才捡了一条命。

六

陈世雷是只吃了一半的苹果，虽然一口咬出了一只大青虫，我也得坚持吃下去。

---

① "七颗子弹打死了仨"其中的"仨"指的是小狐狸的父亲、母亲及奸夫。

在七楼顶的行为艺术大获成功后，陈世雷正式登堂入室，在我妈的眼皮底下，把他的爱情进行得轰轰烈烈。而我妈则像一小股残余势力，表面上看似老实，其实骨子里从未停止反攻倒算的企图。

过了不久，在陈世雷家里，于他的枕头底下，我发现了几封情书。是一个署名"鸽子"的女人寄来的。这只来路不明的飞鸟把陈世雷称为"我亲爱的小胖子"，她用深情的语言回望了曾与"小胖子"一起飞过的云山雾水。我只转述其中的一句，你就能明白这种回望的性质。她说"……还记得吗？在柔软的红地毯上，你为我激情上演的裸体舞……"

看出来了吧，这是一只热情的飞鸟，善于抒情，沉湎于回忆。她呼啦啦地扑闪着翅膀，把与"小胖子"共同完成的那幅山水画在我面前一一展开。

对我来说，这是一幅残酷的图画，既不赏心，也不悦目。那时，对感情的有关事宜，我尚不具有免疫力，因而它对我的打击是致命的。

我拿着这几封信，冲出去找陈世雷，他正在一家球馆打桌球，这种玩意儿他玩得得心应手。我清楚地记得，陈世雷曾跟我振振有词地说：桌球是一种绅士的运动。

我在街上奔跑，去寻找一位正运动着的绅士。

在寻找的路途中，那几封信在我的兜里蹦蹦跳跳，它们左冲右突，欲鼓翅飞出，竟然全都变成了圆眼尖嘴的小鸽子。更可怕的是，路边的树、走动着的人、闪着红灯的救护车、一家肮脏的小商店，包括我自己，全变成了飞翔的鸟类，整个世界到处都是闪动的翅膀、红色的眼睛。鸟类凌乱的各色羽毛，像雨点一样漫天飞舞……

我在路上奔跑，跌跌撞撞，像只猎人枪口追逐下奄奄一息的大雁。子弹滑过耳膜，细密如排针，在空气中哒哒向我飞来，我终于被一颗子弹点燃，刺刺冒着烟烧起来。在一个拥杂的街口，我飞向一团黑物，发出扑哧一声巨响，乱纷纷的羽毛从天而降，层层将我掩盖……

我扑向的是一辆三轮车，骑车的人是一个斗鸡眼，他恶狠狠地骂我，肮脏的话语像下水道的污水一样哗哗地冲过来，从我本人一直强暴到我的老祖母。

街上的秩序乱了一小会儿，我躺在那里，像一小摊燃烧过的灰烬。

对于那些信件，陈世雷并没有回避，他不但补充了有关飞翔的空白部分，使之更加生动丰满，还申明了自己的理由，他说：你知道我为什么要这样吗？因为你不是处女！

因为我不是处女！

这是多么铿锵有力的回答！这又是多么掷地有声的回敬！

响当当的话从来无须太多，在一位理直气壮的绅士面前，我立刻发现，自己的所作所为是多么可耻，多么无理取闹。认识到这一点，对我无比重要。善于惩前毖后的天性使我马上对自己展开了深入的自我批评与反省。

在这次反省运动中，陈世雷是最铁面无私又最火眼金睛的统帅者。他本着治病救人的原则，让我狠狠挖掘不良思想根源，深入挖，纵向挖，把所有风流韵事都挖出来，摆在阳光下，由他帮我翻晒。

这也许有点难以理解，但是我只要把那场运动中的一个小片段回放一下，大家就会一目了然。

陈世雷柔情蜜意地对我说：相爱要坦诚，不能彼此隐瞒对不对？我使劲点头。陈世雷捏了一下我的肩膀，以示鼓励。他再说：不管你以前是怎样的，都过去了，没关系，我原谅你。重要的是现在，相爱的人，快乐要分享，痛苦也要分担，是不是？

我连连点头，像一只脖子安了弹簧的玩具狗，连声说：是啊！是啊！

陈世雷稍稍停顿了一下，换了严肃的口吻再说：连伟大领袖列宁同志都和老婆订了一个公约：互相坦诚，决不隐瞒。你听说过吗？嗯？这个我真不知道，于是我惭愧地摇摇头，陈世雷正色说：以前没听说就算了，以后要好好记着。他向前靠近一点，小声说：现在你告诉我，那些男人都叫什么？

我疑惑地看着陈世雷，不解地问：哪些男人啊？我保证我不是装糊涂，我是真的不明白他的话。陈世雷肯定不是这样想的，他飞快地眯了一下眼睛，又薄又亮的眼神在我脸皮上刮了一下，冷冷地说：就是睡你的那些男人。

我的脑袋轰的一声，毫无疑问，这是一片可怕的雷区，只要踏入，随时都有引爆的可能。我低头不吭声，脑子里琢磨着怎样换个话题，才能将陈世雷引到安全地带。他却突然扬手，赏我吃了一个响亮的耳光。

事出突然，我忍不住叫了一声，我发誓我不是故意的，那个声音好像是自己窜出来的。陈世雷一敲我的脑门，告诫说：小声叫，别让你妈听见。我赶紧把嘴闭紧了，我比他还害怕让我妈听见。

他低声喝道：快说！我缩起脖子，好像这样就能抵挡他的巴掌再一次飞下来。

他发出两声冷笑，脑袋像猫头鹰一样向前探过来，阴险恐怖：休想瞒我，你那点事，我都知道，你要不说，哼哼……

我在他的眼睛里看见我菱形的脑袋，硕大的眼，我像一个被摄了魂魄的人瑟瑟发抖，于是我说出了语文老师的名字。就是我曾经在一天夜里跟修丽丽说过的那个家伙。

谁知陈世雷根本不买账，他努了一下嘴角说：这个不算，我都知道了，说一个我不知道的。

我说：我发誓，真的没有了。

他扬手给了我一个响亮的耳光，生气地说：有女人的地方，就少不了耳光，不打你看来是不行了。

我的头被他打得一会飞向左边，一会飞向右边，像探戈舞步里的一个扭头动作，在左和右之间没有缓冲。

我已经完全被摧毁，捂着火辣辣的脸时，我完全是一个急于戴罪立功的囚徒，脑子里飞快地搜寻着有价值的蛛丝马迹。哪怕一点点小苗头，也不愿放过，终于一个名字飞快地闪过：于桦林。

对，我好像也喜欢过他，因为他吉他弹得特别好，我对能抱着吉他哼唱的男人天生有一种痴迷。而且我还跟他学过电贝斯，他的眼神总是温柔地看着我，像水波一样静静地流淌。但是后来我们还没来得及说什么，他就到另一个海滨城市去了……我赶紧说出了于桦林这个名字。

……

终于，陈世雷好像也有些累了，他站了起来，像是声明审讯到此告一段落。他拿过毛巾，在温水里拧干净了，开始温柔地给我擦脸，一边擦，一边用颤抖的声音说：小家伙，我是爱你的，打在你身上，疼在我心上啊！他脸腮的肌肉果然扭曲着抖动起来，甚至他的眼睛也红了，有泪花一闪一闪的。

我浑身颤抖，并心存感激，一个被宽大处理的俘虏，除了感激涕零，她有什么好抱怨的呢！

接下来，那天晚上，陈世雷带我去外面吃饭，点的都是我喜欢吃的东西，不停地给我夹菜。眼神如温柔的湖水，一波一波向我荡漾。回来的时候，在电影院看晚场电影，是琼瑶阿姨的《庭院深深》，宋佳演的女主角，一双哀怨的大眼睛惹得我泪雨纷纷。陈世雷在旁边用胳膊紧紧地夹着我，好像我是一小袋粮食。

事实就是这样，陈世雷帮我树立起耻辱的念头，他教会我应该经常扇自己的耳光，因为我的第一次没让他睡，而让别的男人睡了。如果让他睡了，就是爱。别人睡了，就是淫。更重要的是，陈世雷让我认识到：我之所以曾经被苍蝇蚊子叮咬过，是因为我本质上就是一只臭鸡蛋。

对于这样一套理论，我是认同的，于是我经常在夜里对自己挥起鞭子，像秋风扫落叶一样残酷鞭打，弄得自己胸中有血，心头带伤。尤为难得的是，我时刻牢记毛主席的谆谆教导：严于律己，宽以待人。对待陈世雷同志，我像春天般的温暖，他一个又一个地换着女人，我以为这是他的权利。

任何一个稍稍有点思想的人，都可以认为柳翘翘是一个极为混乱的家伙，她的脑子已经被狗吃了。对此，我完全没有意见。

七

好戏就此开始上演。

在看完《庭院深深》的第二天，陈世雷又去出差了。

三天后的那个上午，修丽丽正在得意地告诉我，有一次她走在大街上，一个男人被她的美色吸引而跟踪了她,她进了一家服装店,那男人就在外面等着……正听到这儿,我的心突然像鼓点一样咚咚地敲起来,与此同时,走廊上响起了急促的脚步声,我侧起耳朵,鼓点突然乱得一塌糊涂。

陈世雷推门进来了。

在走廊上,风尘仆仆归来的陈世雷告诉我,他在那个海滨城市找到了三个于桦林,他很严肃地跟我说第一个于桦林长得像只烂冬瓜,在一个宾馆里抢大勺,有一个二十二岁的男孩。第二个于桦林是个白痴,十三岁,和他奶奶住在一起。第三个……第三个还用我说吗?就是那个喜欢抱着吉他抒情的于桦林……

我目瞪口呆,嗫嚅着说:他是冤枉的,他从来没……

陈世雷坚决地一挥手,像一把刀把我的话拦腰斩断。我很想知道他把于桦林怎么样了,但是关于其他细节,陈世雷一概不提,他认为我没必要知道,但是他申明了自己的宗旨:宁可错杀一千,决不漏网一个。

而在另一个黄昏,陈世雷在我的门口出现。手上戴着那种拳击黑手套,露出指尖和骨节部位。这样很酷的一只手,在铁门上敲出一阵当当的响声。我抬头看他,他不说话,牙齿咬得紧紧的,腮帮骨都突出来了,眼睛是眯着的,眼皮后面似乎随时会飞出暗器来。

他微微一甩头,我就老老实实跟着向门外走。他在前边,我在后边,一直走到一条僻静的巷子里,他靠在墙上,死死地盯着我。过了会儿,一字一顿地说:我杀人了!

我在那儿站着,一动不动,我看见风卷着一堆草屑,从巷子口窜过来,在我脚底下打着旋儿,浮起来,又落下去……

他说:我把吴自昂杀了。吴自昂是谁?我愣了一愣,眼睛仍看着那一小堆旋动的草,就像看着我自己。我觉得风马上就要把我吹起来,卷走了。可是草太碎,太乱,风不能把它拢在一起……

陈世雷捏住我的耳朵,向后拧,又向前拧,好像那是一个玩物。我才明白草是草,我是我,风根本不可能把我卷走。陈世雷又清清楚楚地说了一遍:我把吴自昂杀了!

这样我就想起来吴自昂是谁了，他是我高中时的班长，我还想起来有一天夜里，吴自昂曾经自信地说：你是一个让男人为你打架的女人。恐怕连他自己都没有想到吧，一语成谶，竟然不幸被他言中了……可是我跟吴自昂，连手都没有拉过！

恐惧、厌恶、愤怒、屈辱，还有一些莫名的绝望，像搬家的蚂蚁一样四处爬着，乱糟糟的话和念头一齐堵在嗓子口，发出风撕破窗纸似刺刺的声音，我很混乱，像乱撞窗户的一只绿头苍蝇。

但陈世雷接下来的一句话，使我马上变成了受惊的野兔，在巷子里夺路狂奔。他说的是：今晚我带你去认一个人。

是我高中时的语文老师，因为他嘴巴太硬，陈世雷怎么都撬不开，所以我必须出面给他一个响亮的耳光，他才会老老实实认罪。

我在巷子里奔跑，咚咚的脚步和心脏一起狂奔，可是巷子那么漫长，漫长得没有了尽头，我听见自己呼喊救命的声音四处飞蹿，又被冰冷的墙面挡回来，在自己的耳边炸响，巨大的恐惧淹没了我。

陈世雷的拳头，挟着一股风砸过来，凌厉如鞭，我整个人飞起来，向墙上撞去……

我在地上躺了一会儿，人事不省。陈世雷不停地拍打我的脑袋，掐我的人中，揉面团一样把我搓来搓去。在那会儿我看见了我妈，还听见了身上的鲜血沙拉拉地在流淌着……我很难受，觉得自己快要死了，我很希望在临死之前，陈世雷能让我静一静……

但是，像我这种人，是没那么容易就死的，缓过那口气就不死了。等我睁开眼睛的时候，首先看见的就是为爱情而战的勇士陈世雷同志的眼睛。

这双眼睛哀婉、悲伤、蕴含无限痛苦。他看着我，默默无言，好像他就要离开家乡奔赴前线，临行前与他心爱的姑娘话别。

我抱住他的胳膊，哀求说：求求你，放了我吧。他甩了一下，没甩开，我依然紧紧地抱着他，他使劲抿着嘴，眼里涌上了一层雾气，他沙哑着声音说：翘翘，我不能没有你啊！

他长叹一声，用双手一把一把揪着自己的头发，好像他的脑袋是一片长了荒草的麦田。过了一会儿，这双手停下来，他开始给我背诗，他说：

我爱你／可是我不敢说／我怕我说了／我就会死去／我不怕死／我怕我死了／没有人像我这样爱你……

我拿手捂住耳朵，啊！求求老天，快让爱死了吧。我再也不想听到这个可怕的字了。

在这一刻，爱比死，还可怕！我跟陈世雷说：要么你杀了我吧，这样，我们俩都太平了……

陈世雷紧紧地抓着我的胳膊，泪珠从他眼里滑出来，唰地滚到腮边上，在那儿停留了片刻，他一甩头，它们就亮晶晶地飞了出去。他咬着牙说：你要是敢死，我也不活了，在死以前，我把你妈也带上……我看见他的牙齿闪闪发光，如某种食肉动物……他用手爱惜地摸着我的脸，我在他的手上看见我红红的血。

我松开他，贴着墙慢慢坐下了。

陈世雷站起来向前走了，他没有回头看我，头昂得高高的，像一股乱糟糟的风从巷子里刮过。

我在风中坐了一会儿，哧哧地冷笑。他可真歹毒啊！他怎么知道我最怕这个？二十年来，我对我妈已欠下太多，我怎么能害她连一条小命都保不住！

于是，我想到了我妈，想起了她曾说过的诸多金玉良言，遗憾的是等我终于醒悟时，我已经乘着陈世雷的贼船，劈风斩浪，离岸十万八千里了。

迫于形势的严峻，我不得不对我妈袒露部分事实，当然，仅是其中无关紧要的一部分。我说过了，柳惠心女士并非坚强的女性，陈世雷这种动不动就打打杀杀的阵势，她哪里见识过？恐怕我没说上两句，她已先晕倒了。

我向我妈表明想离开陈世雷的念头，我妈等这样的机会已太久，马上告慰我：苦海无边，回头是岸。我吞吞吐吐说恐怕陈世雷不会轻易放手，我妈胸有成竹地说：你就冷处理，他早晚会死心。受此鼓舞，我稍感欣慰。

但是女人考虑问题，未免过于天真。尤其是我妈这样的女人，她像那个赵括一样，只适合在纸上谈兵。而陈世雷在这个问题上是极为严肃的。为了表明他对我的爱，有一天，陈世雷在我家楼下放火烧了他的摩托车。

一声惊天动地的巨响过后，我与我妈同时放弃了所有的计划与梦想。

陈世雷的摩托车就这样成了一个可怜的殉葬品，而它之所以落得如此悲惨的结局，据陈世雷分析，完全是因为我的缘故。如果他不是那么生气，车就一定好好的，而他为什么生那么大的气呢？就是因为他太爱我。陈世雷没费什么力气就让我明白了这其中的因果关系。

于是，有一天，陈世雷跟我说：小家伙，我在免税店看好了一辆车。我哦了一声，没什么话说，他再说：那车真漂亮，我要是驮着你在街上跑过，所有人都会得红眼病。

陈世雷深深叹息一声，说：我很痛苦，你不会看着我不管吧？他的眼神又像水波一样荡漾过来。我只好说：我不会。他开始用手摩挲我的头发，并把热气呵到我的耳朵根上，我像主人手掌抚弄下的猫一样，神情恍惚，被睡意包围。他的话断断续续摩擦着我的耳朵，像绸缎一样柔软光滑：我很为难，小家伙，不知道怎么和你说，我看出来了，你一定在等着我开口。

我嗯了一声，并不明白他是什么意思，我在等着他开口？是吗？我怎么一点不知道！

他的嘴唇凑在我的耳朵上，轻轻地再说：你想帮我，可又怕伤了我的面子。你说是不是？我看出来了，你说是不是？他的牙齿轻轻啃着我的耳朵，好像那是一盘下酒的小菜……

后来的结果就是这样：我乖乖地从保险柜里拿了三万块钱给陈世雷。英雄驰骋沙场，怎么能没有战马呢？这是多么简单的道理。

我保证这钱是我借的，我发誓一定会还上的，至于陈世雷是什么想法，我无从得知，反正他从没就此事发表任何见解。我也没想到他应该有所表示，因为钱是我借的，还债的事自然也归我，与他没有关系。

在第一个月发了工资时，我留下了六十元，把一百元放进了保险柜里，开始还债。可是……过了两天，我生病了要看医生，于是我又拿出了一百。又过了两天，陈世雷急需买一双皮鞋，我又拿出来一百五……

这样的事情，后来又发生过几次。

于是从此时开始，在夜晚，我就具有了一份搬运工的兼职。只要闭上眼睛，我就开始向保险柜里搬运钞票，一堆又一堆，拾元的票子，到处乱滚乱翻……但是那保险柜怎么都填不满,它不断地变高变宽,甚至像一座巨大的空宅。我还钱的脚步,怎么也追不上它变大的翅膀。而修丽丽圆圆的眼睛,有无数个,弹珠一样镶嵌在保险柜的门边上,我来回奔忙的脚步总是把它们踩得吱吱乱叫,我极力想避开它们,可是无论如何都不能办到……

每天早上醒来,一夜的辛苦劳作都使我累得大汗淋漓,面色苍白。老实说,这实在是世界上最辛苦的活儿。

我的神经大概就是从那时开始虚弱的,好在我依然活了下来,这算得上是个奇迹。当然应该感谢我妈柳惠心女士,如果不是她从小就磨炼我的意志,培养我对这个世界的承受能力,我肯定早就完蛋了。

八

到了八月的时候,我出了一趟差。

目的地是高密,如果你不知道高密,那你肯定知道巩俐,你知道了巩俐,就知道了《红高粱》,而写出了《红高粱家族》的那个作家莫言就是高密那片大地孕育的。这样的生拉硬拽挺没意思,好像说赵薇和小布什是亲戚,反正十个人不能把他们扯到一块,一百个人总可以……

咱们还是接着说去高密的这次出差吧。与我同行的还有两名男业务员。至于他们的情况,过会儿我再做交代。

这是一次极为仓促的出行,那天晚上,我在宿舍里照例抱着一本书看,并非研究什么学问,只是一种消遣。如果你记性好,一定还记得我曾发誓:决不像母亲那样躺在床上看书,但是,我心虚地发现,我越来越像我的母亲柳惠心女士了。

那会儿大约是夜里十点了,修丽丽已经睡了,我正小心翼翼地翻着书,听见有人边敲门边喊:"柳会计,开会,快点去小会议室开会。"

这没什么奇怪的,在我们那个新华书店待过的人都知道,秃子经理是一个白天睡觉、晚上工作的人。据说秃子本人认为伟人都是在晚上运筹帷幄，白天才能指挥别人决胜千里的，比如拿破仑、希特勒，概莫能外。

我换了衣服，跑步前进去了会议室。推开门，看见小小的会议室坐得满满的，几个中层领导，几名业务员，男的人人手里夹着一支烟，皱着眉头吞云吐雾。女的拿手掩着嘴打呵欠。看阵势，那会议开了有一会儿了。

我刚进去，业务员田飞随后也推门而入，他是秃子经理的外甥，从东北来的。我们就近坐下，我征询地看他，他闭紧嘴对我摇摇头，表示什么也不知道。

没人说话，大家集体沉默着。大约过了五分钟，秃子经理出人意料嗖地从椅子上蹦起来，扬手一掀头皮……啊！天哪，我本能地拿手一掩嘴巴，把另外半截惊呼塞回喉咙里，除了秃子本人，所有的人都扫了我一眼，田飞则在桌子底下踩了我一脚。

我魂飞魄散，犹如《画皮》里的书生撞见美女把脑袋摘下来梳妆，我看见秃子毛茸茸的脑袋，不！是头发被他掼在桌子上，而他惨白的脑袋像只葫芦瓢一样，漂浮在烟雾里，网着一圈蓝幽幽的光。

我意识到被摘下来的是他的假发，但我还是被吓坏了，我觉得那堆黑色的头发潜藏着狞笑的鬼魅，我看不见它，但它看得见我，它发出嘻嘻的声音，它嘴角的笑纹拉得很长很长……我的肌肉变软了，我的骨头也变软了，秃子发怒的声音在我耳边像洪水一样哗哗地翻滚着。

他开始骂人，比国粹更高了一个境界，是这样的：我 x 你些妈的，我 x 你些姥姥的……所有的人都无动于衷、一言不发，好像他们是一堆石头，好像他们些的妈和姥姥也是一堆石头。我一直盯着那簇头发看，它一会儿被抓在手里，一会儿被扣在后脑勺上，一会儿又被摔在桌子上，我皱着脸，觉得我的心随着那团可怕的东西，一起被摔摔打打。

到后来，我惊讶地看见那堆无比茂盛的东西又待在秃子的头顶，并被一只手悠闲地加以抚摸。然后就散会了。

我总是这样，被一些无关紧要的东西所吸引，而忘了正事。在走廊上，我才明白了这次开会的目的。明天，我将和田飞、老李（另一个业务员，我已经忘了他的名字）一起去高密出差，因为前段时间我们与那边合伙经营的一批景德镇瓷器出了问题，那边撒手不管了，所以单位派我们去高密那边把瓷器就地处理。

　　于是，第二天早上凌晨三点，我们就出发了。三点正是黎明前最黑暗的时刻，也是人们睡意最浓的时刻，再过一会儿，郊野的鸡啼就会驮着黎明的曙光姗姗到来了。

　　司机一轰北京吉普的油门，喇叭唱出一连串轻快的叭叭声，我们的愉快之旅就此开始了。

　　驾驶室的空间十分狭小，充斥着浓郁的汽油味，当车窗被打开，清爽的风一股脑儿灌进来，拍在脸颊上，也鼓荡起我的长头发，发梢的拂动可能使车上男人的心也微微荡漾起来，他们开始东拉西扯说着一些黄色笑话。

　　好吧，有女同行不亦乐乎。我们暂且相信徐徐展开的旅途将充满喜悦。就让他们说吧，笑吧，就让他们莫可名的欲望在彼此的言来语往中闪闪烁烁、呼之欲出。而我们暂且闪过路上这一段，先来看看三位主要人物的个人小档案吧。

　　　　老李：男，四十三岁，在生意场上摸爬滚打了二十年。他个子不高，胖胖的，最明显的特征是长着一双红肿的小眼睛，如熟过头的烂桃子。他话不多，面部表情也不丰富，使用频率最高的是那双眼睛，滴溜溜地乱转，这样一扇心灵的窗户难免不使人对他心有防范。

　　　　老李为人言而有信，谦卑谨慎，极是平稳朴实。不知天性如此，还是老于世故为掩藏心不正而做出的假象。

　　　　真实的情况不好推测，所以老李是个怎样的人有待大家来鉴定。

　　　　田飞：男，二十四岁，瘦且高。他总是被这样一幅画面所折磨：一个年轻的女人，站在茫茫雪原举目远望，在她的前面是白茫茫的雪，在她的后面还是白茫茫的雪，她就这样站在雪中保持着一种期待的姿势，直到鲜活的眼神变得浑浊，满头的青丝变得灰白，她依然保持着那样的姿势远望，期待看到她家乡生长着小麦的丘陵山地。

这个人就是小田的母亲。三十年前，她随一个身穿军大衣，手上始终戴着白手套的人来到了大兴安岭的一间小屋，在那儿，白手套完成了它的使命被甩在地上而露出了里面的秘密，一只没有手指的断手。从那时开始，她就开始向外出逃，而结局总是以断手男人把她扛在肩上像战利品一样扔回小屋结束。每每想到自己的父亲母亲，小田就心情复杂，可是一个人并没有机会选择自己的父亲和母亲，这是没有办法的事。

三年前，小田一路风尘从大兴安岭赶来投奔到秃子表舅的门下准备一展宏图。他工作努力，随时牢记着自己先锋队员的隐性身份，以完成将全家老小从茫茫雪原解救出来的远大理想，但现实的潮汐一次又一次将他前行的小船搁浅在沙滩上……

以上是两个人的背景小档案，因为每个人都是复杂的，而且深得像大海，三言两语不可能将一个人说得清楚明白，所以这份档案难免浮皮潦草、挂一漏十。

至于第三个人，也就是柳翘翘，关于她的情况，你已知道了很多，所以，不必我啰唆，柳翘翘到底是个什么样的人，你一定是心领神会的，不是吗？

好了，我们还是回到主题吧，八月的一天，有三个人，一女，两男，受领导指示共同奔赴高密去完成一项任务。说是三人，其实还有一名司机，不过这个人物无关紧要，他和那辆北京吉普一样，都和故事本身不发生关系，所以这个人物等同于运输工具或者一坨货物，故省略不提。

此处似乎浪费了过多笔墨，其实并不是无用的。好了，一路的颠簸且略去不提，我们把镜头直接对准第二天。

各式描龙画凤、贴花粘草的瓷器，大大小小，高高矮矮排在高密市百货公司的门前。核对过数目后，经过请示，秃子厂长电话发出一级指令：无论如何要让瓷器在那片陌生的土地安营扎寨，有条件要卖，没有条件创造条件也要卖。否则你们就不要回来了。

于是在八月的太阳底下我们开始向路人兜售这些宝贝。他们说用不着，真用不着啊。可是你父母总用得着吧？你朋友总用得着吧？你小姨子小舅子七大姑八大姨总用得着吧？我们这样帮那些人一分析，有些家伙就发现这瓷器要不买还真不行呢！

于是截至上午十点钟，我们卖出了不少的瓷器，我这个临时收款员的小坤包里装了五千多元人民币。

但在此后的几个小时，我们连一只小酒盅也没有卖出去，而那堆货足足有两百件之多。我们站在八月如火的骄阳下像狗一样吐着舌头，大口大口地喘着气。

这种情形和我想象的关于业务员长袖善舞、酬酢应对的风采大相径庭，于是我受了极大的打击。千忍万耐挨到一点钟，老李刚刚开口说去吃饭吧……我和田飞马上欢呼一声就撂挑子不干了。

我们走到马路对面的一家饭馆去吃饭，途经饭馆的路上经过一间公共厕所，我进去后补了一点粉，又看了看那些货款，我的包实在是太小了，它们有些委屈地挤在这暂时容身的地方。

进了饭馆，先洗手，小包细细的带子总是从肩上滑下来。我干脆把它交给了老李，因为他的包大得似乎能装得下一张饭桌，我说：把它放你包里吧，我总是容易忘东西。

他照我说的做了，然后就开始吃饭。因为疲惫和牢骚，免不了要喝一点酒，于是三五杯啤酒麻利地喝下去了。

酒是好东西啊，它让我们变得亲密无间，它让我们有一点点兴奋，有一点点伤感。它也让我逃开了一些束缚，有独自去偷欢的喜悦。我给他们倒酒，他们的眼神紧紧咬着我的脸，我的笑声很鲜亮。

我好久都没这样笑过了，陈世雷见不得我这样笑，我一这样笑，他就说我轻浮。可是现在，我在心里说：让陈世雷见鬼去吧！

举杯相碰时，我们达成了共识：吃完饭先回招待所休息，让那些瓷器，暂时见鬼去吧！

吃完喝足，我们欢声笑语回招待所去。我的脑袋变得很大，走起路来倒倒歪歪，好像踩在云朵上。进了门，一头扑到床上就睡着了，再睁开眼，天已经快黑了。

我起来洗脸时想到了我的包，不是想到了里边的钱，真的不是，我从来没有强烈的职业责任感。我想的是要在脸蛋儿上擦点油抹些粉。

我去老李他们的房间时，他们两人都在床上坐着。老李把小包从大包里拿出来，递给我。我提着包回了房间顺手打开，突然之间才发现……那些货款没有了。

事情的经过就是这些。

关于这一段叙述，我的态度极为老实，既没有油嘴滑舌，也没有思绪飞扬，完全本着实事求是的原则，严肃认真地做了交代。

我不仅现在是这样交代的，在派出所也是这样向民警同志交代的。当然不是高密方面的派出所，他们明确告诉我们，此案件属于内部作案，让我们回当地去解决，他们不予受理。于是我们日夜兼程赶回故里，一下客车，就被等候在此的秃子经理一行扭送执法机关。

专门办案的人员马上把我们分开审讯，让每个人叙述事情经过，我的叙述如上，这里不再啰唆。一个小时后，我恢复了自由。两个小时后，田飞也出来了。只有老李被扣在里面，当晚没有放出来，经过连夜审讯，第二天，他招供了。

至于派出所是如何确定老李是小偷的，我无从知道。只是根据田飞的叙述，我知道在高密的那天他们一起回房间后，田飞曾去洗过衣服，时间大约十五到二十分钟。也就是说在这个时间内老李单独待在房间里，他有足够的时间把钱偷走。

当晚我放下心来美美地睡了一觉。谁知第二天却传来了老李翻供的消息，而且有人放出风来说老李是被打怕了才承认的，他有位背景相当厉害的亲戚支持他翻供，这位亲戚是市公安局的一位头面人物。

事情到此变得复杂了，老李从公安局出来后对我和田飞横眉冷对，好像是我俩阴谋陷害了他。而我开始怀疑田飞，田飞则开始怀疑我。周围那些人呢，他们一下子变得富有智慧并善于逻辑分析，经过一系列复杂的科学推断，他们终于剥开迷雾见青天，把我们三个人一网打尽，全部当成了小偷。

他们的推断极具说服力，不妨一听：

第一，老李是多年老业务，经验丰富，并且非常熟悉高密地区的地理交通及银行分布情况，他极有可能利用单独在房间的机会，偷走钞票，并转移到安全的地方。

第二，那个女的，也就是柳翘翘，她曾将包带进厕所，趁这个机会，她极有可能将钱从包里偷出来，放进了口袋。什么？她身上没有口袋。那么她会不会放在乳罩或裤头里呢？别笑，肯定是这么回事。然后她把空包给了老李，制造了一个老李作案的假象。其实她才是真正的小偷。

第三，难道那个姓田的就没有作案动机了吗？不！当然不是，他同样值得怀疑。他不是曾去洗过衣服吗？回来后老李已睡，他完全可能趁对方睡觉之机做了小偷。而且他是秃子经理的亲戚，就算事情败露，秃子也会网开一面的。

难道不是吗？这三个可耻的贼！

……

事到如今，已过去了十年，我依然不知道是谁的手曾经打开了那个小小的包。在一个清凉的雨夜，这件往事无意间击中了我，于是我想也许经过时间的过滤，事情的脉络已经清晰起来了呢，所以亲爱的朋友们，让我们一起来理顺它，看看到底是谁的手曾经打开了那只包，我？老李？或者田飞？

你认为谁是那个可耻的贼？

九

很快就到深秋了。梧桐树上结满了褐色的果实，一串一串，在树上哗哗地响着。

我在等待"高密事件"的处理结果。秃子经理已经决定不麻烦派出所了。他要亲自揪出那个贼，使那个贼在人民群众的火眼金睛下显出原形，无处藏身。

一天早上，陈世雷送我到单位门口，我依然打扮得体面光鲜。穿着陈世雷在南京给我买的夹克小套装，夹克太小，刚到肚脐眼，裙子太短，不到膝盖，但是很靓，这比什么都重要。我从摩托车上下来，膝盖灌满了风，整个人冻得有些木了，脚一着地，趔趄了一下，差点摔倒。陈世雷上下扫了我一眼，赞许地拍了一下我的腰。

我向前走，在院子里，迎着面，林鸣过来了。他昂着头，垂着眼皮，不看我，笔直地走过去。但是过了一会儿，他从后边追上来，支支吾吾地，似有话说。我等着他开口，他却不吱声，只是盯着我的腿看，我很生气，这是他应该看的吗？我压抑着不快说：你有事吗？他的脸突然红了，拿手擦了一下鼻尖，掉头走了。

我到了办公室，电话就响了，是林鸣，他上来就说：你怎么不穿袜子啊？天这么冷，会冻坏的。我把电话扣上了，突然就对这个老实人生了气，心想：难道你不知道我腿上穿的是薄如蝉翼的丝袜吗？添什么乱啊？真是！

这一天跟往日没什么不同，修丽丽把算盘拨得噼里啪啦响，接了无数次电话，照了无数次镜子，我对这些都没什么感觉。快到中午时，修丽丽突然说：咱俩什么时候把账对一下吧。现金账你接过去很长时间了。

我心惊肉跳，陈世雷蓝色的摩托车像一匹不安分的马，在我面前跳来跳去。我支吾了一会儿，突然脑子里灵光一闪，张口对修丽丽说：等等吧，我最近挺烦的，等高密那事有结果再对吧。我摆出一副极其痛苦惆怅的模样，供修丽丽欣赏，以期引起同情。

修丽丽再没说话，她暂时放过我，我稍稍安心，知道自己又逃过了一次。只是不知道我的守护神能罩我多久。

到了晚上，我在宿舍里发愣，修丽丽从外面进来。在屋里转了两个圈，眯着眼睛把我看了又看，才说：秃子叫你过去。我说：干什么？她嘴角挂着一抹奇怪的笑，神情暧昧地说：他叫你我怎么知道。

她虽然这样说，我还是在她的笑里看出一些不怀好意的成分。我向门外走，走廊上没开灯，我在黑暗中摸索着前行，心里想一定是高密的事吧。

听说他已经找老李和小田谈过了，不知道他们俩说了我什么坏话，我很担心秃子把我当成了贼。

推开经理室的一道门缝，我看见屋里灯光昏暗。昏暗的屋里漂浮着袅袅的烟雾，大片大片的烟雾滚滚向敞开的门缝涌过来，我咳嗽了一声，向前跨了一步。

进了屋子，我的眼睛已有些适应，在桌子后面坐着一个人，昏暗的灯光下，我看见那个葫芦样的东西网在一圈幽蓝的微光里。果然是秃子。我说：经理，你找我有事？

那个人影没发出声音，但是他站了起来，穿着他宽大的风衣，衣裾飘飘走向门边，我听见门锁啪一声碰上了。

他向我靠近过来，像一只巨大的怪鸟，扑扇着硕大的翅膀。他把我逼到办公桌的侧面，然后伸手从风衣口袋里掏出一个白色的小瓶子，他转了一下瓶盖，有一粒白色的小丸子掉出来，有绿豆大小。我好奇地看着这粒精致的小东西在他的手心里活泼地转了一下，被他捏了起来，送到我的嘴边。

他的镇定和从容感染了我，我竟然一点都不惊慌，只是本能地歪了一下头，避过去，问他：什么东西？

他说了那天晚上的第一句话，他很不屑地说：我能害你吗？既然他这样说，我就乖乖地张开了嘴，吞下了那粒可爱的小丸子。

他随手把那个小瓶子放在桌子上，又伸手去风衣底下掏东西，他会掏出什么东西来呢？我脑子里仓促闪过修丽丽脖子上的那条玛瑙链子？还有她耳朵上那两个玫瑰形黑色的耳钉……当然，我马上意识到这非常可耻，为了掩饰，我拿起旁边那个小瓶子来看，模模糊糊看见上面的纸签上写着：复方左炔诺孕酮滴丸。这么复杂的名字，什么意思呢？我不明白，于是再去看说明书。

就在这时，我的秃子经理用胳膊肘碰了我一下，我一抬眼，立刻目瞪口呆。他掏出的竟是他的胯下之物，像一条蛇，昂着头，左右摆动……这是我绝对没想到的，我愣着，脑子里一片空白，他握住他的那个东西，在另一个掌心里啪啪地敲打着，说了那天晚上的第二句话：快点，抓紧时间。

　　时间可能真的非常宝贵，他果断地把我按倒在桌子上，坚决地把我的两腿扛在他的肩膀上，我看见我的裙子像一面破败的旗帜，自空中褪下。

　　这是一个很奇怪的姿势，我的左手握着那个小瓶子，右手使劲抓着秃子经理的办公桌一侧。那是一张紫黑铮亮的老板桌，我抓紧它，就像抓着一个人光滑起伏的脊梁，它有着脊梁的弧度，有着脊梁的手感，有着我对脊梁的一切向往……但是，它真的不是，它只是一张冰冷的桌子……

　　昏暗的屋子里开始荡漾着一种哗哗的声音，极有节奏。那是挂在秃子经理腰间的一大串钥匙，可能有办公室的，有会议室的，也有保险柜的等等，它们伴随着主人身体的节奏，不慌不忙地哗！哗！哗！像海水一样，一浪一浪，在这个世界上有条不紊地响着。

　　这个时间持续了多长时间呢？可能很长，也可能很短，都没有任何意义了！

　　有意义的是在那哗哗的声音刚刚停息的时候，门突然被嘭嘭地拍响了。

　　秃子经理看了我一眼，他肯定是看了我一眼，就把我推到办公桌前面的椅子上坐下，再一次沉着地走向门口。我看见他的脑袋，不！是他的假发，就摊在那张铮亮的办公桌上。

　　这一次，站在门口的是林鸣，他慌慌张张地说：经理，有小偷……我看见向这边一闪就不见了，你……你窗子关好了吗？他会不会跑进来了……

　　秃子经理一扬身，他的黑色风衣像战袍一样謇地扫过，他向着窗户说：快好好看看，没准是上回那个贼呢，抓到他，我把他的头拧下来……

　　他们开始四处查看所有的窗子，在这间隙，秃子经理冲我说：柳翘翘，你回去吧，仔细想想那天的事，想好了，再跟我反映一下……

　　我的脑袋一片混沌，茫然地站起来，准备离开，突然我看见一小团灰白色的东西，堆在我的一只脚踝处。它……它是我的内裤！我本能地蹲下来，褪出一只脚，迅速把它团在手里。

　　出了秃子的办公室，我游魂一般向宿舍走去，心里一声又一声地对自己冷笑：这到底算怎么一回事？我原来是准备和他好好谈谈的，可是关于高密的事，竟然只字未提，而且，在后来钥匙哗啦哗啦响的时候，我竟然也没有拒绝，我为什么不拒绝呢……

我木然地向前走着，林鸣这时从后面追上来，他有些神经质地握住我的手，急切地说：没事吧？你没事吧？他满手心都是湿漉漉的冷汗。我一陈恶心，好像突然掉进了一只黏糊糊的牛奶瓶。

我就这样站在走廊里，右手握着我的短裤，左手被林鸣紧紧握在他的手掌里，他说：你是高贵的，柳翘翘，我相信你，你不要怕他，他不敢把你怎么样。

我缓缓回过神来，在心里叹息一声，慢慢地问：小偷呢？抓到了吗？林明低下头，有些不好意思地轻声说：没有小偷，我骗他的，我怕他伤害你。

我又叹息了一声，叹出来了，那一口气息直接喷在他的脸上。我张了张嘴说：他当然不敢把我怎么样。这个声音极其怪异，也极其陌生，其实这不是我想说的。我想说的太多，也太复杂，可是我什么也说不出来，有一只盖子把我紧紧地盖严了。

他宽慰地笑了一下，说：我知道，你是高贵的。

是吗？是吗？我是高贵的。我莫名其妙地笑了一下，看着我们握在一起的手，这是他第一次握住我的手，也是第一次和我站得如此之近，除此之外，他总是远远地注视我。林鸣说：你和她们不一样，你不能让秃子毁了你的高贵。你知道吗？由于紧张，他的声音又开始颤抖，他的手心阴冷冰凉，满是冷汗，像爬满青苔的井沿，我有些握不住他了。

我虚弱地看着他，他的脸在昏暗的灯光下，脆弱而迷茫，蕴含无限痛苦。我冲他点点头，抽出我的手，慢慢地走了。

好吧，既然他认为我是高贵的，那么……我保证，在他面前，我永远都是高贵的。

我向前走，没有回头，我知道他一直站在身后，默默地注视着我。我还知道，他非常爱我，但是……算了吧，我真的很难过！

十

我是病了，身心扭曲且分离。

所以有一天，我让陈世雷帮我去请假，理由是感冒，要求休养生息三天。陈世雷去找修丽丽，让她转告秃子经理。但是修丽丽当场就拒绝了，好像她就是秃子经理本人。她口气硬邦邦地说：不行，柳翘翘不能休假，叫她赶紧来上班。

陈世雷气冲冲回来告诉我：这个小婊子，她有什么了不起？不就是仗着秃头撑腰吗……骂了一会儿，陈世雷突然看着我，怒其不争似的说：你看你，白长了一副聪明的脸蛋儿，你要有修丽丽那样的本事，早把秃子调制得服服帖帖……

我大吃一惊，万万没想到陈世雷竟有这样的委屈。陈世雷说得没错，修丽丽确实把秃子调制得服服帖帖。不只如此，她还和一个什么局的局长打得火热。也许你会由此认为修丽丽脚踩两只船，不！远远比这复杂。如果你以为她单单是使用了她的脚，那你就大错特错了。其实她的手、嘴巴、眼睛都还控制着其他的交通工具。更难得的是这些交通工具各行其道，互不干扰。比如说飞机在空中飞，轮船在水里游，汽车在地上跑，如此等等。

想明白了这一点，我的心情无比复杂。

鄙视是难免的，还有嫉妒与佩服。为什么不佩服呢？能坚实地把两只船踩在左右脚底，已算本事；倘若兼任海陆空三军总指挥，那得有怎样的雄才大略啊！我不知道别人，反正我是不行的，乘船就决不想坐车，反而经常是行至中途被船老大一竹竿打进水里去。

我并不是不尊重修丽丽，但我是真的病了，有三天时间，我没去上班。

第四天早上，我在书店门口一露头，就看见了林鸣，林鸣在传达室里东张西望，看见我就立刻走了出来。他神色担忧地说：你去哪儿了？怎么说不来就不来了？我说：我病了，你听听我的嗓子，到现在还是沙哑的。

林明莫名其妙地说：可是她们都说……都说……他突然停下来，脸竟然涨得红红的。我问：她们说什么？林鸣的嘴唇张了又合，合了又张，支吾了半天，很生气地说：反正没什么好话。

我不准备和他啰唆下去：随她们说吧，你要相信就不用来问我。林鸣快步追上来，他压低声音小声说：你注意点，秃子放出风来说要开除你。

开除我？为什么？我在那儿愣了一会儿，我直直地看着林鸣的脸，好像在他的脸上写着答案。三三两两上班的人从我们身边走过，他们神色傲慢，脊梁挺直，好似在一夜之间都变成了贵族。

我与林鸣转到花坛那儿继续说话，我说：他有什么理由开除我？林鸣眼神复杂地扫了我一眼，小声说：秃子说你破坏了单位整体形象，给领导脸上抹了黑。

我马上就想到高密事件上去了，我说：那么老李和小田呢？也开除吗？

林鸣的眼睛在镜片后面像两小堆快要熄灭的火闪了闪，很奇怪地看着我说：你真不明白呀？秃子说的是……是你去医院妇产科的事……他难过地低下头，拿脚在地上蹾来蹾去……

我一下子就被雷击中了，傻傻地定在原地，过了好久，我才有能力开始生气。

我真的非常气愤又不能理解，修丽丽被人家老婆打回老窝，结果像凯旋的英雄一样被接回来。而我呢？感冒三天，竟然就使单位的集体荣誉受到了伤害。看来陈世雷说的一点没错，我只是长了一副聪明的面孔，我的脑袋是用来喘气的。

那种哗啦啦的声音莫名其妙地在我耳边响起来，一层又一层地翻卷着，像潮汐吞噬着沙滩，水漫过来，淹没了我。

我去了办公室，修丽丽正在照镜子，她扫了我一眼，啪的一声把镜子扔进抽屉。从里边拿出个存折摔到我桌子上。是公司存折，我拿起来看了一下，在我离开的这几天，存折上显示支出了两万块钱。

我说：这是什么意思？修丽丽哼一声说：你不来地球就不用转了吗？告诉你，少了谁都一样。她眼神斜视，神态傲慢，气焰很是嚣张。我马上感觉不对，存折由我保管，放在抽屉里，并且上了锁……除非，我看了一下我的抽屉，马上就明白他们把我的抽屉撬开了。

我浑身颤抖，冲修丽丽说：你怎么能这么干？她站起来说：不用跟我吵吵，咱们去找经理吧，他正等你呢。这是她第一次提到了秃子的职务。

在去秃子办公室的途中，修丽丽和我都一言不发。不同的是进门以后，我俩的表现，修丽丽直接坐在了老板椅上，而我，我在办公桌前站着，我再一次见识了那张油光铮亮的老板桌。

秃子站在窗户前，他咳嗽了一声，示意她起来。修丽丽没动，他又咳嗽了一声。这次修丽丽扫了他一眼说：你用不着这样，我就坐这儿啦！

她这样一说，秃子就不咳嗽了，用手摸了摸头上那堆头发，开始说话了。他说：柳翘翘，你还想不想干了？母鸡要下蛋还得咯哒咯哒两声呢，你这样对得起谁呀？

我看着他头上那簇旺盛但早就死绝了的毛发说：我是不想干了，把这月工资给我，我马上走人。秃子斜眼看我，又瞟了一眼修丽丽，过了良久，沉着地说：你旷工三天，耽误了工作，工资扣了。

扣了？凭什么扣了？我逼问秃子，怒气使我勇气倍增，我突然发现这个秃家伙并没什么可怕的，他就跟他的假发一样虚伪可笑！修丽丽在旁边响亮地说：凭什么？凭单位的规章制度。

我冷笑一声，冲着这个小贱人说：规章制度？你脸皮可真厚啊，你被刘东老婆打碎了脸，跑回家躲了五天，规章制度怎么就没用了！要是我没记错的话，经理那个月还给你发了奖金。

修丽丽看着秃子，秃子看着我，秃子不愧是领导，终于想到了一条理由，他说：你还没结婚，天天和个男人混在一起，这对单位影响太坏了，这个……大家给我说过好几次了，你们很过分！

我耐心地等他说完，向他点点头，说：难道在你的这个单位里，只允许偷偷摸摸地乱搞男女关系，而不允许光明正大地谈恋爱吗？

秃头与修丽丽都变了脸色，我开始卸手中的钥匙，把其中两把拿下来，然后把那一大串哗啦一声扔到那张铮亮的办公桌上，调头就走。

秃子一连说了好几个你你你后，终于吐出一句话：对了账再走。

对账！这句话像晴天里一个霹雳，把我镇住了，要在以前，我肯定魂飞魄散，双腿一软，就倒下了。可是感谢陈世雷这些日子的调教，他已在无形当中把我塑造成一个大无畏的英雄。当然，英雄和流氓在很多地方是一致的。

我听见这个已经脱胎换骨的柳翘翘发出了一声冷笑，高声说：对账？我和谁对账？出纳不在，你们就把钱取出来了，我知道你们取了多少？

修丽丽嚷道：取了多少！存折上不是写着吗？我紧逼一句：这次是写着，以前呢？你们取了多少？取了多少次？

修丽丽的眼睛又瞪得有铃铛那么大了，她很委屈地看着秃子，希望秃子能使出什么绝招将我降服。她这一副故作清白的模样，看在我眼里实在好笑，我说：你不用摆那姿态，哄谁呢？那五辆90摩托车的款呢？三个月以前就收上来了，怎么不入账呢？不入账也没什么，钱呢？

他们两个人大眼瞪小眼地碰了一下目光，都盯着我，一言不发。我对着秃子一扬头说：告我去吧，我随时恭候。

我摔上门就走了。

不对，只走了十几步．我就开始跑，向着走廊的尽头，做逃窜状。我虽然把话说得慷慨激昂，像面对敌人铡刀的刘胡兰，但我心里慌乱得很，完全是一个做贼心虚的小人。我心里想，只要能走出这个门，我就胜利了一半，秃子与修丽丽肯定会在后面追出来，把我拖回去，逼着我对账，他们绝不会善罢干休的。我必须在他们反应过来以前，在这个地方消失。

我一溜烟地向大门口跑去，风在我耳边呼呼地刮着，我觉得头顶随时会有一条大棒子砸下来，狠狠地将我放倒。我差不多都看见在离大门一步之遥的地方，我瘫软在地，被人团团围住，而远处，警车怪叫着飞快地逼近……

但是，谢天谢地，在向外面奔跑的过程中，我没有遇到任何障碍。我的双脚顺利跨出了书店的大铁门，外面的世界呼啦一下变得无比宽阔，无比敞亮，自由如此贴切地逼近我，我驻足观望，竟有些茫然失措，心头有一万只小鸟在放声歌唱，向着不同的方向……在何去何从的问题上，我没敢耽误太久，就向着陈世雷所在的方向投生去了。

后来，在各样的报纸刊物，我陆陆续续拜读过一个又一个"花季少女贪恋钱财，不幸身陷囹圄"的故事。在开始，那些黑压压的文字，总是让我心惊肉跳。我估计用不了多久，柳翘翘的大名就会在这些报纸和杂志上闪亮登场，同那些"一失足成千古恨"之类的词紧密联系在一起。

但是随着时光的推移，我已经忘了这样的事情和我曾经还发生过一些关系。到今天，老话重提，我并非想拿"天网恢恢"之类的词来拷问自己，而是对那件事，我已有了全新的体验。我想柳翘翘之所以没有被打回原形，是因为她和修丽丽，还有那个秃子，他们一路货色，没有一个好东西。

狗咬狗一嘴毛的道理，他们比谁都懂得，所以他们不敢互相撕咬！

十一

我无疑是一个极为混乱的人，而陈世雷呢？权且当他是个大无畏的英雄吧。但是这个英雄，当我从书店投奔他的那一刻起，上帝就进驻了他的心中。他一遍一遍跟我说：完了，完了，报应马上就要来了。

他歪着头打量我，眼白较多，像在琢磨一件搬家时是否该带走的老家具。这让我有些忐忑。不过还好，陈世雷说：我有一个姑妈，住在一个镇子上，家里没别人，你先去避一下风头吧。

我连连点头，表示没有异议。一直以来，与陈世雷在一起，我的脖子都是活动频率最高的部位，这一点想必他已早有察觉。所以凡事他尽管做决定，不必跟我商量。对一个甘心被奴役的人来说，就是要彻底地奴役她，用不着客气。

这是鼓励陈世雷的一句话，但是因为涉及的对象是我本人，所以我虽然说的时候钢嘴铁牙，其实心情难免有点酸溜溜的。直到今天，我依然时不时掉进被人奴役的境地。所以我宁可做个白痴，也不想拥有什么火眼金睛，凡事都能鉴毛辨色。打个比方来说就比较好理解。一只被苍蝇饱餐过的蛋糕，如果你一边品尝，一边想象一群苍蝇刚刚在上面跳过舞，会是什么感受呢？

好了，所有的苍蝇都是讨厌的，我们还是接着向下说吧。

陈世雷愿意帮我避避风头，这令我欣慰。不过，你注意到了吗？在"你先去避一下风头吧"这句话里，陈世雷用的是"你"，而不是"我们"，也就是说需要避风头的是我本人，并不包括陈世雷，这事和陈世雷是没有什么关系的。

不管怎么说，在这关键时刻，陈世雷既然清醒地认识到这一点，却没有抛下我不管，还积极主动地替我出主意、想办法，可见是一个有情有义的人。认识到这一点，我还是让自己感动了一下，他对我还是好的。

陈世雷此刻是我唯一的稻草，我必须紧紧抓住他。我是这样想的，也是这样做的。于是在一个月黑风高的夜晚，我带了些随身用的东西，背了一个硕大的牛仔包，就与陈世雷踏上了逃窜之路。在临行之前，我脑子里肯定想过很多事，但是那个夜晚已成往事，感觉不能再现，所以，我忘了是否还想起过我的母亲柳惠心女士。

多少年后的今天，回想这一件事，往事的碎片在记忆的回廊里纷飞，如蝴蝶的翅膀，滑过初夏的草地。随着它舞步的蹁跹，草叶飞长，韶华浮现，我看见往事的脉络，逐渐清晰并充盈丰美起来。

在草叶翻飞与流水闪烁的光影中，某种年代的柳翘翘渐次浮现，但我并不能完全看清她的面容，时光已在她身上折射出斑驳的色彩。我与她对视，觉得十分奇怪，也不可思议。我不能明白，在当时，她竟然没有想到应该去向母亲求救，而是完全相信了一个陌生人。她跟这个人既没有亲情关系，更没有血缘相连，但是她完全信任他，依赖他。她计较自己母亲说话时的腔调，在意母亲看她时的眼神，却完全不计较一个陌生人的来处，不探讨他的去向，更不揣摩他的用心。甚至在他拳头的痛击下滋生出被虐的快乐。

是什么让她彻底地归顺于这个男人？匍匐在他的脚下，驯服并面露阿谀的笑容？

是什么呢？起先她按照习惯（当然是大伙的习惯，也就成了她的习惯）把这一切归结于发生了爱情。是啊，除了伟大的爱，还有什么能让人如此失去理智？但是……她知道这是在撒谎，爱是一种灿烂如烟花的感觉，稍纵即逝，所有关于爱的说法都极其模糊，不够确切，也不够明朗。

按照她自己的经验，爱是一种很靠不住的东西，曾经她以为这个人是她的爱，曾经她又以为那个人是她的爱，其实，他们都不是。

于是她继续清算自己，终于发现口口声声挂在嘴皮上的爱，从来都是礼品盒的外包装，而肉体的欲望才是真正的内核。

要承认与陈世雷的初恋，只是肉体欢愉形成的一种持续快乐的波浪，与爱没有多大关系，是一件很不体面的事情。但这有利于柳翘翘的成长，有利于她审视与男人各种各样的关系。

当然这种审视，是后来的事，是穿越了重重岁月的尘埃，才朦胧看见的一个大概……等等，难道这种审视本身是靠得住的吗？

我不知道，这很难说清楚。

我所能做的，只是告诉你接下去又发生了的那些事情。

陈世雷的姑姑是一个白发老妇，个子很矮，细脚伶仃。据陈世雷说，她独居多年，丈夫在"文化大革命"中被揪斗，因不堪忍受，吊死在梁上。

陈世雷当时指着黑黢黢的梁头对我说：绳子就挂在这儿，舌头伸得有一尺长，穿堂风嗖嗖地刮着，人吊在半空晃过来又晃过去……我一手压在胸口，一手捂住嘴，感觉我的舌头也在咝咝地拉长，我的嘴再也放不下它。

而陈世雷的姑姑，那个白发的小老太婆，她僵硬地盘腿坐在炕沿上，自始至终都面带微笑，一言不发，也一动不动。整个屋子散发出一种烂木头的朽味，她就像一具风化千年的木乃伊。

我对这个老太婆充满了好奇和惧怕。但是陈世雷当着她的面说：你别理她，她已经废了。

废了？我大吃一惊。陈世雷把我领进另一间屋子，他说：她的眼睛看不清，耳朵听不见，脑袋不管用，难道还不叫废了？

但是在第一个夜晚，这个被陈世雷认为废了的人就给了我一个下马威。那一天晚上，我闭着眼睛去厕所，一出房门，在地中间猛地撞倒了一个什么东西。在那一瞬间，我魂飞魄散，黑暗中有两团闪亮的东西紧紧罩住我，如熠熠生辉的两只猫眼……

我发出一声惊呼，随后陈世雷出现，拉亮了灯，昏黄的灯光下，我看见那个老太婆坐卧在地上，她头上的白发像银针一样竖立，微微颤动。而她的神情则无比怪异，歪着头，挑着嘴角，眼尾上扬，嘀嘀嘀地娇笑着，声音清亮、轻快，如某种小兽。而她的眼神雪亮、锐利，在我和陈世雷的身上窜来窜去。

陈世雷发出了一连串的咒骂，他穿着紧绷绷的小三角裤，光着脚，激动地围着这个小老太婆转来转去。他声色俱厉地低声恐吓道：快滚回老窝去，我连狼都打死过，你再不老实，我一枪崩了你……

我像一只被大头针钉在墙上的蝴蝶，目瞪口呆。老太婆却突然双手合在胸前，口中嘀嘀咕咕，点头作揖，一副祷告祈求状。

陈世雷抬脚一跺地，狠狠呸出一口唾沫说：滚！那老太婆一拧身就从地上站了起来。姿势轻盈飘逸，那两只裹过的小脚在地上一闪而过，没有抬脚迈门槛，她就消失在那间黑暗的屋子里。好像她的脚底下飘着一团云彩。

那一个晚上，陈世雷把我紧紧地挤在怀里，我是一只发高烧的鸡崽，被严严地捂在母鸡的翅膀底下，我宁肯就这样被憋死，也决不愿意露出头来透一口气。

黑夜还长，陈世雷继续睡觉，不过在临睡之前，他对这件事情做了简单的解释，他说：老太婆被黄鼠狼迷住了，黄鼠狼一兴妖作怪，她就不是她自己了。最后陈世雷宽慰地拍拍我说：睡吧，小家伙。这种东西你不怕它，它就怕你。你要怕它，它就敢附到你身上吸了你的魂魄。所以你千万不能怕它……

陈世雷果然是不怕它的，只一会儿，我亲爱的人就打起了呼噜。而我，谁都知道我是一个没出息的人，我缩在陈世雷的怀抱里，感觉自己像只高压锅的气阀一样刺刺地喷着热气。

以后的情况就是这样，白天，我趴在门或窗玻璃后边，提心吊胆地窥视那个老太婆。她像一小簇干柴慢慢地移到东边，又慢慢地移到西边。她的腿脚僵硬着抬不起来，走动时，就在地上发出嚓嚓的响声。

到了晚上，正如陈世雷说的那样，她就不是她了。犹如僵尸还魂一样，她两眼放出绿光，身手敏捷、行动灵活，我看见她从地上飘起来，轻盈地坐在锅台上。

总是在陈世雷与我做爱时，她就在门外显灵，用一把小铁锨拼命地铲着房门，嘴里发出一种刺耳的尖叫，如风在铁器上旋过的声音，过了多少年，仍在我的耳朵边上叫嚣。

我要挣开，但是陈世雷压紧了，他的眼神横在面前，雾蒙蒙一片，如一大片破碎的毛玻璃……我瞪着他的脸，总看见猫咬住老鼠时的样子，龇牙皱鼻，而四周的黑暗里都是闪动的红色舌头……在肉欲的癫狂中，我看见爱情的灯，盏盏相续熄灭。

在又一个黑夜将要来临的时候，我在一间门上挂着大铁锁的屋子里等待，等待陈世雷从外面回来。窗外开始下雪了，这一个冬天似乎来得有些早，我已经有好久没有出去透透气了。老太婆在我屋子的外面走来走去，发出迟缓的嚓嚓的声音……

我知道随着夜色越来越浓，这种声音将死去，有另一种声音将在夜色里喷薄而出，鲜活跳跃。这种声音无处不在，无所不能，它不受门和墙壁的阻挡，将直接叩击在我的心口上，连陈世雷都不能使它有丝毫的偏差，任何人都不能……于是，我绝望地从陈世雷的剃须刀里取了刀片出来，将刀锋逼紧了脉搏……

这是我迄今为止做得最干脆利落的一件事情，当然我指的不是刀法，实际上刀法无比混乱，十几刀下去，才切中要害。我指的是做这件事情时我的姿态，这种姿态使我具有视死如归的气魄。

当然，这没什么好夸耀的，至于它的细节我不想再重温一遍。重温对我没有任何好处，有一个神秘人物曾经告诫我说：如果一件事情你没有做成功，你会尝试做第二次。关于此人，他是著名的心理医生，也许你不知道他的名字，但你一定看过他的《悄然走近的精神病时代》，在这本书里他列举出的精神病患者特征共一百条，我觉得一百〇一条我都具备。算了，不说他了，让精神病走开好吗？我们需要过一种健康的生活。

一个人要死掉似乎无比容易，但有时也是不容易的。

我们把镜头直接切换到住院期间吧，在那儿，有一些令人愉快的事情发生，陈世雷就是在那个医院又交上了桃花运。

在一天下午，我闭着眼睛装睡，听见陈世雷跟一个医生在说话，那女人间：她怎么了？陈世雷说：她神经不大好。她说：看着挺正常的呀。他说：正常不正常又看不出来。她说：怎么看不出来？他低声笑了一下，柔柔地说：那我心里现在想什么，你能看出来吗？

我虽然闭着眼睛，也能看见陈世雷的眼神，肯定像一汪春水在荡漾。还有他的嘴角，一定微微地翘起来，总是看得人心里一愣一愣的。而这种腔调和眼神，我是熟悉的。我的嘴角浮起一丝微笑，心里说：亲爱的，请继续好吗？

在接下来的日子里，当我躺在病床上时，一定还有另外一些事情发生了。

我不可能看见有关细节，但是陈世雷可疑的兴奋，那些护士奇妙的眼神，让我确信真的有事情发生了。在不久后的一天傍晚，另一个当班的小护士来给我挂吊瓶，她干完了自己的事，还在屋里磨磨蹭蹭地不想离去。我看出来了，她好像有话要说。

后来，她的脸涨得通红，很生气地跟我说：你真傻，你为了他连命都不要了，可是……他……他整天跑到人家藤医生家去，他真不要脸，他……说他最会做红烧鱼了……

那个好心的小护士，一边说，眼里就雾蒙蒙的，她昂脸瞅着天花板，不停地眨巴着眼皮，强忍着不让眼里的泪水滚下来。

我的心花开始颤颤着开放，紧紧攥着双手，心里说：感谢上帝，我的苦日子就要熬到头了，日思夜盼，黎明前的那一束微光总算要穿破白色恐怖了……

小护士说：你怎么了？你别难过。我说：我很难过。她说：你真的别难过。我说：我怎么能不难过？

我听见自己声音颤抖，含泪带血，这种声音极像京剧《白毛女》里大春与喜儿山洞相遇一场，无语凝噎，千言万语化作两行热泪。

小护士紧紧握着我的手，眼神无限痛楚，她再说：我知道你爱他。我点点头，再点点头，我看见热泪滴在她的手背上，觉得嘴巴像一个出口，有成千上万只小鸟乱糟糟挤在一起，等待放飞。

我爱他！真有意思。我爱他吗？

我张开嘴，看见一团破败的羽毛，裹着一声怪异的呜咽飞出来，一个我完全不熟悉的声音含混地说：我真的爱他。这个声音一点都不抒情，它超出了我的控制，打破了我对它寄予的期望。我原来是打算把这一句话说得哀婉凄绝一些的，那样才比较符合剧情的需要。

但是我发出了一声真正悲痛的呜咽。我想以后不管过多少年，当那个小护士回想这一幕时，她肯定会说：那个姓柳的病人当时完全被悲痛打倒了。

事情就这样发生了转机，在走投无路时，突然一下子就峰回路转。

我该出院了，陈世雷已办好了所有手续。在走廊上，我跟遇到的人都点一点头。然后，我做了一件谁都想不到的事，我直接去了值班室，找到了藤医生。我飞快地握了一下她的手，不动声色地说：谢谢你。她有些紧张，也有些不安，不看我，却扭脸去看门口，她的救星陈世雷就在门口出现了。

显然她和陈世雷都怀疑我别有用心，尽管我还想好好地握一握她的手，就像郑重把接力棒交在她手上一样，说声：任重而道远啊，同志。但是我的用心没必要让陈世雷知道，这很危险，所以我尽量让自己稳住，只是真诚地对藤医生说：谢谢你，谢谢啊！

我的感激是发自肺腑的，藤医生是个好人，她真的很好，好到像菩萨一样救苦救难。

柳翘翘就这样无比愉快地被抛弃了！

后来，柳翘翘回到母亲身边，在日记上郑重写道：我已万念俱灭，心如死灰。

这听来有些好笑，看得出来，她很悲痛，可是心如死灰？没那么严重吧，真正死灰的人是连说也懒得说的。她不过是有些累了，像久经沙场的烈马，长途的奔波劳苦，使她渴望回到马栏里歇息、吃草，用尾巴漫不经心地拂开几只苍蝇蚊子。

所以，不难理解，像所有遭受爱情打击的女人一样，在此后一段时期，她见花落泪，见叶伤怀，那颗总是骚乱不安的心，也打上了"轻拿轻放"的封条，暂时推到角落里，不再去触碰。

不过……你以为她已经完了吗？

不，没那么容易的！

我曾与谁相依为命

你肯定不知道柳翘翘这个名字，双声叠韵，有点轻，有点薄，现在，你可以试着把它读出来。柳——翘——翘，是不是好像在一愣神间，有两朵花从嘴唇间弹出来，粉嘟嘟地开在你身边的空气里？

我就是柳翘翘！

我喜欢这个名字。因为它没什么分量，呈现一种飞翔的轻松姿态，是的，轻松和飞翔是密不可分的。想飞翔你的骨头就得像鸟儿一样，是空的。如果你像乌龟，不但骨头是实的，不幸你还背着重重的壳儿，那么对不起，你只能像乌龟那样爬。

我很愿意自己是个没什么分量的人。

柳翘翘这个名字，姓随我母亲，我父亲姓江。其实他姓什么无所谓，我已经不记得他长的什么模样了。大概在我七岁的时候，他随别的女人一走了之。这件事使我母亲大受刺激，我的感觉是松了一口气，终于可以过安静的日子了。

过安静的日子，一直是我的理想，但他们住在一起的时候，家里是锻炼口才最好的地方。母亲总是指责父亲，把她所有的不幸归于嫁了一个不体面的男人。父亲并不认为自己不体面，他相貌堂堂，身材魁梧挺拔，更难得的是，对于所有新鲜时髦的事物，包括形形色色的女人，我亲爱的父亲都保持着经久不衰的热情。

我说过，这件事受刺激的人不是我，但父亲留给我一条人生忠告，那就是：男人和女人一样，倘有色情可以出卖，并不愿做别的努力。

父亲走后，母亲与我相依为命。当然，这是她的说法，我从不觉得我曾与谁相依过。

那时的情景都还记得：母亲并不是坚强的人，整日以泪洗面，即便不哭，脸也是阴着。她很少和我说话，也不怎么看我，好像我是屋里的一张桌子，或者一把椅子，反正一张桌子或一把椅子，你不理它，它也待在该待的地方。

我觉得她对我的态度，跟她坚强不坚强是两码事。住在五楼的宁馨也是和她母亲一起过，她跟我同岁，我们是同班同学。宁馨的母亲白白胖胖，总是笑眯眯的，一笑，嘴角就闪出两个酒窝，鼻子眼睛一团和气。

我经常看见宁馨和母亲手拉着手，母女两人满脸的阳光灿烂，一边说，一边笑。那些温软的话语从她嘴里吐出来，像一串一串白色的槐树花，精细乖巧、甜蜜芬芳。我总是想，在宁馨的家里，一定开满了这样的花朵，一嘟噜一串的，连空气都是暖洋洋、甜丝丝的。

还有她的手，我也无比喜欢，我觉得这才是一双母亲的手，圆鼓鼓、粉嘟嘟的，手背上一串好看的酒窝。就是这双手，不仅能像变魔术一样一刻不停给宁馨变出很多好吃的，还能在冬天的时候变出松软的棉袄，春天的时候变出好看的毛衣。

而我的母亲是从不屑于这些的，柳惠心女士是别样的女人。惠心是她的名字，有点意思吧？你注意到了吗？两个心的人。

大段大段的时间里，母亲缩在床上看书，有线装本竖排的《红楼梦》《西游记》，也有新版的《山菊花》《秋海棠》，甚至还有配着名家插图的《希腊故事》。如果你以为一双翻开《啼笑姻缘》的手，还打算去摆弄锅碗瓢盆的话，那你就大错特错了。

在读小学的六年里，我从来没有吃过早饭。因为母亲有晚睡晚起的习惯，每一个早晨我背着书包离开家门的时候，母亲还缩在被窝里香甜地睡着。在父亲离开前，他尊重母亲的这个习惯。在他离开后，我照样将"尊重"

这一优良传统发扬光大。

冬天的时候，我穿粉色对襟开司米，脚上是一双红色浅口单皮鞋。这身行头是母亲去香港探望姨妈时带回来的。我实在应该知足得很，在这个小城里，有哪一个人是可以像我这样时髦的呢？红色的小皮鞋，配上花边小白袜，如果蹦蹦跳跳走在秋日的阳光里，那简直就是天堂里的少年。

但是在下雪的时候，这一身时髦的打扮就难免有些不合时宜。尤其是我生不逢时的红色浅口小皮鞋，在雪地里踏得透湿，晚上也没人在炉边为我烘干，第二日早上，惶惶地起来，照样将一双脚塞进去，踩在冰冷的"时髦"里……

每天早上，宁馨总是背着书包早早等在我家的门前，但是我很少能和她一起去上学。像我这样勤劳的人，在早上，总是有很多事情要做。先要把蜂窝煤炉子生着，然后烧开一壶热水。因为我母亲从不喝隔夜的开水。还有，我得把地扫干净，把桌子柜子擦干净以及诸如此类。在这类问题上，我从不投机取巧，因为柳惠心女士会不辞辛苦从床上爬起来，蒙眬着睡眼——验收我的劳动成果。

也有例外的时候，我能和宁馨一起去上学。她倚在我家门前，穿着厚厚的棉袄棉裤，看上去就像一只肥胖的小企鹅。看见我，这只小企鹅就摇摇摆摆地跟过来。我不说话，总是低着头急走。她气喘吁吁地追上来，慌慌张张地问："柳翘翘，你不冷吗？"

我向前走，不理她，也不看她。我只看着脚下的雪地。红色的小皮鞋踏在白雪地上，红得有些刺眼。我无动于衷地看着，嘴角挂着一抹笑，自己也不知道为什么脚都冻僵了还要摆出一个笑脸。宁馨靠近我，小心翼翼地再问："柳翘翘，你真的不冷吗？"

我剜了她一眼，她的脸唰地就红了，很内疚地低头看着自己棉袄的前襟，似乎她穿得那样暖和，非常对不起我。我挺直脊梁，飞快地说："不冷。"宁馨抿着嘴唇，扫了一眼我布满冻疮的双手，它们肿胀得像些胡萝卜。

宁馨摘下她的绣花棉手套，猛地扔到我怀里，说："这个给你。"她头也不回地向前跑了。我像被蛇咬了一口，使劲把手套摔在宁馨的后背上，恶狠狠地说："谁要你的手套，我不冷。"

手套跌在雪地上，一前一后，像两只惊惶的小兽。宁馨愣愣地待在原地，微微张着嘴巴看我，有一圈清亮的泪水迅速在她眼里凝聚，像两洼汩汩奔涌的小山泉。在这一瞬间，我真的不冷了，浑身热血沸腾，怒气冲冲地扬长而去。

报应来得很快，转过年的春天，也就是小学三年级时，我得了胃病。每天只能上半天课，其余的半天，我自己在院子里煎中药。

那种绿铁皮的炉子，又圆又矮，像一只小凳子，炉芯上有一排白色的芯，你知道怎样才能将炉火烧得又旺又节省吗？我是这方面的高手。有时隔壁邻居也叫我过去修炉子，在几秒钟之内，保证手到病除。其实没什么奥秘，熟能生巧而已。

在院子里煎药的半天，是我的幸福时光，炉火红红地烧着，午后的阳光暖暖地照下来，母亲上班没有回来，我拿着她的《秋海棠》，看那个戏子怎样和人家的姨太太勾勾搭搭，后来被头戴绿帽子的丈夫毁掉了一张脸。我当时的知觉是：他不应该去动人家的姨太太，姨太太都是擎在手心里的肉，这肉既然都擎在手心里了，肯定就不是为别人的嘴巴预备的。所以我一点不可怜那秋海棠，觉得他咎由自取，不值得同情。只是想不明白，母亲为什么捧着这样一本烂书也能哭得一塌糊涂。

她总是动不动就哭得一塌糊涂。

我觉得很可耻。一个人怎么可以随随便便让别人知道你在哭？在我十岁的时候，心里就暗暗下定决心：决不哭给别人看。我固执地认为哭是一种很私人的行为，一方面不要累及无辜，另一方面，有他人在场旁观，多半草草收兵，难以尽兴。试想，在别人的眼睛殷切关注之下，你怎么好意思哭得一波三折？哭得花容失色？我从不知道有哪一个人哭的时候是美丽的，梨花带雨者不算，那属于卖弄风情伎俩之一。我说的是真正的哭，悲痛欲绝那种。

母亲是美丽的女人，也算得上有头脑，可是她不懂得这一点，聪明也就打了折扣。

我隐在葡萄架下，一边翻着母亲的那些烂书，一边在心里告诫自己：决不要成为柳惠心那样的女人。

不仅如此，我还有很多的"决不"，比如"决不躺着看书""决不在睡觉前吃东西""决不送人送出了家门口，还站在那儿说个没完"等等，总之母亲身上的一些行为，我都"决不"。

那样的时光令人陶醉。

在浓密的葡萄架下，一只炉子吱吱地响着，药香裹在白色的烟气里，打着旋儿升上来。而我不需要去上学，屋里又没有任何别的人，连空气也是清爽通畅的，我是多么幸福。

葡萄架下的生活如此甜蜜宁静，我经常在药香里想入非非：母亲再也不回来了。我替她假设了几千几百种不回来的理由，归纳起来，大体可分为两种，一是仙德瑞拉式的奇遇记，二是遭受了某种不测风云。

关于前一种，我设想的脉络清晰、情节周密，每一策划基本都能写成灰姑娘嫁给王子的现代版言情剧，当然了，我从没让自己在剧中出现。我已经十岁了，我认为我足以应付一切的日常生活。我很希望我的母亲有幸穿上神奇的水晶鞋，让我可以整个拥有葡萄架下的甜蜜生活。至于后一种设想，我总是仓促开个头，就及时制止了自己，并心存愧疚。

当药香越来越浓地在空中缭绕时，栀子花就不香了。小陶壶的盖子被热气顶起来，噗噗地响着，白气弥漫。暮色从葡萄架的缝隙里悄无声地涌进来，笼罩了整个小院。

药熬好了，天也就快要黑了。在母亲的高跟鞋步步逼近之前，我站起来，首先把母亲的书放回原处，好像它从来就没有离开过它该在的地方，然后把褐色的药汁倒进一只碗里，端进洗手间。当然不是喝掉，而是统统冲走，用很多的水。

谁要喝药呢？我愿意永远病着，我愿意把我的幸福时光无限地拉长。

那时我家住在一楼，前面有个小院子，院子里我种着葡萄，栽了许多栀子花，颜色有红有白，颇为壮观。我从不养那些粉豆或染指花之类的花花草草，她们粘粘连连，好看倒也好看，但不大气，像我的母亲。

宁馨非常喜欢栀子花，总是在早晨，露珠还在花瓣上滚动时，她就匆匆跑过来摘下一朵，用条红丝绳拴住，挂在脖子上。

我喜欢看洁白的栀子花蹦蹦跳跳开在宁馨的胸口上。

宁馨是一个好孩子，听妈妈的话，听老师的话，听所有长辈的话。她功课很好，愿意帮助别人，是少先队的大队长，年年拿三好学生的奖状。

至于她的模样，班里有同学在一篇作文里是这样写的：她的脸蛋儿红又圆，好像是苹果到秋天，她的嘴唇像花瓣，她的眼睛像星星……这有点像《掀起你的盖头来》里边的歌词，酸酸的。但当时，老师把这篇作文读给大伙听时，热烈的掌声证明这是大伙共同的心声。

我和宁馨是不一样的人，我跟谁都不是朋友，我对人与人之间的任何一种关系都感觉紧张，总是离群索居、独来独往，我逃避所有的集体活动，至今我没有一张任何时期的同学合影。还有，谁的话我都不能放心地听进耳朵里，我也总是没什么话跟别人说。

别人眼里的柳翘翘，绝对是一个孩子的脸上挂着老人一样的饱经沧桑。饱经沧桑是可耻的，我对自己很灰心，但老师没有放弃我，宁馨也没有放弃我，我和这个全校的风云人物结成了"一帮一、一对红"。

结成"一对红"的同学还有很多，经过一段时间的努力，他们都陆续并蒂开花相映红了。遗憾的是，唯独我怎么帮都不红，宁馨虽然投注了满腔热情，我仍然像石头一样沉默，像兔子一样胆小，像朽木一样不可雕琢。

那年的春天，我代表全班师生去市里参加运动会，表现尤为可耻。

那是个暖热烦躁的春天，整个操场上人声喧哗、尘土飞扬。我脚上蹬着宁馨跑了很多地方才借来的跑鞋，身上穿着她蔚蓝色的运动服，单腿跪在10000米跑道上，只等一声令下，我就像兔子一样弹起我善于奔跑的长腿，向荣誉飞奔而去。

宁馨站在跑道边上，拼命向我挥动双手，一边挥手一边喊："柳翘翘，你肯定能行的。"她的脸真的像秋天的红苹果一样，又圆又亮。我下定决心，一定要给宁馨争口气，我有信心拿下第一，我真的跑得特别快，用老师的话说："要是一片树叶从树上开始向下落，柳翘翘就开始跑，那么当柳翘翘跑到终点的时候，树叶一准还没落到地上。"

在这件事上，我是有信心的，我就只等那一声令下了，但是……事实上，晴空里一声枪响，震得我魂飞魄散。我惊讶地看着别人在我面前扬起一片黄沙，就消失得无影无踪，而我完全被吓傻了，抱住脑袋，尖叫一声，就窜进了人群。我不能明白怎么会有一声枪响，而它就在我的耳朵边上炸开，我小小的兔子胆在一瞬间就被炸得四分五裂……

我的表情一定很滑稽，也很可笑。我看到四周围的人，他们的脸上挂着一种奇怪的笑，这些笑从四面八方向我簇拥过来，如无数的小型氢气弹在我身上每一块肌肉组织炸裂开花。我前后摇晃，身体像一小片蓝色的海洋起伏不定。

我扭脸去看旁边的宁馨，真的不明白怎么会有枪响。在此之前，从来没有人告诉我，枪响就代表开始跑的意思。在宁馨陪着我练跑的那些日子，最多是体育老师嘴里含着哨子，手里拿着三角小红旗，哨子一响，红旗挥下，我就夺路狂奔。可是我万万没想到哨子一响和枪声的一响是可以画等号的，等到我明白这一点，已经晚了。

真的是晚了，我还不明白比赛规则，已经被淘汰出局。宁馨的脸煞白煞白，再也不像红苹果了。而她的嘴唇更难看，弯下来，像一个翻倒的小船，扣在她的下巴上。然后，我就看见了眼泪，飞快地划过小船的边缘儿，噼里啪啦地砸向地上的尘土。

我很难过，我辜负了全班师生的重托，我错过了一次回到集体中的机会。我尤其内疚的是：辜负了宁馨，我很对不起她。

我想她再也懒得理我了。

果然，开完运动会的第二天早上，我早早起床做好一切家务，背上书包去上学，推开院门的时候，心里哗啦塌下一大片，宁馨没有等在门口。

其实往日她有时也不等我的，但是那天早上我很在乎，很看不开。我愣了一下，心里突然空荡荡的，一股酸气从喉咙冒上来，直钻进鼻孔，我奇怪地打了一个嗝。低下头去，无精打采地踢着一小块石子向前走，心里想她真的是生气了。

慢吞吞走到街口，却见宁馨站在那棵老槐树下。看见我，她扬眉一笑，招招手。斑驳的树影投在她的脸上，是一个又一个浅浅的小圆点，使她的脸一块暗一块明，虚无得有些发飘。她站在那儿，手里捏着一串白色的槐花，不时摘一朵扔进嘴里。

我没有靠近老槐树，对它本能地有些畏惧。听老人说它长在这有一百多年了，曾经几次有人想锯掉它，但是每次老槐树都发出呜呜咽咽的哭声，并从伤口处咕嘟咕嘟涌出黑红的血，于是再也没有人敢去动它了。

宁馨从槐树下走过来，手里依然捏着那串洁白的槐花，我闻到她的身上散发着清甜的花香，经久不息。

我们一起向前走，宁馨咯咯地笑着，把槐花举到脸前，歪着头，张嘴去咬槐花，她说："你要吗？真的很好吃。"我沉默地看着她，早晨初起的阳光罩在她的脸上，有一层细密的小绒毛闪烁着金色的光华。我看着这张脸，心是熨帖的，带着一丝恍惚。

向前走，已经看得见学校那栋两层小楼了，红瓦的屋顶掩在绿树背后，倒不似平日那样令我厌恶。

身后突然响起一串熟悉的自行车铃声，我和宁馨都愣了一愣。她拖起我的手向前跑，我像一坨沉重的货物被她拉着向前跟跄了两步。我妈已骑着自行车超到我们的前面，在擦身而过的瞬间，她放慢车速，扭过脸莫名其妙地冲我火了，说："你倒有脸跟宁馨在一起，人家长得好，学习好，样样争光。我怎么养了你这么个不长进的东西，跟那个窝囊废一模不两样。"

宁馨转过身，向我翻个白眼，小声说："我们快点走就好了，快点走准能甩掉她。"

我突然就冷静下来，我妈每次一用这样的腔调说话，我就既冷静又坚强了。这没什么奇怪的，我早已经习惯了，柳惠心女士总是这样，就算开口，也不肯好好说话。我跟宁馨说："没有关系的。"心里宽慰地想：我的神态多像个不跟小人计较的君子啊！

在小院煎药的幸福时光，大约只持续了两年。两年后，好像在一夜之间我浑身的汗毛孔都洒满了复合肥，一下就长得枝繁叶茂，且在树影掩映间有欢颜即将怒放的华彩闪现。

而这时的母亲，也不过三十五六岁，仍然粉丹丹、光鲜鲜，偶尔我们一起走在街上，相伴而行，身高竟然并齐。于是总有可憎的人笑笑地问我母亲："和你姐姐出去呀？"她便骄傲地笑，我心中愤愤然：难道我倒比她老?

她开始给我买漂亮衣服，粉色的刺绣花上衣，配白色孔雀羽毛图案的百褶裙，她甚至给我搭配了一双黑色高跟鞋，38码，浅口无搭襻。有谁穿过比自己的脚大了两个码的鞋子走路吗？那我就视谁为知己。

就是这双像把黑色砍刀的高跟鞋，让我在80年代的黄岛小学名声大振，所到之处赢得一片嘲讽。

因为这样或那样的原因，早晨上学，我总是要迟到的。经常于半节课的时间过后，在朗朗的读书声中，我和我的黑色高跟鞋才双双亮相在教室的门口。我靠着门框，低着头小声喊"报告"。老师总是装作没听见，看都不看我。那些祖国的花朵们都笑嘻嘻地望着我，好像门口放着的是他们的一道甜点。

老师就这样把我晾在门口，等到那些目光把我舔舐得像团融化得一塌糊涂的奶油冰激凌后，她才傲慢地歪一下头让我进去。穿过鸦雀无声的教室，像穿越刀山火海，我脚下的高跟鞋不知羞耻地一路高歌，哒哒哒地响着，声声震耳。每一声都如锋利的刀刃，挑飞了我的头皮。

有一天的早上，我踩着这双黑色高跟鞋，战战兢兢向我的座位走去时，寂静的教室里突然冒出一个响亮的声音："交际花，交际花——柳翘翘。"

所有的人包括老师都愣了一秒钟，然后教室里爆发出哄堂大笑。他们心领神会地交换着眼神，并向说出这句话的那个家伙投去赞赏的目光。

这个很大方地送我"帽子"的家伙叫吴自昂，他是我的同桌。脸很黑，牙齿很白。从我们同桌的那天起，我爱上了他。我已经不记得是什么原因了，可能是他的发型有些奇怪，也可能是他的眼睛，笑起来就眯成了一道缝，再或者是因为他总有许多办法让我难过。总之我无比爱他。

大家之所以赞赏他，是因为昨天晚上，我们居住的这个小区刚刚放过一场露天电影，叫《与魔鬼打交道的人》，里面有很多眉飞色舞的女人，打扮得花枝招展，把跟男人调情当成一种事业来追求，她们有个时髦的名字——交际花。看电影是一件令人踊跃的事，昨晚吴自昂和我的这些同学肯定都去看过了，但是只有吴自昂善于触类旁通，活学活用，这真是一个聪明人。

此刻吴自昂龇着满口小白牙，得意地冲我笑着，用热烈的目光迎接我这朵交际花向他走过去，一直走到他身边坐下了。

我会爱上一些让我难过的男人。没错，让我记得住的，总是那些给我伤疤的人。我会把心交给那些保证将它撕裂的人，而对我好的男人，他们总是扭扭捏捏、行动迟缓，让我来不及把他们放在心上。

栀子花静静地开放着，葡萄架上结满了一串串紫色的果实。这样的日子流淌着悄悄的喜乐，花香让世界敞亮起来，心底涌动着说不出来的隐隐的愉悦。

在我认识百合以前，栀子花是世界上最圣洁最美丽的花了，尤其是看到它开在宁馨的胸口上时，我心里就对这些精灵般的花朵充满了感激。

但是有一天早上，到了去上学的时间，宁馨没有来摘栀子花。我在院子里等了一会儿，四处静悄悄的，没有宁馨跑过来的脚步声，偶尔有风刮过，掀起一小片尘土。

我剪了一朵开得最好的栀子花，别在我家大门的门闩上，就去上学了。如果她来的话一定会看见，但是那天她没有到校，晚上回家的时候，那朵花还别在门上，已经萎软了花瓣。一连三天，我早上摘一朵花插上去，到晚上再取下来。

后来，我知道宁馨病了。

宁馨得了一种奇怪的病。那一天我看见她在楼下晒太阳，她的圆脸再也不像秋天的红苹果了，空气里好像隐藏着一把看不见的刀，飞快地旋转着，把红苹果一圈又一圈地削了下来。

我不知道她得的是什么病，没有同学会主动告诉我，我也不可能去和母亲探讨，但是有一天，母亲阴着脸跟我说：你要再给宁馨送白花，小心她妈打断你的腿。她说得很认真，我知道她不是开玩笑，她从来没有和我开玩笑的兴致。

我马上就明白了她的意思，白花是不吉利的。白色的花总是在最悲哀的时候派上用场，给一个病人送白花，那不是别有用心吗？在我母亲没说破前，我从没想到我的栀子花和那些别在黑衣襟上的沾满泪水的白花有什么相同。

我没有再给宁馨送花，她也没有来摘，满院的花开得恹恹的，无精打采。

以后的每天早上，宁馨的母亲推着自行车送她去上学。她们两人都瘦得厉害，脸都是青黄青黄的，像两张薄薄的纸。这两张纸哗啦哗啦地飘着，我总是怕风再大一点，她们就飞到天上去了。有时候，我会远远地看着宁馨发呆。心里非常奇怪，一个人的脸，怎么可以像红苹果，也可以像一只黄色的梨。是什么东西，在什么时候把它们偷偷换了呢？

所有的大人，包括我的母亲看见她们母女都是讪讪的，他们不愿靠上去，也没什么话说。宁馨母亲的眉头皱得紧紧的，她青筋暴突的手，费力地撑着自行车，总是一低头就从人前避过去。

母亲在一天的晚饭后，神色郑重地告诫我说："你离她们远点，宁馨得的不是什么好病。"究竟是什么不好的病，她没说。但是她的口气虚飘，说完还赶紧向空气里吐了两口唾沫，好像提一提宁馨的名字就会招惹来许多看不见的小鬼，得用唾沫星把他们击退。

我不认为得病有什么可怕的，回想我在葡萄架下煎药的时光是多么快乐啊！我丰富的脑神经甚至有着这样的奇思妙想：让我来得这个病好了，让宁馨去上学吧，她是多么愿意上学啊！尽管她动不动就疼得一身冷汗，用手捂着肚子，浑身发抖，可是她一节课都不愿落下……

我是多么愿意宁馨能像从前那样，大伙都围着她转。她现在真的很可怜，大家都离她远远的，也许别人的家长也都说过和我母亲类似的话吧。尤其是做体操时，她孤零零地站在那儿，像一座随时会沦陷的孤岛，没人愿意靠上去。大伙自动在她四周空出来很大的一块地方，阳光底下她像一个纸片扎起来的人，将一条影子斜斜地投在地上。风吹过来时，那影子就在地上晃得倒倒歪歪。

要是事情能按照自己的打算就好了，愿意上学的去上学，愿意生病的就生病，活着会有趣得多吧。如果那样，我就可以名正言顺地待在家里。而且，我保证决不拖累我妈，她可以照常上班，干她自己想干的事，反正我自己会生炉子，会煎药，会洗衣服，会缝被子……只是，宁馨那病好像真的很疼啊……

每天晚上上床睡觉时，我都在心里权衡这件事，到底该不该和宁馨换一换呢？交换以后会不会后悔呢？

有一天晚上，很深的夜了，我不知道那会儿是几点了，宁馨竟然跑到我家来了。她背着书包，手里拿着语文课本，她的脸又红又圆，又像秋天的大苹果了。她说："你看，柳翘翘，我好了。"她兴奋地把书举到头顶，在地上连着转了两个圈说："你看，我真的没骗你。"

我向房门看了一眼，摆摆手说："你小声一点，吵醒我妈，要挨骂的。"她吐了一下舌头，笑了。抬手摸了摸胸口说："你怎么不给我送花了？我很长时间都没戴栀子花了……"

正在这时，房门突然砰的一声被撞开，母亲尖声喊叫着："地震，地震……"她冲进来抓起我，向外推搡。我并没有完全清醒，却也知道逃命，裹缠着脚步向外奔，满耳朵里都是厨房的碗筷锅铲稀里哗啦地乱响。我和母亲逃出屋门，冲向院子，然而……我突然张大了嘴巴，一句话都说不出来了。

我看见那些白色的栀子花，在淡蓝的月光下，幽幽发亮，它们一朵又一朵地升腾起来，像蝴蝶一样扇动着翅膀，簇拥在半空……母亲上来拖我，我的脚像扎了根，不能移动半步。我手指着半空，说："花……飞了……"母亲使劲推我出院门，嘴里骂着："你疯了。"

夜空里突然爆发出一声凄厉的哭声，哭声像洪水一样汹涌而来，鼓荡着我的耳膜。我母亲低声"啊"了一声，停住了脚步。楼上的灯陆续亮了，许多人在窗口探出了脑袋。

在这时，我发现天快要亮了。稀薄的晨曦，一绺一绺地飘散着，拂过我的眼前，拂过我的头发，母亲青白的脸渐渐地清晰起来了。

很多人都聚集在街口徘徊，他们神色怪异、行踪诡秘。我听见他们说："楼上那孩子死了。"我还听见他们说："真奇怪啊，家里的拖把、笤帚全都倒在了地上，锅碗瓢盆一个劲地乱响，像来了地震一样……"

后来，他们就面色惶惑地涌进了我家院子。

院子里那些栀子花，全都落在地上，一个骨朵也没剩下。而那些墨绿的叶子油亮油亮的，轻轻地在枝头晃动，空气里浮动着浓浓的让人头晕的花香。母亲和我混在那些人当中，他们一个劲地问："花真的飞了吗？是真的吗？"我母亲脸色青白，一直在发抖，她哆嗦着嘴唇说："我没看见，我真的没看见……"他们围住我，继续追问："花真的飞了吗？"

后来有人跑过来说："老槐树也倒了。"

这些人面面相觑，他们愣了愣，乱糟糟地向街口涌过去。一阵杂乱的脚步声后，街上空荡荡的，只有我和母亲留在那儿。我呆呆地在那儿站了一会儿，我想到昨天晚上宁馨说"我好了"时的神情，她的脸红红的，她笑得眼睛都眯成了一条缝，她还埋怨我没给她送栀子花，她怎么就会死了呢？

死到底是怎么一回事呢？在此之前，我从没想过死这回事，我觉得它就像童话故事一样，绝不会发生。但是今天，他们说宁馨死了，我不相信这些人的话，我要去看看……我一言不发，转身拐过楼角，准备上楼去宁馨家……

我母亲一直在后边跟着我，当我踏上台阶时，她突然尖叫一声，冲上来抱住我。她抱住我说了一句话，这句话我一辈子都不会忘记，她说："翘翘……妈只有你啊！"

她紧紧地抱着我，眼泪都流在了我的额头上，她的滑溜溜的手掌贴着我的脸，像一块湿乎乎的肥皂。我很难受，胃里有一点点积食的酸胀和恶心，我还不能适应这种突如其来的肌肤相亲。我挣了一下肩头，她更使劲地箍紧了我的胳膊，哭得鼻涕眼泪一塌糊涂。

那天早上，因为母亲奇怪的表现，我没能去看宁馨。还因为心里很害怕，我没有坚持一定要去。我不知道死到底是怎么一回事，但我知道这是一件很可怕的事。我打着哆嗦想：幸亏我没和宁馨交换，要真的换了，死的人就是我了。

宁馨真的死了吗？我再也看不见她了吗？她呢，还能不能看见我？我想了半天，最后以为，这应该和一颗弹珠滚到草丛里差不多吧，其实珠子并没有消失，它不过是藏在草丛里，没人看见就是了。死应该就是这样，不过是换了一个地方。可到底那是怎样的一个地方呢？

那时，我还不知道火葬这回事，不知道火可以把一切销声匿迹。我以为一个人就算是死了，她也是有头有脸，有胳膊有腿的，不管她在哪儿，总有一个地方，她是在那儿的。可是宁馨在的那个地方到底是什么样子的呢？

奇怪的是，到后来我长大了，知道了火葬，我依然坚信，火并不能毁掉一切，总有一个地方，是那些离开我们的人停留的所在。对于这个地方，我跟小时候一样确定但不确知。

当宁馨不在了的这一天，我心里有无数的问题，它们像一群黑色的蝙蝠扑扇着翅膀，争先恐后地挤出洞口。恐惧和好奇在心里盘复交织，使我身上覆满冷汗。

从早晨开始，很多人都在说这件事，学校里的老师和同学们也都知道了。我一整天都在想着那棵老槐树，它真的倒了吗？早上我就想去看看了，可是那儿围着很多人，我在远远的地方站了一会儿就走开了。我希望到傍晚放学的时候，那儿就没什么人了。

太阳快下山时，我一路小跑赶到那儿，真的一个人都没有了。那棵老树果然倒了，一半树根埋在土里，一半露在外面。它卧在地上，树冠张牙舞爪地四处扑棱着。树叶子油绿油绿，莫名其妙地簌簌抖动，像一个跌倒在地的老人，挣扎着，想攒一股力气再爬起来。

我想那可能是风在吹吧，一定是风在吹，我告诉自己。并努力再现宁馨站在这儿吃槐花时的样子，我看见那些槐花，晶莹、洁白，有露珠在上面滚动，可是宁馨的样子好像被风吹散了，一绺一绺的，我不能把它们集中在一起。

地上一摊一摊燃过的冥纸，这时簌簌地响着，飞了起来，它们打着旋儿，忽高忽低地飞来飞去，有的滑过我的脸，有的蹭着我的衣服。

夜色好像是一下子就降临了，莫名的恐惧再一次向我袭来。我撒腿向家里跑，像风卷起的一小片枯叶，我感觉那些黑色的纸灰紧紧追在我的身后，就飞在离我后脑勺一尺的地方，我要是一回头，准得和它们撞个脸对脸……我没命地跑，一头撞开家门，回手轰一声带上门，我侧着耳朵，听见它们噼里啪啦撞翻在门框上……

在宁馨死后不久，我妈找人回家把栀子花全部铲掉了。我站在院子里，看着它们噗噗叹息着，一棵又一棵翻倒在地上，一言不发。母亲忧心忡忡地看着我，她的眼神像浑浊的海水，一浪兜着一浪沉默地卷过来。她不说话，就这样长时间地看着我，这是以前没有过的事。

那一年的春天就这样过去了，接着夏天来了。

不知道为什么，那年夏天的雨水特别多。暑假里的一天，母亲出门去拜访一个同事。到了中午，屋外下起了暴雨，闪电挟惊雷自空中劈下，整个世界似乎都在颤抖。母亲没有回来，我在屋里坐立不安，担忧自心底一层一层地涌出。

我想也许她正走在回家的路上，也许雨水正打在她的身上，没准她在闪电下惊叫，或者她正被奔涌的水流冲得东倒西歪。我很不高兴，她什么时候能让人放下心来？难道她就不知道在下雨之前赶回家吗？

我生气地骂着"倒了八辈子霉了"就冲进了暴雨中，去接她回家。

我真的不知道为什么，在暴风雨来临的时候，突然想到在那一天的早上，在宁馨不在了的那一天早上，母亲青白着脸，紧紧地抱住我哭着说："翘翘……妈只有你啊！"

就是"妈只有你"这句话，让我在暴雨中忘情奔跑。

暴雨和惊雷的世界，水天苍茫，所有既定的规则都被淹没。而水天苍茫就是世界此刻的秩序。奔跑，使我如自由的精灵，在雨中卸下一切的盔甲，老师的白眼、游荡的栀子花、考试卷上触目惊心的红叉、母亲在梦里的磨牙和泣哭，还有我的头疼病……统统被消灭。

无比的欢乐，无比的酣畅淋漓，我和我脚底溅起的水花一起在雨中开放，绵延起伏，向着前方，一开到底。我一路向前，甚至忘了在雨中奔跑的目的，直到一条河挡在我的面前。

一条河，水流湍急的河，黄色的旋涡一个追着一个，叠压在河面上。我刹住了脚，抬起了眼睛，然后，我就看见了……

我看见了什么呢？你一定想象不到我看见了什么，我看见了柳惠心女士。

她站在河的对岸，举着一把大概在戴望舒的《雨巷》中出现的油纸伞，但她绝不是那个丁香一样的姑娘。那姑娘至多不过是有些忧郁，而站在河对岸的柳惠心女士则完全是失魂落魄的。她的油纸伞被风拧上去，像朵喇叭花一样，开在伞顶上。

在雨中，我的母亲艰难地双手举着那朵花，跺脚冲我喊："翘翘，我在这儿。"我当然知道她在那儿，我不能明白的是：她为什么一动不动地待在那儿，她在等什么？等雨越下越大吗？我冲她喊："你过来呀，快点过来。"

她依然原地不动，抱怨地冲我嚷："这么大的水，你叫我怎么过去？"声音里带着浓浓的哭腔。

既然水这么大，既然她不敢过来，那么只好我过去了。我试探着蹚进水里，一步一步向前探索，水很深，水也很急，淹过脚踝，淹过腿肚，淹过膝盖，直至大腿……脚底的细沙在迅速流失，感觉痒痒的，像我的脚底踩着无数的小泥鳅……

在河中，我肯定有些慌乱，也有些恐惧，或者还有一些对死亡本能的畏惧，但自始至终母亲好像没有阻止我。也许她阻止过，我没听见，也许她被我的做法吓坏了，谁知道呢，反正我没听见她发出声音。

是无知的无畏让我如此胆大、如此勇敢吗？我蹚过了河，来到了对岸，挽住了母亲的胳膊，准备和她一起过河。但是她的脚刚刚伸进水里，就尖叫着掉头跑回岸上。她软软地靠住我说："晕……我晕水……"

难得这个机会，让我再一次加深了对母亲的了解，知道她除了晕血、晕针外，对水也是晕的。

我好像没有犹豫过，母亲好像也没有推辞过，反正最后的结果是我背着母亲过了河。她在我的耳朵边上不停地尖叫，弄得我心里乱乱的。但是我知道生死在此一举，倘或脚下稍有慌乱，我们两个人都会落入水中被湍急的水流冲走。我咬紧牙，艰难地在水中挪着步子，这时候真的希望自己是个聋子……

这就是我感觉的唯一一次相依为命。在此之前和在此之后，我和母亲从没有过肉体接触，哪怕是摸摸我的头，拉拉我的手，至于靠在她的怀里"听妈妈讲那过去的事情"，那只是一个传说而已。

不，我说的也许不是实话，在那个奇怪的早晨，她也曾紧紧地抱住了我。

过完那个暑假，我就上初中了。

你可以随意想象，像我这种不长进的东西，总会有一千一万条不愿意上学的理由。但是这些理由没必要说给别人听，它们一旦说出来将不再是理由。这一点我知道得清清楚楚。既然是不能说出来的理由，那我只能把自己伪装成诚恳老实的模样，好像它们在我心里也是不存在的。

所有的人，包括我的母亲都认为我是一个用功的人，一个总是沉默着看书的人。但是母亲不知道，在我该读的书下面，总是藏着不该读的书。当然有些早晨或黄昏，我会拿着课本，像那些真正用功的好孩子一样，躲在清净的草地或花丛后面……但是请你千万别就此认为柳翘翘是在努力学习，那我真的会不好意思。因为我多半在研究蚂蚁搬家，或者在琢磨一朵木槿花的花瓣上有多少皱褶。徐志摩是怎样从一朵花知道了天堂的消息？还有，从一粒沙子，我怎么就无法看见世界？

我心中有许多的谜团，许多的奇思妙想，而所有的课程都索然无味，那些老师也极其无趣，我要么瞧不起他们，要么就是惧怕他们。

所以我寻找各种各样的理由不去上课，到后来，有很多人都认识了柳翘翘，知道她就是那个从来不上体育课，从来不拍集体合影，每个月都要请十天左右病假的人。因为她的鼻子总是向外流血。

关于流鼻血这件事，完全是我一手策划的，并不像我母亲所担心的那样：因为读书累坏了脑袋。真的没有。我倒是希望脑袋或别的什么地方坏了，不管哪儿都行，我太需要长期休病假了。在小院葡萄架下煎药的幸福时光，我无比怀念，但是十五岁时的柳翘翘健壮得像一头骆驼，连一根头发梢都洋溢着健康的光泽。

于是每晚上床，我都枕着不可告人的期待入眠，希望早上一睁开眼，学校已经起火，或遭了水灾，毁掉了所有的桌椅板凳，我就可以理直气壮地不用去上学了，但是这样的事情从未发生过。

那么，最好是我自己生病。生什么病呢？这是个难题，什么样的病是可以一直病着，但又不会死的呢？

智慧都是逼出来的，偶尔的一次，我发现这其实是再简单不过的一件事，用两手捂住鼻子，一手掩在另一手下面，一根灵活的手指钻进了鼻孔，只需使劲一挖，嘴里说：头晕，我头晕……病就来了。

于是我真的生病了，生一种所有高明的医生和仪器都束手无策的病。

头晕，流鼻血，这样的阴谋避免了祖国其他的花朵们承受天灾人祸的惊吓，而心怀鬼胎的人也可遂了心意，这真是天赐的智慧！这真是无耻的大胆！

自由是多么可贵，而赢得自由的好处更是显而易见，我随心所欲、自由来去。没有哪位老师会跟一个总是流鼻血的学生计较。

母亲带我去了很多医院，每个医生都有一套高深的理论，这些理论很吓人，也很费钱。他们总是说：症状很明显，病因很复杂，需长时间观察和调养。然后龙飞凤舞在纸上写下唯有发药的人能看懂的文字。我就抱着这一大堆的药回学校去，如同抱着闪闪发光的奖牌，继续流鼻血。

自此，我不相信医生。再后来，我又不相信男人，我要是彻底相信了他们中的哪一个，恐怕都活不到今天。这话题没什么意思，总之，这个世界已经没多少东西让人可以相信了。

好了，毫无疑问，生病让我暂时拥有了自由，但是你知道吗？烧香也会引出鬼来。

如果你是一个想象力极其丰富的人，那就太好了，你可以随便想象一下，用你以往的人生经验做背景，把某些真实的画面剪切过来，进行粘贴。

你准备好了吗？那就开始吧……夜晚，当宿舍的人都在上晚自习时，班主任，那个干瘦干瘦的男人就来了。他有一双灰绿色的眼睛，冰冷、傲慢，不动声色间已将一切了然于心。我从不敢和这双眼睛对视。他总是踮着脚，像猫一样走路，悄无声息地突然就出现在我面前。

他坐在我床铺的边上，很严肃地和我探讨有关学习的问题，但是他的手很不严肃地捏住了我的脚踝，顺着裤腿向上，如一条冰冷的蛇，蜿蜒爬行。

我并不知道他要干什么，只是使劲弓起肩膀，抑制着战栗，感觉那蛇，寸寸逼近。我不敢动，也不敢说话，唯恐一开口，他那薄薄的嘴唇就会将眼睛看透的一切说破。

后来，这双灰绿色的眼睛就镶嵌在一只猫的脑袋上，总是在我睡着的那一刻，这个奇怪的脑袋就活过来，在我的梦里梦外自由穿梭。

梦开始的地方总是在一间四面透风的大房子里，长着猫脑袋的班主任把哗啦哗啦响的考卷发下来。宁馨坐在我旁边，运笔如飞，唰唰地写着。而我无论如何看不清考试题，那些字一球一球、密密麻麻地粘在一起，我很着急，探头去看宁馨的考卷，她捂得紧紧的，我只看见她苍白的尖细的手指，那些手指散发着逼人的寒气，像房檐上青灰的冰凌……而灰绿的猫眼睛死死盯着我不放，似乎马上就会扑过来，将我咬在他凌厉的白齿间，风呜呜地刮着，钟的秒针逼在耳边，咔咔作响……

这样的梦一直缠着我，每一次都惊心动魄，于是，我的"疑难杂症"突然莫名其妙地加重。有一天，母亲终于同意我休学，她来到学校，收拾我的东西。

那是个秋天，宿舍门前的杨树在风里哗哗地响着，树上的叶子打着旋儿飘下来，班主任和母亲站在杨树下说话，风卷起一堆枯叶，没有扬起来，被母亲的脚挡住了。她脚上是一双时髦的带小绒球的短靴。那些叶子半遮半掩着她的靴子，她皱起眉头，挪了一下位置，低头拂了拂鞋面……等她抬起脸时，我听见她悲伤的声音说：这个孩子，恐怕是养不活了……我只有她，她也只有我啊……

我躲在宿舍门后，突然被一股巨大的悲伤和委屈攫住了，我的眼泪冲出眼眶，轰然而下，不可遏止。我不知道我为什么哭，但我真的很悲伤，我像个无意间获知自己得了绝症的病人一样，猛然醒悟过来，在那一瞬，我突然认为自己真的就要死了，满世界的人都活得好好的，欢蹦乱跳，只有我天天流鼻血，我再也活不下去了……我满脑子都是老槐树倒掉那天早上的情形，人们眼神惶恐，神色惊慌，宁馨曾引起的所有骚乱和不安，不久将因我重演一遍……

在那一瞬，我被自己蒙蔽，我因将要被这个世界抛弃而悲伤，我因整个世界被我蒙蔽而恐慌。

后来，他们进来了，班主任拍了拍我的肩膀，我在发抖，不能停止哭泣，我听到他对母亲说：没事，她很快就好了，她是个聪明的孩子。

那天，这个有着一双灰绿色眼睛的男人送我们回家，他给我留了一些作业。母亲则留下他吃午饭，那天的菜有红烧鲤鱼，有腊肉西芹，腊肉的颜色太艳，衬着翠绿的芹菜，红得触目惊心。母亲和他的话题始终绕着我转，他们的目光悲伤地罩在我的头顶。我举着饭碗，挡住脸。

再后来，我的绿眼睛的班主任经常来给我补课，在母亲值夜班的夜晚，他都不辞辛苦地赶来……

真正的危险，就这样粉墨登场。从此，柳翘翘同各式男人做斗争的年代，正式开始……

后　记

　　这部小说集收录的作品，跨越了十多年的时光，我从头再读一遍，恍惚看见自己成长的轨迹，亦看见自己成长时的迷茫和惶惑。

　　对我而言，写作是一种天命，因为对文字的敏感与生俱来。很小的时候，偷看母亲的《红楼梦》《秋海棠》《伊索寓言》，是世界上最快乐的事，唯一而纯粹。

　　因为喜欢写作，所以无可避免我是一个劳碌命的人，如同蚂蚁搬运小石子，兢兢业业，把一个个单调的文字汇集起来，梦想建立自己的精神帝国。而长期写作带来的后遗症是：习惯孤独，习惯沉思，习惯面对波澜起伏的大海却心静如镜，亦习惯面对一堵沉默的墙壁却如同对峙千军万马。

　　这样的状态无所谓好与不好，一种宿命而已。

　　我的小说多写女性的种种情感和社会际遇，因为感同身受。现代社会给女人提供的保护越来越少，提出的要求却愈加苛刻，所以现代女性承受着更大的苦难。书写女性，并不仅仅限于女性，这只是一个切入口，女性的艰辛与无奈投射出的是现实生活的荒唐与不堪。我试图表现理想中的女性，能够完成从感性到理性，从稚嫩到成熟，从脆弱到坚强的自我成长与救赎，摆脱掉对男性的依赖与痴缠，丢弃不合时宜的浪漫幻想和怨天尤人，既有洞察真伪的谋爱能力，又有孜孜矻矻的谋生能力。以一种睿智淡定的姿态穿行于世俗生活之间，完成女性精神意义上真正的独立。

　　这就是我所理解的作家职责：书写人类的恐惧和不安，并完成蜕变。毫无疑问，我们比任何时代都更富足，但我们比任何时代都更恐慌，更轻浮。

很容易激动，很容易轻信，很容易崩溃，每个人都在竭尽全力发出自己的声音，所以世界比任何时候都混乱和嘈杂。

于是我们极力寻找明灯，以照亮前行的路。左边是马云大咖，激励世人追逐名利物我；右边是星云大师，教导众生看破放下自在成佛。于是我们左冲右突，一念天堂，一念地狱，身心都扭曲至极，在繁华表象之下，所有的痛苦和事实都被掩盖，我们不敢表现真实的自己，亦无力表现真实，只能粉饰出貌似幸福的笑容……

我是幸运的，因为我有文学，我有多孤独，就有多坚强；我有多痛苦，就有多幸福；我有多憔悴，就有多风华绝代！

这矛盾吗？一点也不，因为写作为我卑微的生命注入高贵的材质；因为写作，将我所有的苦痛与茫然，尽情释放，将我不安的灵魂安放妥当；仍然是写作，将我从庸常的生活中救赎出来，并因此而轻舞飞扬。

虽然是微弱的灯火，隐约闪烁，但从未熄灭。

那么写作者通常是些什么人呢？王蒙老先生说了："得意者特别是失意者、赋闲者、自命怀才不遇的穷酸者、自恋者、梦游者、热情者、有使命感者，也可能是妄想者……"总之，既非社会中流砥柱，也不是时代楷模，而且他们的写作动机也十分可疑。有人曾问诺贝尔文学奖得主南非作家纳丁·戈迪默，你为什么写作？他说因为愤怒；而另一位美国著名女作家苏珊·桑塔格回答说因为悲伤。当然把写作的源泉简单归结于某一种情感，这有些荒谬，也许伍尔芙诠释得更充分一些，她说世界很危险，人群也很危险，如果我对世界感到放心，我就不会写作……

我想他们说了实话，他们在看似繁花似锦的大花园里寻找尖刺，舔舐花朵的毒汁、触摸隐藏的刀锋，试图以身伺虎，或刨挖土地里深埋的罪恶，然后把残破的人生世相撕开来给人看，以点燃人性深处的光芒，并照亮心底的黑暗……

冷静些！再冷静些！

我对自己说，这就是世界原本的面目，它从来就满目疮痍、支离破碎，但它也从不缺少阳光和爱，不缺少真善和美丽。而我想真正的作家，应该是人群中的圣人，既能洞穿善恶，又能以超越众生的情怀，捕捉人性中最亮的那缕天光。不管他（她）正承受着怎样的苦难人生，他（她）的内心世界一定充满丰富的色彩，应该有云雀飞过蓝天，有长河流淌，有郁郁葱葱的森林和一望无际的绿色田野……

于是，对我而言，写作是出世，亦是入世，人有时需要抵达心灵，与世界保持适当的距离，但有时又需要与世界亲密拥抱，融为一体。写作是出世与入世之间一道神奇的门，感谢上天，在我坚持不住的时候，有一个安全的地方可以逃遁。

很好，就这样：宠辱不惊，闲看庭前花开花落；去留无意，漫随天外云卷云舒。

悲悯，但不绝望；淡泊，但不停止努力。对于生活的种种境况，担不担得动，都担着；放不放得下，都得放。华年式微，生命尚好，值得珍惜。于是我原谅自己，也鼓励自己，继续前行。

感谢生命中一切善的缘，也感谢一切恶的缘，冰炭同炉，修一颗清净心。亦深深感谢所有热爱文学并为之努力的人们，就算苍凉的时光如刀锋般细密地划过，你们却于苍凉中构筑起斑斓奇异的精神世界。

宋潇凌

图书在版编目（CIP）数据

我为谁守身如玉 / 宋潇凌著 . —济南：山东文艺出
版社 , 2016.3
　（异乡者小说书系 / 郝庆军主编）
ISBN 978–7–5329–4970–0

Ⅰ.①我… Ⅱ.①宋… Ⅲ.①中篇小说—小说集—
中国—当代 Ⅳ.① I247.5

中国版本图书馆 CIP 数据核字 (2015) 第 096126 号

我为谁守身如玉

宋潇凌　著

主管部门	山东出版传媒股份有限公司
出版发行	山东文艺出版社
社　　址	山东省济南市英雄山路 189 号
邮　　编	250002
网　　址	www.sdwypress.com
读者服务	0531-82098776（总编室）
	0531-82098775（市场营销部）
电子邮箱	sdwy@sdpress.com.cn
印　　刷	山东德州新华印务有限责任公司
开　　本	710 毫米 × 1000 毫米　1/16
印　　张	16　插页 /2
字　　数	220 千
版　　次	2016 年 3 月第 1 版
印　　次	2016 年 3 月第 1 次印刷
书　　号	ISBN 978－7－5329－4970－0
定　　价	35.00 元